全新

帶你脫離初級遠

自學法語文法
看完這本就會用！
【進階篇】

全音檔下載導向頁面

前　言

—戰爭結束後，我們再約在 Fouquet's 小酒館碰面吧。

—好主意。我們要約在哪一側？香榭大道？還是喬治五世大街？

—喬治五世大街。

（雷馬克《凱旋門》）

　　《凱旋門》是雷馬克的暢銷小說，隨著新冠疫情的結束，我經常想起其中一個章節。在這部小說中有一幕，是主角和朋友們因為戰爭的爆發即將各分東西，因而彼此約定，若是運氣好活下來，希望有天能在凱旋門旁 Fouquet's 小酒館的露天咖啡座不期而遇。不知道為什麼，我很喜歡這一幕的對話，覺得很有巴黎的感覺。

　　Fouquet's 小酒館現在已經是一間高級餐廳，但小說中描述的這個時期，它應該還只是間普通的咖啡廳。因為位於兩條街的交會處，所以對話中才會詢問對方要約在香榭大道還是喬治五世大街那一側的內容。疫情期間因疫情而離開巴黎的人，隨著疫情的平息應該會再次回到巴黎吧。說不定也有人像上面的對話一樣，和朋友各分東西支後又再次聚首。

　　我在疫情之初撰寫了一本法語的會話書，期間又撰寫了一本會話書，而在疫情平息之際，這本進階篇文法書也出版面世。在疫情的那段日子裡，各位或許都沒有去法國旅行的機會。但倘若各位可以在我的書中經歷一場旅程，我會覺得非常開心。疫情結束後的現在，您是否也曾與某位友人在此處見面呢？若是能夠如此，那對我而言也會是件非常開心的事。

我曾經以為自己永遠不會撰寫文法書。我一直覺得自己不是寫文法書的料。但在寫書的過程中，我的記憶自然而然地回到了東京駒場的學生時期，而那也是我第一次正式接觸法語文法的地方。當時的社會氛圍仍瀰漫著學運的激情，因此並不是一個能夠好好學習法語的環境。但我仍懷抱著遠大的夢想，而且老實說，我非常享受獨自一人學習法語文法的那段時光。

這次，我回歸初衷，以重新學習法語文法的決心一步步前進。我也藉此再次強烈地感受到法語是一個多麼美麗且具有邏輯性的語言。有句話不是這麼說的嗎？「邏輯不清不楚的就不是法語」，法國也是一個孕育出許多傑出哲學家的國家。當我回顧著這本已完成的書時，我這才意識到自己在書中放了相當大的篇幅在動詞和代名詞的內容上。這或許是因為有些語言在表達一句話時，只有在動詞和代名詞是依其規律排序的情況下，才會合乎語意邏輯。

我們之所以決定在疫情平息之際出版這本文法書，目的是希望盡可能讓更多的法語愛好者親近法語文法，並以簡單易懂的方式學習法語，掌握整個文法架構。為了能達到這個目的，我在撰寫這本書時，也不斷地和自己腦中想像的法語自學者對話。無論您是否在自學，我衷心希望您能像以前的我一樣享受學習法語的樂趣。最後，我要向 Nathalie Lo Bue 女士致上感謝之意。感謝她當時儘管即將暫時返回法國，仍爽快地接下本書音檔錄製的工作。

吉田泉

從文法觀念到例句解說，深度探討法語文法重要觀念！

QR碼線上音檔

全盤列出各用法及大量例句

Leçon

01 直陳式 ② 複合過去時

L'indicatif passé composé

1.2.1 用法

01_03

1 在口語上用於表示過去（動作已發生）

Il **a dit** ça un jour.
他有一天說過這些。

J'**ai perdu** mon portefeuille.
我把我的皮夾給弄丟了。

Je **suis allé** au cinéma hier soir.
我昨天晚上去看了電影。

Elle **a acheté** ces oranges.
她買了這些柳橙。

Il **a téléphoné** ce matin.
他今天早上打過電話。

Elles **ont chanté** très bien.
她們唱得非常好。

Nous **sommes sortis** ensemble il y a une semaine.
我們一週前一起出去過。

Avez-vous **vu** ce film? （倒裝疑問句）
請問您看過這部電影嗎？

Je **me suis promené** cet après-midi. （反身動詞）
我今天下午去散步了。

Elle **s'est couchée** très tard hier soir. （反身動詞）
她昨天晚上非常晚才睡。

16

2 帶有英語「現在完成式」的意思

J'**ai été** à Paris plusieurs fois.
我去過巴黎好幾次。（經驗）

On **a gâté** cet enfant.
這個孩子被寵壞了。（結果）

Il n'**a** pas encore **fini** son travail.
他還沒完成他的工作。（完成）

3 可用於表示未來

Si tu **as fini** ton devoir, tu joueras dehors.
如果你把作業做完就可以去外面玩。

Si demain l'état **a empiré**, vous me rappellerez.
如果明天情況惡化了，您再回電給我。

4 用於表示過去某段特定時間內持續發生的事

J'**ai étudié** l'allemand pendant six ans.
我曾經學過六年的德文。

Pendant cinq ans, il m'**a**, soir et matin, **regardé** travailler.
在過去的五年裡，他從早到晚都看著我工作。

1.2.2 文法解說

複合過去時的句型結構為：

【 avoir（或 être）的現在時 + 動詞過去分詞 】
關於複合過去時、過去分詞的變化說明可參閱初級篇的 p.179。

複合過去時用於將記憶中的經驗當作事實表達出來，以主觀的角度來與現在做連結。相對地，簡單過去時則是客觀地陳述過去的事物。不過目前一般的日常對話中，比較常使用複合過去時，愈來愈少使用簡單過去時表達。

---

01 一次釐清法語文法&用法

「文法」結合「用法」，讓你不只是搞懂、還會應用！將同一個文法概念之中所包含的多種用法，一次全盤羅列清楚，並搭配句型與例句讓你逐一做對比、學習與應用。

＊閱讀本書時，也可參閱另一本文法書《全新！自學法語文法 看完這本就會用》，為本書的**初級篇**，以掌握特定文法的基本概念。

1.4.2 文法解說

直陳式愈過去時是個口語、書面語都可以使用的時態。其句型結構為：

【avoir（或être）的未完成過去時＋動詞過去分詞】

例句：

主詞	avoir	動詞過去分詞
j'	avais	
tu	avait	mangé
nous	avions	

主詞	être	動詞過去分詞
j'	étais	
tu	était	parti
nous	étions	

關於愈過去時詳細的變化說明可參閱初級篇的 p.219。

① 表示「在過去某時間點已完成的事」，相當於過去完成式

Lorsque la police est arrivée, le voleur était déjà **parti**.
當警察抵達的時候，小偷早已離開了。

這個句子裡 la police est arrivée（警察抵達的時候）現為過去的某個時間點，並表達在這個時間點，le voleur était déjà parti（小偷已經不在現場）這件事已完成。和英語的過去完成式相當類似。

J'**avais étudié** le français avant de venir en France.
在來到法國之前，我已學過法文了。

這句和英語過去完成式中表示「從過去持續到過去的某個時間」的用法類似。venir en France（來到法國）是過去的時間點，並表示到這個時間點之前，持續著某行為或狀態，avant de~ 是「在做~之前」的意思。

02 ｜深入探討文法概念的解說

精選前面學過的特定例句，來做文法解說，必要時還會做結構拆解，而非以往只是附上中文翻譯、簡單帶過的說明，讓你從文法觀念到例句一次深度釐清。

03 ｜提供例句跟讀訓練

搭配 QR 碼音檔來練習已學過的例句，聽第一遍時會聽到「一句法文、一句中文」對照的例句；第二遍時則會聽到「法文＋空秒」，供你做覆誦練習。

2.2.4 例句跟讀訓練

01_25

① S'il avait fait beau hier, je serais sorti.
如果昨天天氣好的話，我就會出門了。

② Si vous m'aviez demandé, je vous aurais aidé.
如果當時有請求我的話，我就會幫您了。

③ Si j'avais été dans une bonne forme, j'aurais fait le voyage.
如果我（當時）身體狀況很好的話，我就會去旅行了。

④ Ma femme aurait été heureuse si je n'avais plus bu.
如果我（當時）不再喝酒的話，我太太應該就會很開心。

⑤ J'aurais aimé être avec vous hier.
我希望我昨天能和你們在一起。

⑥ Il aurait dû vous écouter.
他應該要聽你們的話。

⑦ Elle aurait souhaité vous parler.
她想要和你們說話。

⑧ Le voleur aurait été aidé, il me semble.
在我看來，這小偷（當時）似乎是受到了幫助。

⑨ Ma montre aurait retardé de cinq minutes.
我的手錶（當時）慢了五分鐘。

⑩ Elle m'a dit qu'elle m'aurait écrit avant son mariage.
她（當時）告訴過我，她會在結婚前寫信給我。

⑪ Je leur disais que je serais parti avant le printemps.
我（當時）跟他們說，我會在春天之前出發。

第 1 單 條件式 ② 過去時 ● 77

2.2.5 進階用法

關於「條件式過去時的第二種形態」
【條件式過去時的第二種形態】是指假設句之主要子句中，原本的「條件式過去時」替換成虛擬式未完成過去時（＝虛擬式未完成過去時＋過去分詞）。此用法通常不用於日常對話。

主詞主要使用第三人稱表示，變化的形態如下：

il/ elle	eût donné
ils/ elles	eussent donné

或是

il	fût allé
elle	fût allée
ils	fussent allés
elles	fussent allées

請見以下例句。

Si j'avais voulu, il **eût donné** son conseil.
要是我（當時）願意，他就會給予建議了。

相當於 Si j'avais voulu, il aurait donné son conseil.
eût donné 為虛擬式未完成過去時（虛擬式未完成過去時＋過去分詞）。

Si elle avait été avec moi, elle **eût été** heureuse.
要是她（當時）和我在一起的話，她應該會很幸福。

相當於 Si elle avait été avec moi, elle aurait été heureuse.
eût été 為虛擬式未完成過去時（虛擬式未完成過去時＋過去分詞）。

S'ils avaient compris la question, ils **eussent répondu** mieux.
要是他們（當時）有理解這個問題的話，他們應該就會回答得更好。

相當於 S'ils avaient compris la question, ils auraient répondu mieux.
eussent répondu 為虛擬式未完成過去時（虛擬式未完成過去時＋過去分詞）。

04 ｜繼續提升法語實力的進階用法

除了基本的文法概念外，還整理了如文學作品中才會出現的用法，或是比較細微、難解釋的表達方式，讓你的程度就此脫離初級，提升到中高級程度。

目　錄

第 1 篇　動詞

第 2 篇　關係代名詞

第 3 篇　分詞

第 10 篇　連接詞

附錄

第 1 篇
動詞
Les verbes

Leçon 01 直陳式 ① 現在時

1.1.1 用法

01_01

1 表示「現在的習慣」

Je **prends** mon bain tous les soirs.
我每天晚上都會泡澡。

Elle **sort** souvent avec lui.
她經常跟他出去。

André **fréquente** les cinémas.
安德烈經常去電影院。

2 在「Si 子句」中表示「未來」(si 意思是「如果」,相當於英文的 if)

Si tu **viens**, nous irons ensemble.
如果你來的話,我們就一起去。

S'il **neige** demain, je pourrai faire du ski.
如果明天下雪,我就能滑雪了。

Si je **suis** riche un jour, j'achèterai un château en France.
如果有一天我有錢了,我就會在法國買一座城堡。

3 表示「過去持續至今仍在進行的行為」

J'**habite** à Paris depuis l'année dernière.
我從去年起就住在巴黎。

Il ne **boit** plus depuis son opération.
他自從手術過後就不再喝酒了。

Depuis combien de jours **est**-elle absente?
她已經不在幾天了?

4 表示「現在正進行的行為或狀態」

Il **voyage** en avion maintenant.
他現在正在航程中。

Tu **es** où?
你（現在）在哪裡呢？

À qui **penses**-tu?
你（現在）在想誰呢？

5 表示「一般事實或真理」

Les Français **aiment** le vin.
法國人喜歡喝酒。

Cette maladie n'**est** pas contagieuse.
這種疾病不具傳染性。

La paix **est** toujours difficile à maintenir.
和平總是難以維持。

1.1.2 文法解說

　　英語在表示時間或條件的副詞子句中不使用未來式，不過法語則是只有在 si（如果～）的句子中不用未來時，其他情況皆可用未來時。

Appelle-moi aussitôt que tu **seras** prêt.
你準備好了就叫我一聲。

➡ aussitôt que ~（一旦～）是表示時間的副詞子句，tu **seras** 則是直陳式簡單未來時。

1 表示「現在的習慣」

Je **prends** mon bain tous les soirs.
我每天晚上都會泡澡。

tous les soirs（每晚）為現在的習慣

Elle **sort** souvent avec lui.
她經常跟他出去。

souvent（經常）為現在的習慣

2 在「Si 子句」中表示「未來」

Si tu **viens**, nous irons ensemble.
如果你來的話，我們就一起去。

viens 為 venir（來）的現在時，irons 為 aller（去）的簡單未來時。tu viens（你來）是發生在未來的事。但即使是發生在未來，si 子句也不會使用未來時表達。

S'il **neige** demain, je pourrai faire du ski.
如果明天下雪，我就能滑雪了。

同樣地，Si 子句的語意即便是未來，動詞 neige（降雪）仍使用現在時來表達。
pourrai 因為是在主要子句中，所以使用 pouvoir（可以）的簡單未來時來表達。

3 表示「過去持續至今仍在進行的行為」

J'**habite** à Paris depuis l'année dernière.
我從去年起就住在巴黎。

★ 相當於英文：I have lived in Paris since last year.
在英語中，此句意以現在完成式表示。沒有現在完成式的法語，則是以現在時表示。

Il ne **boit** plus depuis son opération.
他自從手術過後就不再喝酒了。

★ 相當於英文：He has not drunk any more since his operation.。
ne boit plus 是「不再喝」的意思。此句表示：不喝酒的狀態仍持續著。

4 表示「現在正進行的行為或狀態」

Il **voyage** en avion maintenant.
他現在正在航程中。

★ 相當於英文：He is traveling by plane now.
在英語中，此句意以現在進行式表示。法語沒有現在進行式，而是以現在時表示。（順帶一提，法語中也沒有過去進行式的用法。）

> Tu **es** où?
>
> 你（現在）在哪裡呢？

「現在在～」是表示現在的狀態，此句大概是用手機跟對方聯絡時會使用的句子。

5 表示「一般的事實或真理等」

> Les Français **aiment** le vin.
>
> 法國人喜歡喝酒。

此句主要陳述一般的事實。

> Cette maladie n'**est** pas contagieuse.
>
> 這種疾病不具傳染性。

此句主要陳述科學上的真理。

1.1.3 練習題

　　請將下列括號內的動詞改為現在時，並將句子譯成中文。同時請指出該句屬於五種用法中（「現在的習慣」、「Si 子句中的未來」、「過去持續至今且仍在進行的行為」、「現在正在進行的行為或狀態」、「一般的事實或真理等」）的哪一種用法。

1　Si nous (prendre) un taxi, nous arriverons à temps.

　　➡ _____

　　中譯 _____

2　Tu (faire) toujours la même erreur.

　　➡ _____

　　中譯 _____

3　Depuis quand (être)-il ici?

　　➡ _____

　　中譯 _____

4 On (boire) beaucoup de bière en Allemagne.

➡ _____

中譯 _____

5 Je le (voir) chaque jour.

➡ _____

中譯 _____

6 Je (étudier) l'anglais depuis longtemps.

➡ _____

中譯 _____

7 Ne faites pas de bruit, il (dormir).

➡ _____

中譯 _____

8 S'il (pleuvoir) demain, le match sera annulé.

➡ _____

中譯 _____

9 L'argent ne (faire) pas le bonheur.

➡ _____

中譯 _____

10 A qui (penser)-vous?

➡ _____

中譯 _____

1.1.4 例句跟讀訓練

01_02

　　請搭配音檔進行練習。第一遍先聽，會聽到法中對照（一句法文、一句中文）的句子；第二遍請跟著音檔複誦聽到的句子。

① André fréquente les cinémas.
安德烈經常去電影院。

② Si tu viens, nous irons ensemble.
如果你來的話，我們就一起去。

③ J'habite à Paris depuis l'année dernière.
我從去年起就住在巴黎。

④ À qui penses-tu?
你在想誰呢？

⑤ Cette maladie n'est pas contagieuse.
這種疾病不具傳染性。

1.1.5 進階用法

1 現在時在日常對話中，可用於表示不遠的將來。

J'arrive!　　　我來了。（前往玄關處迎接客人時）

Je descends!　　我要下車。（擁擠的地鐵車廂內）

2 若在以過去時敘述的小說中，突然出現現在時，可能是表示說話者的內心獨白。

➤ Elle a ouvert la porte, mais **qu'est-ce qu'elle attend maintenant?**
（她打開了門。不過她到底在等什麼？）

★ Elle a ouvert la porte（開了門）是以複合過去時書寫，而底線處的現在時即為表示說話者內心獨白的用法。

直陳式 ② 複合過去時

1.2.1 用法

01_03

1 在口語上用於表示過去（動作已發生）

Il **a dit** ça un jour.
他有一天說過這些。

J'**ai perdu** mon portefeuille.
我把我的皮夾給弄丟了。

Je **suis allé** au cinéma hier soir.
我昨天晚上去看了電影。

Elle **a acheté** ces oranges.
她買了這些柳橙。

Il **a téléphoné** ce matin.
他今天早上打過電話。

Elles **ont chanté** très bien.
她們唱得非常好。

Nous **sommes sortis** ensemble il y a une semaine.
我們一週前一起出去過。

Avez-vous **vu** ce film? （倒裝疑問句）
請問您看過這部電影嗎？

Je **me suis promené** cet après-midi. （反身動詞）
我今天下午去散步了。

Elle **s'est couchée** très tard hier soir. （反身動詞）
她昨天晚上非常晚才睡。

2 帶有英語「現在完成式」的意思

J'**ai été** à Paris plusieurs fois.
我去過巴黎好幾次。（經驗）

On **a gâté** cet enfant.
這個孩子被寵壞了。（結果）

Il n'**a** pas encore **fini** son travail.
他還沒完成他的工作。（完成）

3 可用於表示未來

Si tu **as fini** ton devoir, tu joueras dehors.
如果你把作業做完就可以去外面玩。

Si demain l'état **a empiré**, vous me rappellerez.
如果明天情況惡化了，您再回電給我。

4 用於表示過去某段特定時間內持續發生的事

J'**ai étudié** l'allemand pendant six ans.
我曾經學過六年的德文。

Pendant cinq ans, il m'**a**, soir et matin, **regardé** travailler.
在過去的五年裡，他從早到晚都看著我工作。

1.2.2 文法解說

複合過去時的句型結構為：

【avoir（或 être）的現在時＋動詞過去分詞】
關於複合過去時、過去分詞的變化說明可參閱初級篇的 p.179。

複合過去時用於將記憶中的經驗當作事實表達出來，以主觀的角度來與現在做連結。相對地，**簡單過去時**則是客觀地陳述過去的事物。不過目前一般的日常對話中，比較常使用複合過去時，愈來愈少使用簡單過去時表達。

Aujourd'hui, maman **est morte**. Ou peut-être hier, je ne sais pas.
今天，我的母親過世了。也或許是昨天。我不知道。—《異鄉人》
★ 這部全以複合過去時撰寫而成的小說，在當時可說是劃時代的寫法。一般認為，透過這樣的表現方式，更能呈現主角的內心世界。

　複合過去時（avoir＋過去分詞）的倒裝疑問句，若以 il 和 elle 作為主詞，就會像下列的句子一樣，在主詞與**助動詞 a** 之間加入 t，並以連字號（-）連接。

Il **a gagné** le match? → **A-t**-il **gagné** le match?
他贏了那場比賽嗎？

Elle **a acheté** des fraises? → **A-t**-elle **acheté** des fraises?
她買了草莓嗎？

　若句中要加入人名時，則如下所示。
Marie **a joué** au tennis? → Marie **a-t**-elle **joué** au tennis?
瑪莉有打網球嗎？

Jean **a tiré** au flanc? → Jean **a-t**-il **tiré** au flanc?
蹺課了嗎？

1 在口語上用於表示過去

> **J'ai perdu** mon portefeuille.
> 我把我的皮夾給弄丟了。

此句是 avoir 搭配主詞 je 的現在時變化 ai，加上 perdre（丟失）的過去分詞 perdu。有點類似英文的現在完成式，都是跟現在時相關的過去時用法。

> Je **suis allé** au cinéma hier soir.
> 我昨天晚上去看了電影。

這句是 être 搭配主詞 je 的現在時變化 suis，加上 aller（去）的過去分詞 allé。以下動詞都是以「être＋過去分詞」組成複合過去時。

> aller, venir, arriver, sortir, monter, descendre, partir, rester, naître, mourir, passer, tomber, retourner, rentrer, devenir, etc.

這些動詞的特徵是：
1) 不及物動詞
2) 語意中帶有【移動】的意味

3) 表示【由某個狀態轉移到另一個狀態】的意思
　　例如：Il **est tombé** amoureux.（他戀愛了。）
　　　　　➡ 使用 être 表示他的狀態在戀愛前和戀愛後有所改變。

再來看看另一個例子。déménager（搬家）的助動詞，在表示「動作」時是用 avoir；表示「狀態」時則會使用 être。
例如：Il a déménagé à Londres.（他搬家到倫敦。）
　　　Il est déménagé à Tokyo.（他移居到了東京。）

> Elle **a acheté** ces oranges.
> 她買了這些柳橙。

這句是 avoir（搭配主詞 Elle）的現在時變化 a，加上 acheter（買）的過去分詞 acheté 組成的複合過去時。

> Nous **sommes sortis** ensemble il y a une semaine.
> 我們一週前一起出去過。

這句是 être（搭配主詞 Nous）的現在時變化 sommes，加上 sortir（外出）的過去分詞 sorti 組成的複合過去時。但是因為這裡的主詞 nous（我們）是複數，所以過去分詞 sorti 要加上 s。如果 nous 為女性複數形，則 sorti 要先加上 e 再加上複數的 s。因此會是：
Nous **sommes sorties** ensemble il y a une semaine.
➡ il y a ~（在～之前）是表示過去的副詞。

> **Avez**-vous **vu** ce film?
> 請問您看過這部電影嗎？

這句是把 Vous avez vu ce film. 改為倒裝疑問句，也就是把 Vous 和 avez 顛倒之後，再以連字號（-）連接。

> Je **me suis promené** cet après-midi.（反身動詞）
> 我今天下午去散步了。

promener 是「使散步」的意思，因此 se promener「使自己散步」就是「散步」之意。句中的 se 是反身代名詞，promener 的過去分詞 promené 要隨主詞的性別和單複數做變化。請見以下說明：
· 如果 Je 指的對象是女性：
　Je **me suis promenée** cet après-midi.
· 若主詞 Nous 指的對象全部皆為男性
　Nous **nous sommes promenés** cet après-midi.
· 若主詞 Nous 指的對象全部皆為女性
　Nous **nous sommes promenées** cet après-midi.

・若主詞 Nous 指的對象有男有女（則全數視為男性）

Nous **nous sommes promenés** cet après-midi.

（關於過去分詞的一致性，請參考〈第 4 篇 過去分詞的一致性〉）

Elle **s'est couchée** très tard hier soir.

她昨天晚上非常晚才睡。

Elle s'est couchée（她睡了）為 Elle se couche 的複合過去時。s' 為反身代名詞 se 的縮寫，且指女性，coucher（使睡覺）的過去分詞 couché 字尾要加上 e。

② 帶有英語「現在完成式」的意思

J'**ai été** à Paris plusieurs fois.

我去過巴黎好幾次。（經驗）

été 是 être 的過去分詞，所以這句話和 I have been to Paris several times. 有些相似，可以想成是現在完成式中的「經驗」。

On **a gâté** cet enfant.

這個孩子被寵壞了。（結果）

on 為主詞，一般視為單數。gâté 是「變糟」的意思，這裡表示「寵壞」小孩子。在語感上帶有該狀況是某種行為的結果之意。

Il n'**a** pas encore **fini** son travail.

他還沒完成他的工作。（完成）

這句是把 Il a fini son travail. 改成否定句。助動詞 a 夾在 ne ~ pas 之間。ne＋a＋pas → n'a pas 省略了母音 e。pas encore 則是「尚未～」的意思。

③ 可用於表示未來

Si tu **as fini** ton devoir, tu joueras dehors.

如果你把作業做完就可以去外面玩。

tu as fini 是複合過去時，表示在 joueras（玩 ➡ jouer 的簡單未來時）之前先結束。這裡的複合過去時是用於代替先未來時。（可參照第 1 篇第 1 課第 8 節的「先未來時」。）

④ 用於表示過去某段特定時間內持續發生的事

J'**ai étudié** l'allemand pendant six ans.

我曾經學過六年的德文。

pendant six ans（六年之間）是在過去持續的一段時間，所以要以複合過去時表示。而這個句子中含有「現在已經沒有在學德文」的意思。

1.2.3 練習題

I. 請將下列括弧內的動詞改為複合過去時，並將句子譯為中文。

1　Vous (voir) cette exposition hier après-midi.

➡ _____

中譯 _____

2　Nous (oublier) de poster notre lettre.

➡ _____

中譯 _____

3　Je (rendre) visite à ma mère.（主詞以 J' 開始）

➡ _____

中譯 _____

4　Hier elle (faire) du tennis.

➡ _____

中譯 _____

5　Je lui (répondre) par téléphone.

➡ _____

中譯 _____

6　Tu (parler) à Monsieur Kondo?

➡ _____

中譯 _____

7　Qu'est-ce qu'ils (manger) au restaurant?

➡ _____

中譯 _____

8 Hier soir, je (se coucher) très tôt.

➡ _____

中譯 _____

9 Hier matin, je (se lever) très tard.

➡ _____

中譯 _____

II. 請參考 範例 ，使用括弧內的動詞造出複合過去時的倒裝疑問句，並將句子譯為中文。

範例 (Comprendre) - vous son discours?
➡ *Avez-vous compris son discours?*

1 (Voir)-tu ce film?

➡ _____

中譯 _____

2 (Réussir)-il à son examen?

➡ _____

中譯 _____

3 Combien (payer)-vous cette cravate?

➡ _____

中譯 _____

1.2.4 例句跟讀訓練

01_04

　　請搭配音檔進行練習。第一遍先聽，會聽到法中對照（一句法文、一句中文）的句子；第二遍請跟著音檔複誦聽到的句子。

① J'ai perdu mon portefeuille.
我把我的皮夾給弄丟了。

② Je suis allé au cinéma hier soir.
我昨天晚上去看了電影。

③ Nous sommes sortis ensemble il y a une semaine.
我們一週前一起出去過。

④ Avez-vous vu ce film?（倒裝疑問句）
請問您看過這部電影嗎？

⑤ Je me suis promené cet après-midi.（反身動詞）
我今天下午去散步了。

⑥ J'ai été à Paris plusieurs fois.
我去過巴黎好幾次。（經驗）

⑦ On a gâté cet enfant.
這個孩子被寵壞了。（結果）

⑧ Si tu as fini ton devoir, tu joueras dehors.
如果你把作業做完就可以去外面玩。

⑨ J'ai étudié l'allemand pendant six ans.
我曾經學過六年的德文。

1.2.5 進階用法

有時會使用複合過去時來強調「行動的速度將會很快」。

➤ **J'ai fini** dans un instant. 我很快就可做完了。
➤ Dix secondes, et je **suis arrivée**! 我再一下子就到了。

01 直陳式 ③ 未完成過去時

1.3.1 用法

01_05

1 表示「過去的事實、狀態」

Autrefois, les Romains **étaient** un grand peuple.
從前，羅馬人是一個偉大的民族。

Sa voiture **était** rouge, mais maintenant il a une voiture bleue.
他的車之前是紅色的，不過現在他有一輛藍色的車。

Picasso **avait** assurément du talent.
毫無疑問地，畢卡索具有才華。

2 表示「過去的習慣」「過去不斷重覆發生的行為」

Il **venait** chaque jour me dire des mots d'amour.
他之前每一天都會來跟我說情話。

Elle **avait** l'habitude de parler à voix haute.
她曾有大聲說話的習慣。

Je **buvais** trop, et j'**avais** mal à la tête.
我以往常因為喝太多酒而頭痛。

3 用作過去進行時（與複合過去時搭配）

Quand je suis arrivé chez moi, ma femme **prenait** une douche.
當我回到家時，我的太太正在洗澡。

Quand il m'a téléphoné, je **travaillais** dur.
當他打電話給我時，我正在努力工作。

Je **lisais** quand elle est entrée.
當她進來的時候，我正在閱讀。

4 表示「在過去時態中的現在」

Elle m'a demandé si je l'**aimais**.
她問過我說我是否喜歡她。

Il a voulu savoir comment je **travaillais**.
他想知道我是如何工作的。

Ils ont déclaré qu'ils **voulaient** me demander un conseil.
他們宣稱想詢問我的建議。

Je lui ai dit que je **partais** bientôt.
我告訴過他，我很快就會離開。

5 表示「當時打算～」「當時正要～」的意思

Je **sortais**.
我當時正要出去。

J'**achevais** mon droit en 2011 à Paris.
我在 2011 年時，正於巴黎讀完法律學位。

1.3.2 文法解說

　　未完成過去時是表達過去當時狀態最常用的一種時態。未完成過去時的字尾如下所示：

je	**-ais**	tu	**-ais**	il (elle)	**-ait**
nous	**-ions**	vous	**-iez**	ils (elles)	**-aient**

　　關於未完成過去時基本的變化說明可參閱初級篇的 p.216。

1 表示「過去的事實、狀態」

Sa voiture **était** rouge, mais maintenant il a une voiture bleue.
他的車之前是紅色的，不過現在他有一輛藍色的車。

Sa voiture était rouge.（他的車以前是紅色的）是表示過去的狀態。était 為 être 的未完成過去時。

Picasso **avait** assurément du talent.
毫無疑問地，畢卡索具有才華。

Picasso **avait** assurément...（畢卡索當時確實有～）是表示過去的狀態。**avait**
為 avoir 的未完成過去時。

2 表示「過去的習慣」「過去不斷重覆發生的行為」

Il **venait** chaque jour me dire des mots d'amour.
他之前每一天都會來跟我說情話。

Il venait chaque jour...（他每天來…）表示「來」這個行為在過去重覆發生。
venait 為 venir 的未完成過去時。

Elle **avait** l'habitude de parler à voix haute.
她曾有大聲說話的習慣。

Elle **avait** l'habitude（她曾有這個習慣）明確表示這是過去的習慣。à voix
haute 是「大聲」的意思，而 à voix basse 則是「小聲」的意思，可以一併學起
來。

3 用作過去進行時（與複合過去時搭配）

Quand je suis arrivé chez moi, ma femme **prenait** une douche.
當我回到家時，我的太太正在洗澡。

ma femme prenait une douche（我的太太當時正在洗澡）可以看作是英語的過
去進行式。先以複合過去時的 Quand je suis arrivé chez moi（我回到家的時
候）指出過去的某一個時間點，接著再表達在該時間點正在進行中的動作。
prendre（拿）的未完成過去時 prenait 也很常用。

4 表示「在過去時態中的現在」

Elle m'a demandé si je l'**aimais**.
她問過我說我是否喜歡她。

這句是將直接引述句 Elle m'a demandé: "Tu m'aimes?"（她曾問我「你愛我
嗎？」）改成間接引述的句子。此時將 "Tu m'aimes?" 改成以未完成過去時的 si
je l'aimais，來表示在過去時態中的現在。句中的 Tu 和 m' 也改成 je 和 l'，以
si je l'aimais（aimer 的未完成過去時）表示。

Il a voulu savoir comment je **travaillais**.
他想知道我是如何工作的。

comment je travaillais（travailler 的未完成過去時）（我是如何工作的）接在 savoir（知道）之後，作為受詞使用，且語順與直述句的語順相同。此時用未完成過去時來表示「過去的現在」。

Je lui ai dit que je **partais** bientôt.
我告訴過他，我馬上就要出發了。

這句是把 Je lui ai dit: "Je pars bientôt."（我曾對他説：「我馬上就要出發」）改為間接引述。Je pars. 是現在時，bientôt 表示「馬上，很快地」，所以意思是「很快、馬上就要出發」。

5 表示「當時打算～」「當時正要～」的意思

Je **sortais**.
我當時正要出去。

sortais（出去：sortir 的未完成過去時）可以想是成是英語的過去進行式。不過這句與其説是表示過去持續發生的行為或習慣，其實比較偏向於當時正要做某事。

J'achevais mon droit en 2011 à Paris.
我在 2011 年時，正於巴黎讀完法律學位。

表示當時（2011 年的這個時間點）正完成學位的這個行為或狀態。achevais 是「完成」的意思。

1.3.3 練習題

I. 請將下列括弧內的動詞改為未完成過去時，並將句子譯為中文。

1 Nous (faire) ce travail une fois par semaine.

➡ _____

中譯 _____

2 L'année où je suis allé là-bas, il y (avoir) M. Cadot.

➡ _____

中譯 _____

3 Elle ne (vivre) que pour l'argent.

➡ _____

中譯 _____

4 Le livre que j'ai lu (être) intéressant.

➡ _____

中譯 _____

5 Elle m'a demandé si je (aimer) la France.

➡ _____

中譯 _____

II. 請將下列括弧內的動詞改為未完成過去時或複合過去時，並將句子譯
為中文。

1 Je (quitter) la salle pendant qu'elle (liser).

➡ _____

中譯 _____

2 Lorsqu'ils (arriver), je (jouer) au tennis.

➡ _____

中譯 _____

3 Tandis que je (se promener), il (commencer) à pleuvoir.

➡ _____

中譯 _____

4 Cette nuit-là je (dormir), quand je (sentir) le tremblement de terre.

➡ _____

中譯 _____

5 Ils (venir) chez moi tandis que je (m'apprêter) à sortir.

➡ _____

中譯 _____

01_06

請搭配音檔進行練習。第一遍先聽，會聽到法中對照（一句法文、一句中文）的句子；第二遍請跟著音檔複誦聽到的句子。

---

① Picasso avait assurément du talent.
毫無疑問地，畢卡索具有才華。

② Il venait chaque jour me dire des mots d'amour.
他之前每一天都會來跟我說情話。

③ Je buvais trop, et j'avais mal à la tête.
我以往常因為喝太多酒而頭痛。

④ Quand il m'a téléphoné, je travaillais dur.
當他打電話給我時，我正在努力工作。

⑤ Je lisais quand elle est entrée.
當她進來的時候，我正在閱讀。

⑥ Elle m'a demandé si je l'aimais.
她問過我說我是否喜歡她。

⑦ Je lui ai dit que je partais bientôt.
我告訴過他，我很快就會離開。

⑧ J'achevais mon droit en 2011 à Paris.
我在 2011 年時，正於巴黎讀完法律學位。

1.3.5 進階用法

1 條件式（假設語氣）的條件句中會使用未完成過去時。

S'il **faisait** beau, je **sortirais**.
（天氣好的話我就出門。）

此用法會在〈第 1 篇第 2 課的條件式〉中做詳細解說，sortirais 是 sortir 的條

件式現在時；faisait 是 faire 的未完成過去時。

「Si＋主詞＋未完成過去時…，主詞＋條件式現在時…」是表達「與現在事實相反的假設」，前句表示「若此假設成真」，後句表示「會有某結果」，意思是「要是～，那麼～」。

2 描述當時的情景。

> Nous **partions**; nous **entrions** dans un café et nous le **quittions** peu après.
> （我們外出，進了一家咖啡廳，然後很快就離開了。）

此句並非表達過去一再重覆發生、持續進行的行為，而是逐一描述每個動作當下發生的瞬間。這個用法不會用於口語表達。

3 表示兩件事「同時進行」。

> Elle **faisait** la vaisselle tandis que je **faisais** la lessive.
> （她當時在洗盤子，我則是在洗衣服。）

此句表示兩件事在過去同時進行。這裡的 tandis que 是表示「…，而…」「當…，…」帶有相對的意思。

直陳式 ④愈過去時

1.4.1 用法

01_07

1 表示「在過去某時間點已完成的事」，相當於過去完成式

Lorsque la police est arrivée, le voleur était déjà **parti**.
當警察抵達的時候，小偷早已離開了。

J'avais étudié le français avant de venir en France.
在來到法國之前，我已學過法文了。

Je lui **avais parlé** mais nous n'avions rien de commun.
我（之前）跟他講過話，但我們之間沒有任何共通點。

2 表示「在過去時態中更早的過去」

J'ai remarqué qu'il **avait acheté** une nouvelle voiture.
我注意到他早已買了一台新車。

Elle m'**avait donné** ce conseil quelques jours avant notre rencontre.
就在我們見面的幾天前，她已給了我這個建議。

Je lui ai demandé ce qui lui **était arrivé** en ces dix ans.
我問了他，在這十年間他發生了什麼事。

3 表示「過去的習慣」

Quand j'**avais** trop **bu**, j'étais malade.
當我喝太多酒的時候，就會不舒服。

Il travaillait quand le soleil s'**était couché**.
當太陽下山時，他仍在工作。

1.4.2 文法解說

　　直陳式愈過去時是個口語、書面語都可以使用的時態。其句型結構為：

【avoir（或 être）的未完成過去時＋動詞過去分詞】

例如：

主詞	**avoir**	動詞過去分詞
j'	**avais**	
tu	**avait**	mangé
nous	**avions**	

主詞	**être**	動詞過去分詞
j'	étais	
tu	était	parti
nous	étions	

關於愈過去時詳細的變化說明可參閱初級篇的 p.219。

❶ 表示「在過去某時間點已完成的事」，相當於過去完成式

Lorsque la police est arrivée, le voleur était déjà **parti**.
當警察抵達的時候，小偷早已離開了。

這個句子將 la police est arrivée（警察抵達的時候）視為過去的某個時間點，並表達在這個時間點，le voleur était déjà parti（小偷已經不在現場）這件事已完成。和英語的過去完成式用法類似。

J'**avais étudié** le français avant de venir en France.
在來到法國之前，我已學過法文了。

這句和英語過去完成式中表示「從過去持續到過去的某個時間點」的用法類似。venir en France（來到法國）是過去的時間點，並表示到這個時間點之前，持續著某行為或狀態。avant de~ 是「在做～之前」的意思。

Je lui **avais parlé** mais nous n'avions rien de commun.
我（之前）跟他講過話，但我們之間沒有任何共通點。

這句的 Je lui avais parlé（跟他講過話）也同樣類似英語過去完成式中表示「從過去持續到過去的某個時間點」的用法。此句主要表示 nous n'avions rien de commun（沒有共通點）這件事之前便一直持續著。

2 表示「在過去時態中更早的過去」

J'ai remarqué qu'il **avait acheté** une nouvelle voiture.
我注意到他早已買了一台新車。

此句表示 il avait acheté（他買了）這件事是比 J'ai remarqué（我注意到）更早發生。
une nouvelle voiture：「新買的車」（未必是新車）
une voiture nouvelle：「新款的車」
une voiture neuve：「新車」「新款的車」

Elle m'**avait donné** ce conseil quelques jours avant notre rencontre.
就在我們見面的幾天前，她已給了我這個建議。

由於是比 quelques jours avant notre rencontre（見面的幾天前）更早完成的事情，所以使用愈過去時表示。

Je lui ai demandé ce qui lui **était arrivé** en ces dix ans.
我問了他，在這十年間他發生了什麼事。

Je lui ai demandé（我問了他／她）為過去發生的事，但因為後面提到 ce qui... en ces dix ans（在這十年間…），詢問更早之前（十年前）發生的事，所以用愈過去時。

3 表示「過去的習慣」

Quand j'**avais** trop **bu**, j'étais malade.
當我喝太多酒的時候，就會不舒服。

j'étais malade（就會不舒服）是表示過去習慣的未完成過去時，j'avais trop bu（酒喝太多）是造成「不舒服」狀態的動作，也屬於過去習慣的一部分。

I. 請將下列括弧內的動詞改為愈過去時，並將句子翻譯成中文。

1 Aussitôt que je (prendre) mon bain, je regardais la télé.

➡ _____

中譯 _____

2 Il a refusé ce que je lui (demander).

➡ _____

中譯 _____

3 Comme je (arriver) en retard, elle n'était pas contente.

➡ _____

中譯 _____

4 Ils (arriver) avant nous.

➡ _____

中譯 _____

5 Il a appris que je (quitter) ma fiancée.

➡ _____

中譯 _____

II. 請將法文單字重組成符合中文語意的句子。句首要以大寫表示。

1 她把之前買的書弄丟了。

avait / qu'elle /a / perdu / les / Elle / livres / achetés / .

➡ _____

2 我在廣播中聽到我們的總統離婚了。

entendu à / radio / que / notre président / J'ai / avait / la /divorcé / .

➡ _____

3 我拿到了錢之後才去見她的。

j'avais / voir / reçu / mon / Quand / j'allais / la / argent / .

➡ _____

4 我發現是他偷了我的東西。

m'avait / constaté / J'ai / volé / qu'il / .

➡ _____

5 她很生氣，因為我遲到了。

Elle / retard / s'est / fâchée / , car / j'étais / en / .

➡ _____

1.4.4 例句跟讀訓練

01_08

　　請搭配音檔進行練習。第一遍先聽，會聽到法中對照（一句法文、一句中文）的句子；第二遍請跟著音檔複誦聽到的句子。

---

① Lorsque la police est arrivée, le voleur était déjà parti.
當警察抵達的時候，小偷早已離開了。

② J'avais étudié le français avant de venir en France.
在來到法國之前，我已學過法文了。

③ Je lui avais parlé mais nous n'avions rien de commun.
我（之前）跟他講過話，但我們之間沒有任何共通點。

④ J'ai remarqué qu'il avait acheté une nouvelle voiture.
我注意到他早已買了一台新車。

⑤ Je lui ai demandé ce qui lui était arrivé en ces dix ans.
我問了他，在這十年間他發生了什麼事。

⑥ Quand j'avais trop bu, j'étais malade.
當我喝太多酒的時候，就會不舒服。

1.4.5 進階用法

 單獨使用愈過去時的話,有強調「早已完成～」「之前早做過～」的意思。

Je te l'avais bien dit!
我早就跟你說過了。

 使用與過去事實相反的條件式(假設語氣)時,條件子句會使用愈過去時來表達。

S'il **avait fait** beau, je serais sorti.
(當時)要是天氣好,我就會出門了。

> Si+直陳式愈過去時(條件子句), 條件式過去時(主要子句)

　　條件式會在〈第 1 篇第 2 課〉詳細解說,上述的用法是先提出與過去事實相反的假設,然後在後半句提到「若假設為真會有什麼結果」的條件式。在上面的例句中,je serais sorti 是條件式過去時。例句中後半句的結構為:

je **serais** **sorti**.
(être 的條件式現在時) (動詞過去分詞)

③ 我們還可用直陳式愈過去時的否定形,來表示「沒做到～就～」。

> 直陳式愈過去時的否定形+que(或 quand)+直陳式複合過去時

Le voyageur n'**avait** pas **fait** dix kilomètres qu'il est tombé malade.
那位旅人還走不到十公里,就因病而倒下了。

01 直陳式 ⑤ 簡單過去時

1.5.1 用法

1 作為「描述歷史的時態」

Napoléon **naquit** en 1769 et **mourut** en 1821.
拿破崙生於 1769 年，死於 1821 年。

Einstein **découvrit** la théorie de la relativité.
愛因斯坦發現了相對論。

La Seconde Guerre mondiale **vit** la défaite des Allemands.
第二次世界大戰見證了德國的戰敗。

2 作為「敘述故事的時態」

Il **se redressa**, **remit** son chapeau, **fit** deux pas, **disparut**.
他再次挺起身子，再戴上帽子，走了兩步，消失了。

Un évènement **donna** un tour inattendu à cette aventure.
一起事件為這個冒險帶來了突如其來的轉折。

Ce **fut** une extraordinaire nuit de liberté exaltée.
這是一個非凡的、自由振奮的夜晚。

1.5.2 文法解說

簡單過去時是將過去事實視為一個事件點，是敘述歷史事件或故事時使用的時態，而且是書面語，不會用在口語表達上。

此時態主要以第三人稱作為主詞：il(s), elle(s)。其變化如下所示，部分動詞有特殊的變化：

• arriver（第一類規則動詞：er 規則動詞）：

主詞	動詞變化
il/elle	**arriva**
nous	**arrivâmes**
ils/elles	**arrivèrent**

• finir（第二類規則動詞：ir 規則動詞）：

主詞	動詞變化
il/elle	**finit**
nous	**finîmes**
ils/elles	**finirent**

關於簡單過去時基本的變化說明可參閱初級篇的 p.221。

1 作為「描述歷史的時態」

Napoléon **naquit** en 1769 et **mourut** en 1821.
拿破崙生於 1769 年，死於 1821 年。

naquit 是 naître（誕生）的簡單過去時。建議可以把 Il(elle) naquit, ils(elles) naquirent 先記起來。mourut 是 mourir（死亡）的簡單過去時，變化則是 il(elle) mourut, ils(elles) moururent。

Einstein **découvrit** la théorie de la relativité.
愛因斯坦發現了相對論。

découvrit 是 découvrir（發現）的簡單過去時。動詞變化為 il(elle) découvrit, ils(elles) découvrirent。

La Seconde Guerre mondiale **vit** la défaite des Allemands.
第二次世界大戰見證了德國的戰敗。

vit 是 voir（看）的簡單過去時。動詞變化為 il(elle) vit, ils(elles) virent。另外，若以「時代」當作主詞（或是歷史事件）並使用 voir 表達時，意思就是「在…的時代曾發生／經歷／見證～」。這時的主詞為無生命的主詞。

2 作為「敘述故事的時態」

> Il **se redressa**, **remit** son chapeau, **fit** deux pas, **disparut**.
> 他再次挺起身子，再戴上帽子，走了兩步，消失了。

se redressa, remit, fit, disparut 分別是 se redresser（再次挺直）、remettre（重新穿戴）、faire（走（一段距離））、disparaître（消失）的簡單過去時。在這句，每個行為就像是一個點，以清楚明確描述此人物。

> Un évènement **donna** un tour inattendu à cette aventure.
> 一起事件為這個冒險帶來了突如其來的轉折。

donna 是 donner（給予）的簡單過去時。un tour 在此句為「事態發展之中的轉折」之意。動詞變化為 il(elle) donna, ils(elles) donnèrent。這個例句在以下的＜進階用法＞會再次解說。

1.5.3 練習題

請將下列括弧內的動詞改為簡單過去時，並將句子翻譯成中文。

1 Il (finir) son discours et tout le monde l'(applaudir).

➡ _____

中譯 _____

2 Je dormais quand il (entrer) dans ma chambre.

➡ _____

中譯 _____

3 Nous (prendre) le bateau à Marseille.

➡ _____

中譯 _____

4 Cet incendie hier soir (faire) beaucoup de morts.

➡ _____

中譯 _____

5 Aidez-moi! (crier)-t-elle.

➡ _____

中譯 _____

6 Elle (sortir) aussitôt après son arrivée.

➡ _____

中譯 _____

7 C'est Michel-Ange qui (peindre) la voûte de la Sixtine.

➡ _____

中譯 _____

8 Il faisait trop froid le soir où nous (arriver) à Helsinki.

➡ _____

中譯 _____

9 Mon amie (se souvenir) de ce que je lui avait dit.

➡ _____

中譯 _____

10 Quand (naître) Alfred de Musset?

➡ _____

中譯 _____

1.5.4 例句跟讀訓練

01_10

請搭配音檔進行練習。第一遍先聽，會聽到法中對照（一句法文、一句中文）的句子；第二遍請跟著音檔複誦聽到的句子。

① Napoléon naquit en 1769 et mourut en 1821.
拿破崙生於 1769 年，死於 1821 年。

② Einstein découvrit la théorie de la relativité.
愛因斯坦發現了相對論。

③ Un évènement donna un tour inattendu à cette aventure.
一起事件為這個冒險帶來了突如其來的轉折。

④ Ce fut une extraordinaire nuit de liberté exaltée.
這是一個非凡的、自由振奮的夜晚。

1.5.5 進階用法

1 句型 1：「簡單過去時＋關係代名詞＋簡單過去時」

　　動作的順序即依句型中動詞的順序，翻譯時前面的動作先翻，再來再翻後面的動作。

Il choisit un livre qu'il n'ouvrit pas.
（他選了一本書，但沒有翻開。）

★ 以英文來說，也就是要將句子看作是非限定用法（which 子句的內容不修飾前面的先行詞）。

比較兩種句子的不同之處

a. Nous **attaquâmes** l'ennemi qui **se retira**.
（我們對敵方發動攻擊，敵方撤退了。）

b. Nous **attaquâmes** l'ennemi qui **se retirait**.
（我們攻擊了撤退中的敵人。）

　　a. 句是「簡單過去時＋關係代名詞＋簡單過去時」的形態，翻譯時可以直接從頭翻譯到尾，但 b. 句的 se retirait 是未完成過去時，所以在理解 l'ennemi qui se retirait（撤退中的敵人）時，就要先翻譯 qui 之後的內容，當作修飾 l'ennemi 的詞組。

2 句型 2：「未完成過去時＋ quand (lorsque)＋簡單過去時」

　　接下來我們試著將 [1.5.2 文法解說] 中最後一個例句的前面，加上未完成過去時的句子。

> Un évènement **donna** un tour inattendu à cette aventure.
> 一起事件為這場冒險帶來了突如其來的轉折。

> Les vacances **s'approchaient** de leur fin **quand** un évènment
> **donna** un tour inattendu à cette aventure.
> 假期接近尾聲之際,一起事件為這場冒險帶來意想不到的轉折。

s'approchaient 為**未完成過去時**,是表示過去正在進行的狀態。quand 後面的**簡單過去時** donna,則是發生在那個時間點的事。

比較兩種句子的不同之處

Il était calme.
(他很冷靜。)

Il **fut** calme.
(他變冷靜了。)

　　était 是 être 的未完成過去時,表示的是狀態;而 fut 是 être 的簡單過去時,表示的則是事件發生完的一個時間點,因此中文會翻譯成「變冷靜了」。

01 直陳式 ⑥ 先過去時

1.6.1 用法

01_11

與簡單過去時搭配使用

> Aussitôt qu'il **fut sorti**, il la vit.
> 他一出門便馬上看到她。

> Quand il **eut déclaré** ses sentiments, elle pleura.
> 當他表明自己的感情後，她便哭了。

> Dès que nous **eûmes fini** notre repas, nous travaillâmes.
> 我們一用完餐就上工了。

> Dès qu'ils **eurent lâché** cet homme, il retomba.
> 當他們把這位男子放開時，他又再倒了下去。

> Aussitôt qu'il **eut apprit** la bonne nouvelle, il sauta de joie.
> 他一聽到好消息時，就開心地跳了起來。

> Lorsque l'avion **eut décollé**, elle s'effondra.
> 當飛機起飛時，她便崩潰了。

1.6.2 文法解說

先過去時的句型結構為：

【avoir（或 être）的簡單過去時＋動詞過去分詞】

> Aussitôt qu'il **fut sorti**, il la vit.
> 他一出門就看到她。

il fut sorti（外出）為先過去時，il la vit（看到她）為簡單過去時。此用法通常就像這樣，搭配簡單過去時一起使用。在「看見她」之前，

「外出」這個動作已經完成。Aussitôt que 是連接詞，意思是「一～就～」。（avoir 的簡單過去時動詞變化：如 il eut；être 的簡單過去時動詞變化：如 il fut）

關於先過去時基本的變化說明可參閱初級篇的 p.225。

1. 先過去時的意義：表示過去某行為發生不久前，早已完成的動作。
2. 先過去時的用法：為書面語，不會用在口語表達上。
3. 使用時以簡單過去時作為主要子句，先過去時僅用於從屬子句。
4. 接在表示時間的連接詞（aussitôt que, quand, dès que 等）之後使用。

與簡單過去時搭配使用

Quand il **eut déclaré** ses sentiments, elle pleura.
當他表明自己的感情後，她便哭了。

il eut déclaré（他表明）為先過去時，elle pleura（她哭了）為簡單過去時。「表明感情」這個動作是在「她哭了」之前完成。

Dès que nous **eûmes fini** notre repas, nous travaillâmes.
我們一用完餐就上工了。

Dès que 是連接詞，和 aussitôt que ～「一～立刻就～」是差不多的意思。nous eûmes fini（結束）為先過去時，nous travaillâmes（工作）為簡單過去時。「用完餐」這個動作在「上工」之前完成。

Aussitôt qu'il **eut apprit** la bonne nouvelle, il sauta de joie.
他一聽到好消息時，就開心地跳了起來。

il eut apprit la bonne nouvelle（他得知消息）為先過去時，sauta de joie（高興地跳起來）為簡單過去時。「他得知好消息」這件事是發生在「高興地跳起來」之前。

1.6.3 練習題

請將下列括弧內的動詞改為先過去時，並將句子翻譯成中文。

1 Quand il (arriver), nous lui racontâmes.

   ➡ _____

   中譯 _____

2 Aussitôt que Monsieur Cadot (manger), il reprit son travail.

   ➡ _____

   中譯 _____

3 Lorsqu'ils (accepter) notre offre, nous sortîmes boire un pot.

   ➡ _____

   中譯 _____

4 Quand il (descendre) du taxi, il paya.

   ➡ _____

   中譯 _____

5 Lorsqu'elle (faire) une leçon, elle quitta la classe.

   ➡ _____

   中譯 _____

6 Dès que je (rentrer) chez moi, elle me téléphona.

   ➡ _____

   中譯 _____

7 Dès qu'il (poser) la question, je répondis.

   ➡ _____

   中譯 _____

8 Quand tu (partir), ils me parlèrent de toi.

   ➡ _____

   中譯 _____

9　Quand vous (écrire) une lettre, vous fûtes content.

➡ _____

中譯 _____

10　Aussitôt qu'elles (arriver), nous leur demandâmes une faveur.

➡ _____

中譯 _____

1.6.4 例句跟讀訓練

01_12

　　請搭配音檔進行練習。第一遍先聽，會聽到法中對照（一句法文、一句中文）的句子；第二遍請跟著音檔複誦聽到的句子。

---

① Aussitôt qu'il fut sorti, il la vit.
他一出門便馬上看到她。

② Dès que nous eûmes fini notre repas, nous travaillâmes.
我們一用完餐就上工了。

③ Dès qu'ils eurent lâché cet homme, il retomba.
當他們把這位男子放開時，他又再倒了下去。

④ Lorsque l'avion eut décollé, elle s'effondra.
當飛機起飛時，她便崩潰了。

1.6.5 進階用法

À peine se fut-il **couché que** le téléphone sonna.
他一躺下來，電話就響了。

　　這是 À peine ... que ~（一…就～）的句型。se fut-il couché（他躺下）為先過去時，而 le téléphone sonna（電話響了）為簡單過去時。正如例句，À peine 置於句首時，「...」的部分會倒裝。但也可以像下面這

個句子一樣，用其他的時態表達。

À peine était-il rentré **que** le téléphone a sonné.

（＝Il était **à peine** rentré **que** le téléphone a sonné.）

他一回到家，電話就響了。

ét, était-il rentré（他回到家）為直陳式愈過去時，le téléphone a sonné（電話響了）則是直陳式複合過去時。

直陳式 ⑦ 簡單未來時

1.7.1 用法

01_13

1 表示一般的未來事件

Je **ferai** le voyage en Italie l'année prochaine.
我明年會去義大利旅遊。

Quand nous **reverrons**-nous?
我們什麼時候會再碰面呢？

Elle me **téléphonera** après-demain.
她後天會打給我。

Ma sœur **deviendra** infirmière.
我妹妹將會成為護士。

2 「命令式／簡單未來時＋表示時間的連接詞＋簡單未來時」

Je lui **dirai** lorsqu'il **viendra**.
等他來的時候，我會告訴他。

Sors dès que tu **seras** prêt.
等你準備好就出發。

Téléphonez-moi lorsque vous **arriverez**.
你們到的時候，請打電話給我。

Quand elle **sera** grande, elle **comprendra**.
等她長大了，就會瞭解的。

3 「Si＋現在時，簡單未來時」

Si je suis riche un jour, j'**achèterai** cette voiture-là.
如果有一天我有錢了，我就會買下這台車。

S'il continue à boire comme ça, il **sera** malade.
如果他繼續像這樣子喝下去，他就會生病。

Si elle vient ce soir, je **serai** heureux.
如果她今晚會過來的話，我會很開心的。

Si vous faites attention, vous **verrez**.
如果你們注意一點的話就會看見。

4 表示命令

Elle **fera** ce travail tout de suite.
她馬上就會進行這項工作。

Tu me **répondras** quand je te pose des questions.
當我問你問題時，你就回答我。

Tu me le **paieras**!
你會付出代價的！

Tu **liras** cette lettre demain.
你明天再讀這封信。

1.7.2 文法解說

　　法語的未來時並沒有像英語那樣分為 will 和 shall 兩種用法，而是分為單純的未來事件，以及表達希望能在未來實現某件事的用法，通常是從上下文判斷其語意。

　　簡單未來時的字尾如下所示：

je	**-rai**	tu	**-ras**	il (elle)	**-ra**
nous	**-rons**	vous	**-rez**	ils (elles)	**-ront**

　　關於簡單未來時基本的變化說明可參閱初級篇的 p.227。

1 表示一般的未來事件

> Je **ferai** le voyage en Italie l'année prochaine.
> 我明年會去義大利旅遊。

ferai 是 faire（做）的簡單未來時。句中有 l'année prochaine（明年）這個表示未來的副詞，時態便使用簡單未來時。

> Quand nous **reverrons**-nous?
> 我們什麼時候會再碰面呢？

reverrons 是 revoir（再次見面）的簡單未來時，se revoir 表示「彼此再次見面」的意思。

> Ma sœur **deviendra** infirmière.
> 我妹妹將會成為護士。

deviendra 是 devenir（成為）的簡單未來時。若後面接續的是表示身分或職業的詞語，則不會加冠詞。

2 「命令式／簡單未來時」＋「表示時間的連接詞」＋「簡單未來時」

> Je lui **dirai** lorsqu'il **viendra**.
> 等他來的時候，我會告訴他。

dirai 是 dire（說）的簡單未來時，lorsqu'（做～時）是表示時間的連接詞。viendra 是 venir（來）的簡單未來時。

> **Sors** dès que tu **seras** prêt.
> 等你準備好就出發。

Sors 是命令式，dès que（一～就～）是表示時間的連接詞，而 **seras** 是 être（是）的簡單未來時。（英語以 when 開頭表示時間的副詞子句中，不會使用 will，但法語會使用未來時）

> Quand elle **sera** grande, elle **comprendra**.
> 等她長大了，就會瞭解的。

這是表示時間的連接詞 Quand（做～時）放在句首的句型。就算把句子改成 Elle comprendra quand elle sera grande. 也是相同的意思。comprendra 是 comprendre（理解）的簡單未來時。

3 Si +「現在時」,「簡單未來時」

就如〈直陳式現在時〉「文法解說」的第 2 點所提過的,在 Si 子句中可以使用現在時表示未來。

> Si je suis riche un jour, j'**achèterai** cette voiture-là.
> 如果有一天我有錢了,我就會買下這台車。

因為是在 Si 子句中,所以是使用現在時的 suis（être 的現在時）。achèterai 是接下來發生的事,所以用 acheter（買）的簡單未來時。

> Si elle vient ce soir, je **serai** heureux.
> 如果她今晚會過來的話,我會很開心的。

同樣是在 Si 子句中的關係,所以使用現在時的 vient（venir 的現在時）,serai 是 être 的簡單未來時。

4 表示命令

> Elle **fera** ce travail tout de suite.
> 她馬上就會進行這項工作。

fera 是 faire（做）的簡單未來時。透過簡單未來時,可以讓第三人稱的句子帶有命令語氣。

> Tu me **répondras** quand je te pose des questions.
> 當我問你問題時,你就回答我。

這句是對 tu 的命令。répondras（回答）是 répondre 的簡單未來時。

> Tu me le **paieras**!
> 你會付出代價的!

這種説法帶有很強的命令語氣。從 payer（支付）的語意衍生出「會付出代價的!」的意思。

I. 請將下列括弧內的動詞改為簡單未來時，並將句子譯為中文。

1　Elle (partir) dans trois jours.

➡ _____

中譯 _____

2　Tu (rester) ici, car c'est nécessaire.

➡ _____

中譯 _____

3　Ils (être) de retour dans une semaine.

➡ _____

中譯 _____

4　Vous me (rendre) ce livre le tôt possible.

➡ _____

中譯 _____

5　Je suis sûr qu'il (faire) beau temps demain.

➡ _____

中譯 _____

6　Si tu la trahis, elle le (savoir).

➡ _____

中譯 _____

7　Je vous (payer) demain sans faute.

➡ _____

中譯 _____

8　Il est certain qu'elles te (pardonner).

➡ _____

中譯 _____

9   Le musée (rester) ouvert pendant les travaux.

➡ _____

中譯 _____

10 Quand tu le (voir), toi aussi tu le (aimer).

➡ _____

中譯 _____

II. 請將括弧內的詞語重組為符合中文語意的句子。

1   她回來的話，可以請您打電話給我嗎？

Pourriez-vous (dès / me / reviendra / qu'elle / rappeler)?

➡ _____

2   這場會議將在一小時後結束。

Cette (se / heure / dans / une / conférence / terminera).

➡ _____

1.7.4 例句跟讀訓練

01_14

請搭配音檔進行練習。第一遍先聽，會聽到法中對照（一句法文、一句中文）的句子；第二遍請跟著音檔複誦聽到的句子。

> ① Je ferai le voyage en Italie l'année prochaine.
> 我明年會去義大利旅遊。
>
> ② Quand nous reverrons-nous?
> 我們什麼時候會再碰面呢？
>
> ③ Ma sœur deviendra infirmière.
> 我妹妹將會成為護士。
>
> ④ Téléphonez-moi lorsque vous arriverez.
> 你們到的時候，請打電話給我。

⑤ Quand elle sera grande, elle comprendra.
等她長大了，就會瞭解的。

⑥ Si je suis riche un jour, j'achèterai cette voiture-là.
如果有一天我有錢了，我就會買下這台車。

⑦ S'il continue à boire comme ça, il sera malade.
如果他繼續像這樣子喝下去，他就會生病。

⑧ Tu me répondras quand je te pose des questions.
當我問你問題時，你就回答我。

⑨ Tu liras cette lettre demain.
你明天再讀這封信。

1.7.5 進階用法

簡單未來時也具有「讓語氣較為委婉」的效果。請見以下例句。

a) Je vous **demanderai** d'attendre un peu.
可以麻煩您稍等一下嗎？

b) **Oserai**-je le dire?
我怎敢這麼說？

★Oserai 是 oser（敢）的簡單未來時，當助動詞用，後面要接續原形動詞。

c) **Aurez**-vous l'amabilité de me prêter ce livre?
您可否好心地借我這本書嗎？

★Aurez 是 avoir（擁有）的簡單未來時。amabilité 是「友善、親切」的意思，avoir l'amabilité de~ 的意思是「好心地～」。

d) J'**avouerai** que c'est très difficile.
我承認，這非常困難。

★avouerai 是 avouer（承認）的簡單未來時。

直陳式 ⑧ 先未來時

1.8.1 用法

01_15

1 先未來時用在從屬子句（主要子句為簡單未來時）

Je prendrai une douche quand je **serai arrivé** chez moi.
等我到家的時候，就會去洗澡。

Dès qu'ils **auront récolté** le blé, ils feront une fête.
只要他們把小麥收割完，他們就會辦個慶祝會。

Je te téléphonerai quand j'**aurai fini** mon devoir.
等我做完功課就會打電話給你。

Aussitôt que j'**aurai reçu** son mail, je vous en avertirai.
我一收到他的郵件就會通知您。

Que ferez-vous quand vous **aurez achevé** vos études?
您學業完成之後會想做什麼呢？

2 會搭配表示某個基準點的副詞或片語

Mes étudiants **seront arrivés** avant moi.
我的學生們會比我還先到達。

Il **aura achevé** cette réparation dans une heure.
他會在一小時之後維修完畢。

Il **sera** déjà **parti** avant l'arrivée du jour.
他將在日出前就出發。

Nous **aurons fini** ce travail pour jeudi.
我們會在星期四之前完成這項工作。

Jusqu'au bout de ma vie, tu m'**auras amusé**!
直到我生命的盡頭之前，你都會讓我開心！

先未來時是指某事將在未來的某個時間點前完成的時態（相當於英語的未來完成式）。

以下是先未來時的句型結構：

【avoir/être 的簡單未來時＋動詞過去分詞】

請見以下兩動詞範例的變化。關於先未來時基本的變化說明可參閱初級篇的 p.230。

j'	aurai fini	nous	aurons fini
tu	auras fini	vous	aurez fini
il/elle	aura fini	ils/elles	auront fini

je	serai arrivé(e)	nous	serons arrivé(e)s
tu	sera arrivé(e)	vous	serez arrivé(e)(s)
il/elle	sera arrivé(e)	ils/elles	seront arrivé(e)s

之前在直陳式複合過去時的章節中提過，複合過去時有一個用法與先未來時相同。請見以下例句：

➤ Si tu **as fini** ton devoir, tu **joueras** dehors.
（如果你寫完功課就可以出去玩。）

as fini 是複合過去時，也可以改用先未來時 tu auras fini。另外，這裡的 joueras 是簡單未來時，帶有命令的意味。

1 先未來時用在從屬子句（主要子句為簡單未來時）

Je prendrai une douche quand je **serai arrivé** chez moi.
等我到家的時候，就會去洗澡。

先未來時的 serai arrivé（到達）在以 quand 開頭的從屬子句中，表示「到家」這個動作是在 prendrai une douche（洗澡）前結束。

Aussitôt que j'**aurai reçu** son mail, je vous en avertirai.

我一收到他的郵件就會通知您。

先未來時的 aurai reçu（收到）在以 Aussitôt que 開頭的從屬子句中，表示收到郵件這個動作是在 avertirai（通知）前結束。

Que ferez-vous quand vous **aurez achevé** vos études?

您學業完成之後會想做什麼呢？

先未來時的 aurez achevé（完成）是在 ferez（做）之前完成的事情。

2 會搭配表示某個基準點的副詞或片語

Mes étudiants **seront arrivés** avant moi.

我的學生們會比我還先到達。

在副詞片語 avant moi（在我之前）前使用先未來時 seront arrivés（到達），表示「到達」這個動作已經先完成。

Il **aura achevé** cette réparation dans une heure.

他會在一小時之後維修完畢。

副詞片語 dans une heure（一個小時後）前使用先未來時 aura achevé（完成），表示「維修完畢」這個動作已經完成。

Nous **aurons fini** ce travail pour jeudi.

我們會在星期四之前完成這項工作。

副詞片語 pour jeudi（週四前）前使用先未來時 aurons fini（結束），表示這個動作已經完成。

Jusqu'au bout de ma vie, tu m'**auras amusé**!

直到我生命的盡頭之前，你都會讓我開心！

Jusqu'au bout de ma vie（直到我生命的盡頭）是副詞片語，表示 m'auras amusé（讓我開心）這個動作會一直持續到那時為止。這個句子中，此動作是一個即將於未來某個時間點前完成的「持續」動作。

1.8.3 練習題

請將下列括弧內的動詞改為先未來時，並將句子翻譯成中文。

1 Viens vite! Je (terminer) d'ici peu.（d'ici peu「不久」）

   ➡ _____

   中譯 _____

2 Quand vous (réparer) ma voiture, téléphonez-moi.

   ➡ _____

   中譯 _____

3 Ils (partir) en France dans une semaine.

   ➡ _____

   中譯 _____

4 Lorsque vous (lire) ces livres, prêtez-les-moi.

   ➡ _____

   中譯 _____

5 Un peu de patience. Je (faire) la retouche avant midi.（la retouche 是「修改」的意思）

   ➡ _____

   中譯 _____

6 Je sortirai aussitôt qu'elle (sortir).

   ➡ _____

   中譯 _____

7 Il (commencer) avant mon arrivée.

   ➡ _____

   中譯 _____

8　Il est 13 heures, et pour 15 heures nous (résoudre) ce problème.

➡ _____

中譯 _____

1.8.4 例句跟讀訓練

01_16

　　請搭配音檔進行練習。第一遍先聽，會聽到法中對照（一句法文、一句中文）的句子；第二遍請跟著音檔複誦聽到的句子。

① Je prendrai une douche quand je serai arrivé chez moi.
等我到家的時候，就會去洗澡。

② Je te téléphonerai quand j'aurai fini mon devoir.
等我做完功課就會打電話給你。

③ Que ferez-vous quand vous aurez achevé vos études?
您學業完成之後會想做什麼呢？

④ Mes étudiants seront arrivés avant moi.
我的學生們會比我還先到達。

⑤ Nous aurons fini ce travail pour jeudi.
我們會在星期四之前完成這項工作。

⑥ Jusqu'au bout de ma vie, tu m'auras amusé!
直到我生命的盡頭之前，你都會讓我開心！

1.8.5 進階用法

　　「推測過去的事」也會使用先未來時表示。常用於口語表達。

➤ C'est probablement lui qui **aura fait** cette statue.
（這座雕像很可能是他製作的。）

也可以用於「委婉地表達對於過去事件的推斷」。

➤ Monsieur, vous **aurez** mal **entendu**.

（先生，應該是您聽錯了。）

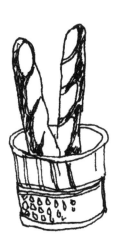

2.1.1 用法

01_17

1 表示「要是／假如（現在／未來）～，就～」

★ 句型：「**Si**＋直陳式未完成過去時, 條件式現在時」

　　用法為先提出與**現在事實**（或未來的預想）相反的假設，再陳述出根據此假設所推論的結論。

S'il faisait beau demain, je **sortirais**.
假如明天天氣好的話，我就會出門。

Si je travaillais, je **serais** riche.
假如我有工作的話，我就會有錢。

Si vous me le demandiez, je vous **aiderais**.
如果你們有請求我的話，我就會幫你們。

Si j'étais vous, je **me conduirais** avec prudence.
如果我是你們，我就會謹慎行事。

Si j'étais dans une bonne forme, je **ferais** le voyage en France.
如果我的身體狀況很好，我就會去法國旅行。

Si mon père avait assez d'argent, tout **irait** bien.
假如我父親有足夠的錢，一切都會好起來。

Même s'il me rappelait, je ne lui **répondrais** pas.
就算他打電話給我，我也不會接他電話。

Si la guerre n'existait plus, ce **serait** merveilleux.
假如戰爭不再存在，那將是一件很美好的事。

Si je voyais cet homme, je le **battrais** à coups de poings.
要是我看到這個男人，我會揍他一頓。

Ma femme **serait** heureuse si je ne buvais plus.
如果我再也不喝酒了，我太太會很開心。

2 以委婉的語氣表達「現在的事情」（句中沒有 Si 子句）

Je **voudrais** revoir cette fille.
我想要再見到這位女孩。

J'**aimerais** sortir avec elle.
我想要跟她出去約會。

Pourriez-vous m'aider dans mon travail?
請問您可以在工作上幫忙我嗎？

On **dirait** que c'est un jouet.
這看起來像是個玩具。

Voudriez-vous réserver une place dans le train pour moi?
請問您能替我訂一張火車票嗎？

Je **désirerais** connaître la vérité.
我希望知道真相。

Vous **feriez** mieux de partir tout de suite.
你們最好馬上出發。

3 表示對目前事態的推測或疑惑（句中沒有 Si 子句）

Elle n'est pas là. **Serait**-elle malade?
她不在。她會是生病了嗎？

Elle ne m'aime pas! **Serait**-ce possible?
她不喜歡我！這是有可能的嗎？

Cette solution **serait** bonne, mais j'en doute.
這個解決方案也許會不錯，但我對此存疑。

Il y **aurait** sept morts dans cet accident.
在這起意外中可能有七人死亡。

Ils n'**auraient** pas l'audace de trahir leurs femmes.
他們應該沒有膽子背叛他們的妻子。

4 用於間接引述，提起在過去中的未來

Il m'a dit qu'il m'**écrirait**.
他跟我說過他會寫信給我。

Il m'a répondu qu'il me **téléphonerait** bientôt.
他回我說，他很快就會打電話給我。

Je croyais qu'elle **reviendrait** tout de suite.
我以為她會馬上回來。

Nous pensions qu'il **achèterait** une voiture.
我們以為他會買一輛車。

Il la pressa pour savoir quand elle **viendrait**.
他催著她，想要知道她什麼時候會來。

2.1.2 文法解說

　　條件式現在時的形態變化，有點像是取直陳式未完成過去時
（imparfait）的字尾、取直陳式簡單未來時（future simple）字首，兩者
合體之後的結果。其字尾變化為：-rais, -rais, -rait, -rions, -riez, -raient。
請見以下兩動詞範例的變化：

j'	aurais	nous	aurions
tu	aurais	vous	auriez
il/elle	aurait	ils/elles	auraient

je	serais	nous	serions
tu	serais	vous	seriez
il/elle	serait	ils/elles	seraient

關於條件式現在時詳細的變化說明可參閱初級篇的 p.239。

1 表示「要是／假如（現在／未來）～，就～」

> S'il faisait beau demain, je **sortirais**.
> 假如明天天氣好的話，我就會出門。

faisait 是 faire 的直陳式未完成過去時，sortirais 是 sortir 的條件式現在時。這句話換言之就是「明天天氣不好，所以應該不會出門」（Comme il ne ferai pas beau demain, je ne sortirai pas.）。

> Si vous me le demandiez, je vous **aiderais**.
> 如果你們有請求我的話，我就會幫你們。

demandiez 是 demander 的直陳式未完成過去時，aiderais 是 aider 的條件式現在時。這句話換言之就是「因為你們沒問我，所以我不會幫你們」（Comme vous ne me le demandez pas, je ne vous aiderai pas.）。

> Si j'étais vous, je **me conduirais** avec prudence.
> 如果我是你們，我就會謹慎行事。

étais 是直陳式未完成過去時，me conduirais（表現；行為）是條件式現在時。

> Même s'il me rappelait, je ne lui **répondrais** pas.
> 就算他打電話給我，我也不會接他電話。

Même si 是「即使～」的意思。

2 以委婉的語氣表達「現在的事情」（句中沒有 Si 子句）

> Je **voudrais** revoir cette fille.
> 我想要再見到這位女孩。

voudrais 是 vouloir（想要）的條件式現在時。英語要以委婉的語氣表達時，會使用 I would like to～（我希望～）或是 I would rather～（我寧願～）表達。

> **Pourriez**-vous m'aider dans mon travail?
> 請問您可以在工作上幫忙我嗎？

pourriez 是 pouvoir（能）的條件式現在時。這句是較為有禮的拜託，是類似英文 Would you～?（可以請您～嗎？）的説法。

> On **dirait** que c'est un jouet.
> 這看起來像是個玩具。

dirait 是 dire（説）的條件式現在時。On dirait que 是「看似～」的意思。

Je **désirerais** connaître la vérité.
我希望知道真相。

désirer 是「想要，希望」的意思，如果在餐廳被問到 Vous désirez, Monsieur?，
是「先生，您想要點什麼餐點」的意思。

Vous **feriez** mieux de partir tout de suite.
你們最好馬上出發。

feriez 是 faire 的條件式現在時。faire mieux de 是「最好～」的意思。

3 表示對目前事態的推測或疑惑（句中沒有 Si 子句）

Elle n'est pas là. **Serait**-elle malade?
她不在。她會是生病了嗎？

serait 是 être 的條件式現在時，表示推測或疑惑。

Cette solution **serait** bonne, mais j'en doute.
這個解決方案也許會不錯，但我對此存疑。

j'en doute 是「我對此表示懷疑」的意思，所以是對 serait bonne（會很好）表
示有所懷疑。這句是表示疑惑。

Il y **aurait** sept morts dans cet accident.
在這起意外中可能有七人死亡。

aurait 是表示對目前的情況做出推測，Il y aurait 中文可翻作「似乎有」。

Ils n'**auraient** pas l'audace de trahir leurs femmes.
他們應該沒有膽子背叛他們的妻子。

auraient 是 avoir 的條件式現在時。avoir l'audace de 句型是表示「膽敢～」之
意。

4 用於間接引述，提起在過去中的未來

Il m'a dit qu'il m'**écrirait**.
他跟我說過他會寫信給我。

這句是從 Il me dit qu'il m'écrira.（他告訴我他會寫信給我）改寫而來的，原本
的主要子句 Il me dit（現在時）變成複合過去時 Il m'a dit，而從屬子句 m'écrira
（簡單未來時）則變為 m'écrirait.（條件式現在時）。

> Je croyais qu'elle **reviendrait** tout de suite.
> 我以為她會馬上回來。

這句是從 Je crois qu'elle reviendra tout de suite.（我一直相信她很快就會回來）改寫而來，主要子句 Je crois（現在時）變成未完成過去時 Je croyais，reviendra（簡單未來時）則改為 reviendrait（條件式現在時）。

> Nous pensions qu'il **achèterait** une voiture.
> 我們以為他會買一輛車。

這句是從 Nous pensons qu'il achètera une voiture.（我們一直以為他會買車）改寫而來，原句中的 Nous pensons 改成未完成過去時 Nous pensions，而achètera（簡單未來時）改成 achèterait（條件式現在時）。

2.1.3 練習題

I. 請將下列括弧內的動詞改為條件式現在時，並將句子翻譯成中文。

1　Je (aimer) vous inviter à danser.

➡ _____

中譯 _____

2　Si vous étiez à Paris, nous vous (visiter) sans faute.

➡ _____

中譯 _____

3　(Être)-vous Monsieur Cadot par hasard?

➡ _____

中譯 _____

4　Si j'étais vous, je lui (dire) la vérité.

➡ _____

中譯 _____

5　Si j'étais très riche, je (acheter) cette maison.

➡ _____

中譯 _____

6　Si c'était possible, je (vouloir) prendre trois jours de congé.

➡ _____

中譯 _____

7　Il (valoir) mieux courir, car on est en retard.

➡ _____

中譯 _____

8　Même si j'avais une autre chance, je ne (essayer) plus.

➡ _____

中譯 _____

9　Il pensait que je (revenir) dans quelques jours.

➡ _____

中譯 _____

10　Tu m'a dit que tu (sortir) avec moi?

➡ _____

中譯 _____

II. 請依 範例，將句子改成條件式現在時。

> 範例：　Comme je ne suis pas riche, je ne peux pas me marier avec elle
> （因為我不富有，所以我沒辦法和她結婚。）
>
> ➡ *Si j'étais riche, je pourrais me marier avec elle.*
> （如果我富有，我就可以和她結婚了。）

1　Comme je suis occupé, je ne peux pas sortir avec elle.

➡ _____

2 Comme la force lui manque, il ne peut pas continuer son travail.

➡ _____

2.1.4 例句跟讀訓練

01_18

① S'il faisait beau demain, je sortirais.
假如明天天氣好的話，我就會出門。

② Si vous me le demandiez, je vous aiderais.
如果你們有請求我的話，我就會幫你們。

③ Si j'étais dans une bonne forme, je ferais le voyage en France.
如果我的身體狀況很好，我就會去法國旅行。

④ Si la guerre n'existait plus, ce serait merveilleux.
假如戰爭不再存在，那將是一件很美好的事。

⑤ Ma femme serait heureuse si je ne buvais plus.
如果我再也不喝酒了，我太太會很開心。

⑥ Je voudrais revoir cette fille.
我想要再見到這位女孩。

⑦ J'aimerais sortir avec elle.
我想要跟她出去約會。

⑧ Pourriez-vous m'aider dans mon travail?
請問您可以在工作上幫忙我嗎？

⑨ On dirait que c'est un jouet.
這看起來像是個玩具。

⑩ Elle n'est pas là. Serait-elle malade?
她不在。她會是生病了嗎？

⑪ Cette solution serait bonne, mais j'en doute.
這個解決方案也許會不錯，但我對此存疑。

⑫ Il y aurait sept morts dans cet accident.
在這起意外中可能有七人死亡。

⑬ Ils n'auraient pas l'audace de trahir leurs femmes.
他們應該沒有膽子背叛他們的妻子。

⑭ Il m'a dit qu'il m'écrirait.
他跟我說過他會寫信給我。

⑮ Nous pensions qu'il achèterait une voiture.
我們以為他會買一輛車。

2.1.5 進階用法

1 使用條件式時，會搭配帶有條件語意的詞彙

a) Tout cela ne **serait** rien sans l'ennui.
（只要不無聊，這些全都不算什麼。）

句中有 sans l'ennui「如果不無聊」這個條件。

b) Je **serais** bête d'attendre encore.
（我再繼續等下去就太愚蠢了。）

句中的 d'attendre encore 是「de＋原形動詞」，是表示「再繼續等」這個條件。

2 用於表示強烈否定的意味

Comment le **saurais**-je?
（我怎麼會知道？）

saurais 是 savoir（知道）的條件式現在時。

3 Si＋直陳式愈過去時, 條件式現在時

「如果（那時）～，（現在）就～」的意思。

Si je m'étais marié avec elle, je **serais** heureux maintenant.
（如果那時和她結婚，我現在就會很幸福。）

★ 換句話說：Comme je ne me suis pas marié avec elle, je ne suis pas heureux maintenant. （因為我沒有與她結婚，所以我現在並不幸福。）

vin de
Bordeaux

vin de
Bourgogne

Leçon

02 條件式 ② 過去時

Le conditionnel passé

2.2.1 用法

01_19

1 表示「如果（那時）～，應該就會～了」

★ 句型：「Si ＋直陳式愈過去時, 條件式過去時」

用法為先提出與過去事實相反的假設，再陳述預想的結果。

S'il avait fait beau hier, je **serais sorti**.
如果昨天天氣好的話，我就會出門了。

Si j'avais travaillé en ce temps-là, j'**aurais été** riche.
如果當時我有在工作的話，我就會很有錢了。

Si vous m'aviez demandé, je vous **aurais aidé**.
如果您（當時）有請求我的話，我就會幫您了。

Si j'avais été dans une bonne forme, j'**aurais fait** le voyage.
如果我（當時）身體狀況很好的話，我就會去旅行了。

Si mon père avait eu assez d'argent, tout **serait allé** bien.
如果我父親（當時）有足夠的錢的話，一切應該都會很順利的。

Même s'il m'avait rappelé, je ne lui **aurais** pas **répondu**.
就算他（當時）打電話給我，我也不會接他電話的。

Si j'avais vu cet homme, je l'**aurais battu** à coups de poings.
如果我（當時）有看到這個男人，我會揍他一頓。

Ma femme **aurait été** heureuse si je n'avais plus bu.
如果我（當時）不再喝酒的話，我太太應該就會很開心。

2 以委婉的語氣表達「過去的事件」（句中沒有 Si 子句）

J'**aurais aimé** être avec vous hier.
我希望我昨天能和你們在一起。

Il **aurait dû** vous écouter.

他應該要聽你們的話。

J'**aurais dû** vous interroger mieux.

我應該要好好地問你們。

Elle **aurait souhaité** vous parler.

她想要和你們說話。

3 表示對過去事態的推測或疑惑。（句中沒有 Si 子句）

Le voleur **aurait été aidé**, il me semble.

在我看來，這小偷（當時）似乎是受到了幫助。

Il **serait** déjà **arrivé**, est-ce possible?

他那時早就已經到了？這是有可能的嗎？

Ma montre **aurait retardé** de cinq minutes.

我的手錶（當時）慢了五分鐘。

Vous **serait**-il **arrivé** quelque accident?

您（當時）是發生了什麼意外嗎？

4 用於間接引述，提起在過去中的未來時間點之前完成

Il a dit qu'il **serait arrivé** bien avant nous.

他（當時）說他會比我們還早到。

Elle m'a dit qu'elle m'**aurait écrit** avant son mariage.

她（當時）告訴過我，她會在結婚前寫信給我。

Je leur disais que je **serais parti** avant le printemps.

我（當時）跟他們說，我會在春天之前出發。

Elle a dit que nous verrions quand il **aurait considéré** la question.

她（當時）說過，我們將會知道他什麼時候會思考那個問題。

以下是條件式過去時的句型結構：

【avoir（或être）的條件式現在時＋動詞過去分詞（p.p）】

j'	aurais＋p.p	nous	aurions＋p.p
tu	aurais＋p.p	vous	auriez＋p.p
il/elle	aurait＋p.p	ils/elles	auraient＋p.p

je	serais＋p.p	nous	serions＋p.p
tu	serais＋p.p	vous	seriez＋p.p
il/elle	serait＋p.p	ils/elles	seraient＋p.p

① 表示「如果（那時）～，應該就會～了」

> S'il avait fait beau hier, je **serais sorti**.
> 如果昨天天氣好的話，我就會出門了。

這句話換句話說即 Comme il ne faisait pas beau hier, je ne suis pas sorti.（正因昨天天氣不好，所以我沒出門。），不過這是基於現實所做的假設。avait fait beau（晴天）為直陳式愈過去時；serais sorti（就會出門）為條件式過去時。

> Si vous m'aviez demandé, je vous **aurais aidé**.
> 如果您（當時）有請求我的話，我就會幫您了。

這句話換句話說即 Comme vous ne m'avez pas demandé, je ne vous ai pas aidé.（正因您沒有拜託我，所以我沒有幫你。），不過這是基於現實所做的假設。m'aviez demandé（如果有拜託我）為直陳式愈過去時；aurais aidé（就會幫您）為條件式過去時。

> Si j'avais été dans une bonne forme, j'**aurais fait** le voyage.
> 如果我（當時）身體狀況很好的話，我就會去旅行了。

這句話換句話說即 Comme je n'étais pas dans une bonne forme, je n'ai pas fait le voyage.（正因我健康狀況不佳，所以沒有去旅行）。是基於現實所做的假設。Si j'avais été dans une bonne forme（如果我身體狀況很好的話）為直陳式愈過去時；j'aurais fait（就會～了）為條件式過去時。

Ma femme **aurait été** heureuse si je n'avais plus bu.
如果我（當時）不再喝酒的話，我太太應該就會很開心。

雖然這句 si 子句是放在句子後半段，但語意上來説和前面那幾個句子相同。這句話換句話説即 Ma femme n'était pas heureuse parce que je buvais.（太太不高興，因為我喝酒。），不過這是基於現實所做的假設。aurait été heureuse（應該就會很高興）為條件式過去時；n'avais plus bu（如果不再喝酒的話）為直陳式愈過去時。

2 以委婉的語氣表達「過去的事件」（句中沒有 Si 子句）

J'aurais aimé être avec vous hier.
我希望我昨天能和你們在一起。

這句話類似英文 I would have liked to be with you yesterday.。

Il **aurait dû** vous écouter.
他應該要聽你們的話。

這句話類似英文 He should have listened to you.。

3 表示對過去事態的推測或疑惑。（句中沒有 Si 子句）

Le voleur **aurait été aidé**, il me semble.
在我看來，這小偷（當時）似乎是受到了幫助。

aurait été aide（似乎受到了幫助）為條件式過去時，été aidé（受幫助）是被動語態。而 il me semble 是「在我看來」的意思。

Il **serait** déjà **arrivé**, est-ce possible?
他那時早就已經到了？這是有可能的嗎？

serait déjà arrivé（早已抵達）與其説是過去時，在語感上比較偏向「完成」。

Vous **serait**-il **arrivé** quelque accident?
您（當時）是發生了什麼意外嗎？

Vous serait-il arrivé 是來自於「Il vous arrive ＋名詞」這個句型，意思是「（名詞）發生在您身上」，也就是「您發生（名詞）這件事」。

4 用於間接引述，提起在過去中的未來時間點之前完成

> Elle m'a dit qu'elle m'**aurait écrit** avant son mariage.
> 她（當時）告訴過我，她會在結婚前寫信給我。

這句是由 Elle me dit qu'elle m'aura écrit avant son mariage.（她説她會在結婚前寫信給我）改寫而成。前面若以現在時 Elle me dit 表示，那麼 avant son mariage 指的就是未來的某個時間點，所以若要表達事情在這個未來時間點之前結束，就要用先未來時 elle m'aura écrit。而當主要子句變成過去式 Elle m'a dit（她曾説），原本先未來時的 elle m'aura écrit 就轉為條件式過去時 elle m'aurait écrit。

> Je leur disais que je **serais parti** avant le printemps.
> 我（當時）跟他們説，我會在春天之前出發。

這句是由 Je leur dis que je serai parti avant le printemps.（我對他們説，我將在春天來臨之前出發）改寫而成。當主要子句為現在時，那麼事件就會在 avant le printemps 這個表示未來的時間點之前結束，所以使用先未來時 je serai parti。但若主要子句為未完成過去時 Je leur disais，關係子句就要轉為條件式過去時 je serais parti。

> Elle a dit que nous verrions quand il **aurait considéré** la question.
> 她（當時）説過，我們將會知道他什麼時候會思考那個問題。

這句是由 Elle dit que nous verrons quand il aura considéré la question.（她説，我們將會知道他什麼時候會思考那個問題）。因為主要子句變成過去時 Elle a dit，原本的先未來時 il aura considéré 便變化成條件式過去時 il aurait considéré。

2.2.3 練習題

I. 請將下列括弧內的動詞改為條件式過去時，並將句子翻譯成中文。

1　Si j'avais eu de la chance, je (réussir).

➡ _____

中譯 _____

2 Qu'est-ce que vous (faire) à ma place?

→ _____

中譯 _____

3 Si j'avais su la nouvelle, je vous (mettre) au courant.

→ _____

中譯 _____

4 Si je vous avais vue, je (être) content.

→ _____

中譯 _____

5 Il donc (faire) une erreur.

→ _____

中譯 _____

6 Si vous étiez venu, je vous (présenter) mon frère.

→ _____

中譯 _____

7 Si vous étiez arrivé à l'heure, vous (pouvoir) la voir.

→ _____

中譯 _____

8 Monsieur Cadot savait que je (finir) mon travail avant le lendemain.

→ _____

中譯 _____

II. 請將括弧內的詞彙正確排列成符合中文語意的句子。

1 他以為我會比他先完成那項計畫。

Il pensait (terminé/ le projet/ avant/ que/ j'aurais/ lui).

→ _____

2 他當初要是聰明點，就不會做出如此愚蠢的事了。

S'il avait (pas/ plus/ il/ n'aurait/ fait/ ces/ été/ intelligent,/bêtises).

→ _____

① S'il avait fait beau hier, je serais sorti.
如果昨天天氣好的話，我就會出門了。

② Si vous m'aviez demandé, je vous aurais aidé.
如果您（當時）有請求我的話，我就會幫您了。

③ Si j'avais été dans une bonne forme, j'aurais fait le voyage.
如果我（當時）身體狀況很好的話，我就會去旅行了。

④ Ma femme aurait été heureuse si je n'avais plus bu.
如果我（當時）不再喝酒的話，我太太應該就會很開心。

⑤ J'aurais aimé être avec vous hier.
我希望我昨天能和你們在一起。

⑥ Il aurait dû vous écouter.
他應該要聽你們的話。

⑦ Elle aurait souhaité vous parler.
她想要和你們說話。

⑧ Le voleur aurait été aidé, il me semble.
在我看來，這小偷（當時）似乎是受到了幫助。

⑨ Ma montre aurait retardé de cinq minutes.
我的手錶（當時）慢了五分鐘。

⑩ Elle m'a dit qu'elle m'aurait écrit avant son mariage.
她（當時）告訴過我，她會在結婚前寫信給我。

⑪ Je leur disais que je serais parti avant le printemps.
我（當時）跟他們說，我會在春天之前出發。

關於「條件式過去時的第二種形態」

【條件式過去時的第二種形態】是指假設句之主要子句中，原本的「條件式過去時」替換成虛擬式愈過去時（＝虛擬式未完成過去時＋過去分詞）。此用法通常不用於日常對話。

主詞主要使用第三人稱表示，變化的形態如下：

il/ elle	eût donné
ils/ elles	eussent donné

或是

il	fût allé
elle	fût allée
ils	fussent allés
elles	fussent allées

請見以下例句。

> Si j'avais voulu, il **eût donné** son conseil.
> 要是我（當時）願意，他就會給予建議了。

相當於 Si j'avais voulu, il aurait donné son conseil.
eût donné 為虛擬式愈過去時（虛擬式未完成過去時＋過去分詞）。

> Si elle avait été avec moi, elle **eût été** heureuse.
> 要是她（當時）和我在一起的話，她應該會很幸福。

相當於 Si elle avait été avec moi, elle aurait été heureuse.
eût été 為虛擬式愈過去時（＝虛擬式未完成過去時＋過去分詞）。

> S'ils avaient compris la question, ils **eussent répondu** mieux.
> 要是他們（當時）有理解這個問題的話，他們應該就會回答得更好。

相當於 S'ils avaient compris la question, ils auraient répondu mieux.
eussent répondu 為虛擬式愈過去時（虛擬式未完成過去時＋過去分詞）。

> **Si elle avait eu sa voiture, elle fût venue.**
>
> 要是她（當時）有車的話，她應該就會來的。

相當於 Si elle avait eu sa voiture, elle serait venue.

> **Si elle eût demandé la permission, il la lui eût donnée.**
>
> 要是她（當時）請求許可，他應該就會給她。

相當於 Si elle avait demandé la permission, il la lui aurait donnée.

eût demandé 和 eût donnée 皆為虛擬式愈過去時（虛擬式未完成過去時＋過去分詞）。

另外，Si 子句（從屬子句）中也可能會使用虛擬式愈過去時。（亦即主要子句及從屬子句皆為虛擬式愈過去時）

01_21

3.1.1 用法

1 當主要子句（現在時或未來時）表示意志或願望時，關係子句使用虛擬式現在時（**que** 子句）

Je veux que tu **sortes** tout de suite.
我希望你馬上出去。

Je veux qu'il **prenne** ces médicaments.
我希望他服用這些藥。

Je souhaite que cet hôtel vous **plaise**.
我希望這間飯店會讓你們滿意。

Je désire qu'elle **vienne** avec moi.
我希望她跟我一起來。

Désirent-ils que je **parte**?
他們會希望我離開嗎？

2 當主要子句（現在時或未來時）表示疑問或否定時，關係子句使用虛擬式現在時（**que** 子句）

Je ne pense pas qu'il (ne) **soit** intelligent.
我不認為他很聰明。

Je doute fort qu'il vous **reçoive**.
我非常懷疑他是否會接待你們。

Croyez-vous qu'il **soit** capable de s'en charger?
您認為他會有能力處理這個嗎？

Elle nie qu'il **soit** coupable.
她否認他有錯／有罪。

3 用於非人稱句型（現在時或未來時）的關係子句（que 子句）

Il faut que je vous **voie**, c'est urgent.
我必須見您，是急事。

Il faudra que nous **partions** immédiatement.
我們必須馬上出發。

Il importe que vous **lisiez** ce livre.
重要的是，你們要讀這本書。

Il est possible qu'il **pleuve** ce soir.
今晚有可能會下雨。

Il se peut qu'elle **soit** malade.
她可能是生病了。

Il est nécessaire que vous **soyez** là.
你們必須在那裡。

Il est bon que nous le **prévenions** tout de suite.
我們最好立刻通知他。

Il est surprenant qu'il **finisse** si tôt.
他這麼快就完成了，真令人驚訝。

4 用於表示時間、目的、條件等的副詞子句（que 子句）中，此時主要子句是現在時或未來時

Je resterai ici jusqu'à ce qu'il **vienne**.
我將會一直待在這裡，直到他來為止。

Il lui raconte tout afin qu'elle **sache** la vérité.
他告訴她一切，好讓她知道真相。

Bien qu'il **soit** malade, il travaille dur.
雖然生病了，他還是努力工作。

Il part sans qu'elle **s'en aperçoive**.
他在她不知情的情況下離開。

Il arrivera avant qu'il **fasse** nuit.
他將會在天黑之前抵達。

Arrange tout pour que tout le monde **soit** content.

請你安排好一切，讓大家都開心。

5 在獨立的子句（**que** 子句）中表示命令或願望（主詞為第三人稱）

Pourvu qu'il **fasse** beau demain.

希望明天天氣晴朗。

Qu'il **se taise**!

叫他閉嘴！

Qu'elle **soit** ici avant midi!

要她在中午以前就到這裡！

Qu'il **attende** encore un peu.

叫他再等一下。

Qu'il **entre**!

讓他進來！

Vienne la nuit, **sonne** l'heure!

黑夜降臨，鐘聲響起！

3.1.2 文法解說

虛擬式現在時的變化規則，主要是先將主詞 ils 的**直陳式現在時**的動詞變化去掉字尾 -ent 之後，再接**虛擬式現在時**的字尾即可。

虛擬式現在時的字尾為：je -e, tu -es, il/elle -e, nous -ions, vous -iez, ils/elles -ent。舉例來說，將 donner 變化成虛擬式現在時：

（ils）donn~~ent~~ ➡ je donne, tu donnes

有部分的虛擬式現在時形態（當主詞是 nous 及 vous 時），和直陳式未完成過去時相似。以 donner 為例：

	虛擬式現在時	直陳式未完成過去時
nous	donnions	donnions
vous	donniez	donniez

1 當主要子句（現在時或未來時）表示意志或願望時，關係子句使用虛擬式現在時（que 子句）

> Je veux que tu **sortes** tout de suite.
> 我希望你馬上出去。

veux（想）是直陳式現在時，sortes 是 sortir（出去）的虛擬式現在時。這句是表示意志。

> Je souhaite que cet hôtel vous **plaise**.
> 我希望這間飯店會讓你們滿意。

souhaite（希望）是直陳式現在時，plaise 是 plaire（喜歡）的虛擬式現在時。這句是表示希望。

> Désirent-ils que je **parte**?
> 他們會希望我離開嗎？

désirent（希望）是直陳式現在時，parte 是 partir（出發）的虛擬式現在時。這句是表示願望。

2 當主要子句（現在時或未來時）表示疑問或否定時，關係子句使用虛擬式現在時（que 子句）

> Je ne pense pas qu'il (ne) **soit** intelligent.
> 我不認為他很聰明。

Je ne pense pas（我不認為）是主要子句，所以 que 子句的 être 使用虛擬式現在時 soit。另外，當主要子句為否定句或疑問句時（就如這個句子），關係子句經常會使用贅詞 ne。關於贅詞 ne，請參考本課後面的＜進階用法＞。

> Je doute fort qu'il vous **reçoive**.
> 我非常懷疑他是否會接待你們。

doute（懷疑）是直陳式現在時，reçoive 是 recevoir（接受）的虛擬式現在時。主要子句是表示疑問。

Croyez-vous qu'il **soit** capable de s'en charger?
您認為他會有能力處理這個嗎？

Croyez-vous（您認為～呢？）是疑問句，所以 que 子句為虛擬式。此句若未帶有疑問的語氣的話，則 que 子句使用直陳式。

Elle nie qu'il **soit** coupable.
她否認他有錯／有罪。

這句的直譯是「她否定他是有錯（罪）的」，使用 soit 暗示還無法確定是否有罪。如果確實有罪，卻要以否定句表示的話，那就會是 Elle nie qu'il est coupable.，翻成「她不認他的罪行」。

❸ 用於非人稱句型（現在時或未來時）的關係子句（que 子句）

Il faut que je vous **voie**, c'est urgent.
我必須見您，是急事。

Il faut que ~（必須～）後面接續的是 voir（見）的虛擬式現在時 voie。

Il importe que vous **lisiez** ce livre.
重要的是，你們要讀這本書。

Il importe que ~（重要的是～）後面接續的是 lire（閱讀）的虛擬式現在時 lisiez。

Il est possible qu'il **pleuve** ce soir.
今晚有可能會下雨。

Il est possible que ~（可能～）後面接續的是 pleuvoir（下雨）的虛擬式現在時 pleuve。

❹ 用於表示時間、目的、條件等的 que 子句中，此時主要子句是現在時或未來時

Il lui raconte tout afin qu'elle **sache** la vérité.
他告訴她一切，好讓她知道真相。

afin que ~（為了～）後面接續的是 savoir（知道）的虛擬式現在時 sache。

Bien qu'il **soit** malade, il travaille dur.
雖然生病了，他還是努力工作。

Bien que ~（雖然～）用來表示轉折語氣。Bien que ~後面使用虛擬式表達。soit（是）是 être 的虛擬式現在時。

> Arrange tout pour que tout le monde **soit** content.
> 請你安排好一切，讓大家都開心。

pour que ~（為了～）後面使用虛擬式表達。soit content 是「開心；滿意」的意思。

5 在獨立的子句（**que** 子句）中表示命令或願望（主詞為第三人稱）

> Pourvu qu'il **fasse** beau demain.
> 希望明天天氣晴朗。

Pourvu que ~（但願～）。fasse 是 faire 的虛擬式現在時。這句話類似於英文 I wish it would be a beautiful day tomorrow.。

> Qu'elle **soit** ici avant midi!
> 要她在中午以前就到這裡！

Qu'elle soit 是「要她在這裡」的意思。「Que ＋虛擬式」是表示命令。

> **Vienne** la nuit, **sonne** l'heure!
> 黑夜降臨，鐘聲響起！

節錄自紀堯姆・阿波利奈爾的詩。前半句的主詞 la nuit（夜晚）與動詞 **Vienne**（來），以及後半句的主詞 l'heure（鐘聲）與動詞 **sonne**（響）皆為倒裝。另外，這句詩還省略了表示願望（命令）的 que。通常應該是 Que la nuit vienne, que l'heure sonne.。

3.1.3 練習題

I. 請將下列括弧內的動詞改為虛擬式現在時，並將句子譯為中文。

1　Venez me voir avant que je (faire) mon voyage.

　➡ _____

　中譯 _____

2 Je travaille beaucoup pour que mon père (avoir) un peu d'argent.

➡ _____

中譯 _____

3 Il vaut mieux que nous (se quitter).

➡ _____

中譯 _____

4 Voulez-vous que je vous (aider)?

➡ _____

中譯 _____

5 Elle craint que sa fille (tomber) malade.

➡ _____

中譯 _____

6 Il ordonne que vous me (donner) votre aide.

➡ _____

中譯 _____

7 Il est possible qu'elle me (écrire).

➡ _____

中譯 _____

8 C'est dommage qu'il y (avoir) des guerres.

➡ _____

中譯 _____

II. 請將括弧內的法文單字重組成符合中文語意的句子。句首要以大寫表
示。

1 但願你在這。

（que/ sois/ là/ pourvu/ tu / . ）

➡ _____

2   他將會在她不知情的情況下離開。

　　(qu'elle/ partira/ sans/ aperçoive/ il/ s'en /.)

➡ _____

3.1.4 例句跟讀訓練

01_22

① Je veux que tu sortes tout de suite.
　 我希望你馬上出去。

② Je souhaite que cet hôtel vous plaise.
　 我希望這間飯店會讓你們滿意。

③ Je désire qu'elle vienne avec moi.
　 我希望她跟我一起來。

④ Je ne pense pas qu'il (ne) soit intelligent.
　 我不認為他很聰明。

⑤ Je doute fort qu'il vous reçoive.
　 我非常懷疑他是否會接待你們。

⑥ Croyez-vous qu'il soit capable de s'en charger?
　 您認為他會有能力處理這個嗎?

⑦ Il faut que je vous voie, c'est urgent.
　 我必須見您,是急事。

⑧ Il importe que vous lisiez ce livre.
　 重要的是,你們要讀這本書。

⑨ Il est possible qu'il pleuve ce soir.
　 今晚有可能會下雨。

⑩ Il est surprenant qu'il finisse si tôt.
　 他這麼快就完成了,真令人驚訝。

⑪ Je resterai ici jusqu'à ce qu'il vienne.
　 我將會一直待在這裡,直到他來為止。

⑫ Bien qu'il soit malade, il travaille dur.
雖然生病了，他還是努力工作。

⑬ Il arrivera avant qu'il fasse nuit.
他將會在天黑之前抵達。

⑭ Pourvu qu'il fasse beau demain.
希望明天天氣晴朗。

⑮ Qu'il se taise!
叫他閉嘴！

⑯ Vienne la nuit, sonne l'heure!
黑夜降臨，鐘聲響起！

3.1.5 進階用法

1 用於最高級（或等同於最高級的表達）後的關係子句中

在最高級或等同於最高級的表達之後的關係子句中，動詞通常會使用虛擬式，以表達出委婉的語氣。

C'est le seul roman que je **puisse** vous recommander.
這是我唯一可以推薦的小說。

★ je puisse 的部分為虛擬式現在時。

2 當主要子句與關係子句的主詞一樣時，就不會使用關係子句了。

Je suis heureux de venir.	○
Je suis heureux que je vienne.	×
Je veux étudier.	○
Je veux que j'étudie.	×
Elle a peur de faire ce travail.	○

Elle a peur qu'elle fasse ce travail.　　✕

Je voudrais être acteur.　　○

Je voudrais que je sois acteur.　　✕

3 贅詞 ne（請見 ➡ 第 8 篇　否定的表達）

當主要子句是否定句或疑問句時，關係子句經常使用贅詞 ne。接在 craindre（害怕）或 redouter（擔心）後的關係子句，會使用虛擬式和贅詞 ne。

Je crains qu'il *ne* vienne.

這句法文會翻譯成「我擔心他會不會來」，虛擬式的 qu'il ne vienne 語氣中帶有【希望他不要來】。

4 名詞子句放在句首時的虛擬式

無論子句的語氣為何，動詞都是使用虛擬式。

Que les femmes soient mystérieuses, je l'ai éprouvé mille fois.
（女性很神秘，我已經歷過無數次。）

在後半的主要子句中再次提及 Que 開頭的名詞子句時，會以 l'（中性代名詞）表示，這是法語很常見的句型。

03 虛擬式 ② 過去時

3.2.1 用法

01_23

1 表示從主要子句的時間點（現在或未來）來看，關係子句是已結束的事

主要句子中會使用 être navré（遺憾）、être content（滿意）、être impossible（不可能）、être heureux（開心）、être dommage（可惜）、regretter（後悔）等詞組。

Je suis navré qu'il **soit** déjà **parti**.
我很遺憾他已經離開了。

Il est navré que vous ne l'**ayez** pas **trouvé**.
他很遺憾你們沒有找到他。

Je suis content que vous **soyez venu**.
我很開心您來了。

Il est impossible qu'elle **ait achevé** ce tableau.
她已完成這幅畫是不可能的。

Elle est heureuse que je lui **aie écrit**.
她很高興我寫了信給她。

Il se peut qu'elle **ait** mal **pris** la chose.
她有可能採取了錯誤的方式。

C'est dommage qu'il **ait perdu** sa fortune.
很遺憾他失去了財產。

Je regrette que tu ne m'**aies** pas **attendu**.
我很遺憾你沒有等我。

Elle est fâchée que je ne l'**aie** pas **vue** hier soir.
她在氣我昨天晚上沒有跟她見面。

2 表示從主要子句的時間點（現在或未來）來看，關係子句是未來會完成的事

用於 avant que, jusqu'à ce que, en attendant que 等句型中。

Téléphonez-moi avant que vous **soyez sorti**.
請您出門前打通電話給我。

Pouvez-vous attendre jusqu'à ce que j'**aie terminé**?
可以請您等到我完成嗎？

Elle veut rester là-bas en attendant que l'avion **ait décollé**.
她想要待在那裡等飛機起飛。

Pourriez-vous attendre jusqu'à ce que je **sois arrivé**?
可以麻煩您等到我抵達現場嗎？

Il reviendra avant qu'il **ait commencé** à pleuvoir.
他會在下雨之前回來。

3.2.2 文法解說

以下是虛擬式過去時的句型結構：

【**avoir**（或 **être**）的虛擬式現在時＋動詞過去分詞（**p.p**）】

請見以下動詞變化。

j'	aie＋p.p	nous	ayons＋p.p
tu	aies＋p.p	vous	ayez＋p.p
il/elle	ait＋p.p	ils/elles	aient＋p.p

je	sois＋p.p	nous	soyons＋p.p
tu	sois＋p.p	vous	soyez＋p.p
il/elle	soit＋p.p	ils/elles	soient＋p.p

1 表示從主要子句的時間點（現在或未來）來看，關係子句是已結束的事

> Je suis navré qu'il **soit** déjà **parti**.
> 我很遺憾他已經離開了。

之所以使用虛擬式過去時 il soit déjà parti（他已經離開了），是因為從直陳式現在時 Je suis navré（我很抱歉）的時間點來看，「離開」這件事已經結束了。

> Je suis content que vous **soyez venu**.
> 我很開心您來了。

這句也一樣，之所以使用虛擬式過去時 vous **soyez venu**（您來了）表示，是因為從直陳式現在時 Je suis content（我很開心）的時間點來看，「來」是已經結束的事。

> Il est impossible qu'elle **ait achevé** ce tableau.
> 她已完成這幅畫是不可能的。

這句使用虛擬式過去時 elle **ait achevé**（她已經完成），表示說話者將「完成畫作」視為已完成的動作。

> Elle est heureuse que je lui **aie écrit**.
> 她很高興我（當時）寫了信給她。

虛擬式過去時 je lui **aie écrit**（我寫了信給她）表示是在直陳式現在時 Elle est heureuse（她很高興）之前已結束的事。

> C'est dommage qu'il **ait perdu** sa fortune.
> 很遺憾他失去了財產。

虛擬式過去時 il **ait perdu** sa fortune（他失去了財產）表示是已發生的事，而現在表示遺憾（使用直陳式現在時 C'est dommage）。

2 表示從主要子句的時間點（現在或未來）來看，關係子句是未來會完成的事

> Pouvez-vous attendre jusqu'à ce que j'**aie terminé**?
> 可以請您等到我完成嗎？

「jusqu'à ce que ＋虛擬式」是表示「一直到～為止」。這裡是指 attendre（等待）這個行為將持續到 j'aie terminé（我完成）的這個時間點為止，是未來將完成的事。

> Elle veut rester là-bas en attendant que l'avion **ait décollé**.
> 她想要待在那裡等飛機起飛。

「en attendant que＋虛擬式」也是表示「等到～為止」。這裡是指 rester（停留）這個動作將持續到 l'avion **ait décollé**（直到飛機起飛）為止，是未來將完成的事。

> Il reviendra avant qu'il **ait commencé** à pleuvoir.
> 他會在下雨之前回來。

「avant que＋虛擬式」是「在完成～之前」的意思。此句的概念是：在虛擬式過去時 il ait commencé à pleuvoir（開始下雨）完成之前，將會發生簡單未來時的 Il reviendra（他會回來）。

3.2.3 練習題

請將下列括弧內的動詞改為虛擬式過去時，並將句子翻譯成中文。

1　Je suis étonné qu'elle (partir).

➡ _____

中譯 _____

2　Je resterai chez moi en attendant qu'il me (téléphoner).

➡ _____

中譯 _____

3　Je suis surpris que Jean te (prêter) sa voiture.

➡ _____

中譯 _____

4　Elle est contente que je lui (acheter) un bon cadeau.

➡ _____

中譯 _____

5　Elle doute que je (travaille) pour elle.

➡ _____

中譯 _____

6　Nous craignons que son épreuve orale (être) très difficile.

➡ _____

中譯 _____

7　Je ne pense pas qu'il (être) prudent.

➡ _____

中譯 _____

8　Je regrette qu'elle (se fâcher).

➡ _____

中譯 _____

9　Il est possible qu'il (avoir) un accident de voiture.

➡ _____

中譯 _____

10　J'ai peur que vous (saisir) mal ma réponse.

➡ _____

中譯 _____

3.2.4 例句跟讀訓練

01_24

---

① Je suis navré qu'il soit déjà parti.
我很遺憾他已經離開了。

② Je suis content que vous soyez venu.
我很開心你們來了。

③ Elle est heureuse que je lui aie écrit.
她很高興我寫了信給她。

④ C'est dommage qu'il ait perdu sa fortune.
很遺憾他失去了財產。

---

⑤ Je regrette que tu ne m'aies pas attendu.
我很遺憾你沒有等我。

⑥ Elle est fâchée que je ne l'aie pas vue hier soir.
她在氣我昨天晚上沒有跟她見面。

⑦ Pouvez-vous attendre jusqu'à ce que j'aie terminé?
可以請您等到我完成嗎？

⑧ Pourriez-vous attendre jusqu'à ce que je sois arrivé?
可以麻煩您等到我抵達現場嗎？

⑨ Il reviendra avant qu'il ait commencé à pleuvoir.
他會在下雨之前回來。

3.2.5 進階用法

用於最高級（或等同於最高級的表達）後的關係子句中

在最高級或等同於最高級的表達之後的關係子句中，動詞通常會使用虛擬式，以表達出委婉的語氣。

C'est la nouvelle la plus intéressante que j'**aie lue**.
這是我讀過最有趣的短篇小說。

★ j'aie lue 的部分為虛擬式過去時。
★ 同時也請參考上一課（Leçon 03 虛擬式 ① 現在時）「3.1.5 進階用法」的第 1 點。

虛擬式 ③ 未完成過去時

3.3.1 用法

01_25

用於關係子句（que ＋子句）中，表示與主要子句的時態相同（都發生在過去），或表示更晚發生的事

主要子句中會用到的動詞，包含 vouloir, douter, falloir, désirer, souhaiter 等等。

Elle voulait que je **pusse** l'aider.
她希望我能幫她。

Je doutais qu'il **fût** chez lui.
我懷疑他是否在家。

Il fallait que nous **étudiassions** beaucoup.
我們必須要大量學習。

Il était nécessaire que je **fusse** avec toi.
我必須要跟你在一起。

Les étudiants voulaient que leur professeur **parlât** plus fort.
學生們希望老師講話能再大聲點。

Je désirais qu'elle **fût** mon amie.
我希望她是我的朋友。

Je ne croyais pas qu'ils **eussent** tant de courage.
我不認為他們有那麼大的勇氣。

Elle souhaitait qu'il **tînt** sa promesse.
她希望他履行諾言。

Je doutais que ce remède **fût** efficace.
我懷疑這個療法是否有效。

Il était à craindre qu'elle ne **fût** en retard.
她恐怕會遲到。

3.3.2 文法解說

　　虛擬式未完成過去時，主要是搭配第三人稱來使用的，且不太會用於日常對話中。現代的法語大多已改用虛擬式現在時，來代替虛擬式未完成過去時。（請參考本課 3.3.5 的進階用法）例如：

Elle voulait que je **pusse** l'aider.
＝Elle voulait que je **puisse** l'aider.

★ **pusse** 是虛擬式未完成過去時；**puisse** 為虛擬式現在時（原形動詞為 pouvoir「能～」）。**puisse** 也經常出現在日常對話中。

　　虛擬式未完成過去時的字尾變化為：je -sse, tu -sses, il -ˆt, nous -ssions, vous -ssiez, ils -ssent。主要是將 tu「直陳式簡單過去時」的動詞變化拿掉字尾 -s 後，再接上虛擬式未完成過去時的字尾。關於虛擬式未完成過去時詳細的變化說明，可參閱初級篇的 p.253。

> Elle voulait que je **pusse** l'aider.
> 她希望我能幫她。

voulait 是 vouloir（想）的直陳式未完成過去時；pusse 是 pouvoir（能～）的虛擬式未完成過去時。在「時態」上，關係子句中的 **pusse**（能）和主要子句的 voulait 是相同的時態。

> Je doutais qu'il **fût** chez lui.
> 我懷疑他是否在家。

fût 是 être（在～）的虛擬式未完成過去時，在「時態」上，和主要子句中的 doutais（懷疑）時態相同（直陳式未完成過去時）。

> Il fallait que nous **étudiassions** beaucoup.
> 我們必須要大量學習。

這句也一樣。直陳式未完成過去時的 fallait（必須），與虛擬式未完成過去時的 **étudiassions**（學習）在「時態」上相同。

> Les étudiants voulaient que leur professeur **parlât** plus fort.
> 學生們希望老師講話能再大聲點。

此句可以看到直陳式未完成過去時 voulaient（想要），與虛擬式未完成過去時的 **parlât** plus fort（說話再大聲點）有相同的「時態」。

> Je désirais qu'elle **fût** mon amie.
> 我希望她是我的朋友。

此句就直陳式未完成過去時 désirais（想要）的角度來看，虛擬式未完成過去時的 **fût** mon amie（成為我的朋友）是將來所發生的事。

> Elle souhaitait qu'il **tînt** sa promesse.
> 她希望他履行諾言。

就直陳式未完成過去時 souhaitait（希望）的角度來看，虛擬式未完成過去時的 **tînt** sa promesse（履行諾言）是將來發生的事。**tînt** 的原形是 tenir（保持）。

> Il était à craindre qu'elle ne **fût** en retard.
> 她恐怕會遲到。

Il 是虛主詞，作用是取代 qu' 之後的內容。就直陳式未完成過去時 Il était à craindre que~（恐怕～）的角度來看，虛擬式未完成過去時 **fût** en retard（遲到）是將來發生的事。ne 是贅詞。

3.3.3 練習題

請從括弧內選出**虛擬式未完成過去時**的動詞，並將句子翻譯成中文。

1　Il fallait qu'elle (parla/ parlat/ parlât) lentement.
　　中譯 _____

2　Je ne pensais pas qu'il (fit/ fît/ fait) une telle chose.
　　中譯 _____

3　Il valait mieux qu'ils (partissent/ partent/ partît) rapidement.
　　中譯 _____

4　Je défendais qu'il me (posât/ posa/ posassent) des questions.
　　中譯 _____

5　Je regrettais qu'il (voulusse/ voulût/ voulut) sortir avec elle.
　　中譯 _____

6　Il était nécessaire que je (fus/ fusse/ fût) avec eux.

中譯 _____

7　Il fallait qu'elles (arrivât/ arriva/ arrivassent) là-bas.

中譯 _____

8　J'avais ordonné qu'il s'en (excusât/ excusa/ excusassiez).

中譯 _____

3.3.4 例句跟讀訓練

01_26

① Elle voulait que je **pusse** l'aider.
她希望我能幫她。

② Je désirais qu'elle **fût** mon amie.
我希望她是我的朋友。

③ Je ne croyais pas qu'ils **eussent** tant de courage.
我不認為他們有那麼大的勇氣。

④ Il était à craindre qu'elle ne **fût** en retard.
她恐怕會遲到。

3.3.5 進階用法

　　現代的法語會以**虛擬式現在時**，來代替虛擬式未完成過去時。請見以下例句。

Je doutais qu'il **fût** chez lui.
＝Je doutais qu'il **soit** chez lui.
我懷疑他在家。

★ **fût** 是虛擬式未完成過去時；**soit** 是虛擬式現在時。

Il était nécessaire que je **fusse** avec toi.

＝Il était nécessaire que je **sois** avec toi.

我必須和你在一起。

★ **fusse** 是虛擬式未完成過去時；**sois** 是虛擬式現在時。

Je ne croyais pas qu'ils **eussent** tant de courage.

＝Je ne croyais pas qu'ils **aient** tant de courage.

我不認為他們那麼有勇氣。

★ **eussent** 是虛擬式未完成過去時；**aient** 是虛擬式現在時。

以下例句也是如此：

Il lui a tout raconté afin qu'elle **sache** la vérité.

他為了讓她知道真相而把一切都告訴她了。

Il est parti sans qu'elle s'en **aperçoive**.

他在她不知情的情況下離開了。

03 虛擬式 ④ 愈過去時

3.4.1 用法

01_27

用於關係子句（que＋子句）中，表示比主要子句的時態（過去時）更早發生的事

Il ne pensait pas que je **fusse arrivé**.
他沒想到我已經到了。

J'étais mécontent qu'il **eût perdu** cet argent.
我對於他弄丟這筆錢感到很不開心。

Je ne croyais pas qu'il **eût pu** achever ce travail.
我不相信他當初有辦法完成這項工作。

Il était impossible qu'elle **eût dit** la vérité.
她當初不太可能說實話。

Elle était heureuse qu'il **fût venu** la voir.
她很開心他有來看她。

Ils voulaient que j'**eusse gardé** le silence.
他們希望我當初保持沉默。

J'avais voulu qu'elle **eût fini** avant.
我希望她之前就把這件事完成了。

Il fallait qu'on **eût réfléchi** sur soi-même avant.
必須在之前先反省自己。

Je ne pensais pas qu'ils **eussent invité** cette fille.
我沒想到他們邀請了這位女孩。

Je doutais qu'il **fût venu**.
我懷疑他已經來了。

3.4.2 文法解說

　　虛擬式愈過去時主要也是搭配第三人稱來使用的，且也不太會用於日常對話中。就像上一課的情況一樣，現代的法語大多已改用虛擬式過去時來代替虛擬式愈過去時。（請參考本課 3.4.5 的進階用法）

　　以下是虛擬式愈過去時的句型結構：

【avoir（或 être）的虛擬式未完成過去時＋過去分詞（p.p）】

　　請見以下動詞變化。關於虛擬式愈過去時基本的變化說明，可參閱初級篇的 p.255。

j'	eusse＋p.p	nous	eussions＋p.p
tu	eusses＋p.p	vous	eussiez＋p.p
il/elle	eût＋p.p	ils/elles	eussent＋p.p

je	fusse＋p.p	nous	fussions＋p.p
tu	fusses＋p.p	vous	fussiez＋p.p
il/elle	fût＋p.p	ils/elles	fussent＋p.p

Il ne pensait pas que je **fusse arrivé**.
他沒想到我已經到了。

虛擬式愈過去時 je **fusse arrivé**（我已經到了）是發生在直陳式未完成過去時 Il ne pensait pas（他沒想到）之前的事。【（先發生）我已經到了 ➡（後發生）他沒想到】

J'étais mécontent qu'il **eût perdu** cet argent.
我對於他弄丟這筆錢感到很不開心。

虛擬式愈過去時 il **eût perdu** cet argent（他弄丟這筆錢）是發生在直陳式未完成過去時 J'étais mécontent（我很不高興）之前的事。【（先發生）錢先弄丟了 ➡（後發生）我很不高興】

Il était impossible qu'elle **eût dit** la vérité.
她當初不太可能說實話。

虛擬式愈過去時 elle **eût dit** la vérité（她說了實話）表示這是之前已發生的事。

> Elle était heureuse qu'il **fût venu** la voir.
> 她很開心他有來看她。

虛擬式愈過去時 il **fût venu** la voir（他來看她）是在直陳式未完成過去時 Elle était heureuse（她很開心）前發生的事。

> Je ne pensais pas qu'ils **eussent invité** cette fille.
> 我沒想到他們當初邀請了這位女孩。

虛擬式愈過去時 ils **eussent invité** cette fille（他們邀請這位女孩）是在直陳式未完成過去時 Je ne pensais pas（我沒想到）之前發生的事。

> Je doutais qu'il **fût venu**.
> 我懷疑他已經來了。

虛擬式愈過去時 il **fût venu**（他來了）是在直陳式未完成過去時 Je doutais（感到懷疑）之前發生的事。

3.4.3 練習題

請將括弧內的法文單字重組成符合中文語意的句子。

1　她對於我犯的錯感到不高興。

Elle était (fait/ une/ mécontente/ que/ erreur/ j'eusse).

➡ _____

2　我沒想到他已經來了。

Je ne (pas/ eût/ qu'il/ venir/ pensais/ put).

➡ _____

3　她很開心他們來了。

Elle était (fussent/ qu'ils/ heureuse/ venus).

➡ _____

4　我懷疑他是否已理解我的指示。

Je (eût/ qu'il/ mes indications/ doutais/ compris).

➡ _____

5　她不相信我已經到了。

Elle ne (que/ je/ croyait/ arrivé/ pas/ fusse).

➡ _____

6　我很遺憾他給了我們錯誤的建議。

Je (donné/ conseils/ regrettais/ nous eût/ de mauvais/qu'il).

➡ _____

3.4.4 例句跟讀訓練

01_28

① J'étais mécontent qu'il eût perdu cet argent.
我對於他弄丟這筆錢感到很不開心。

② Elle était heureuse qu'il fût venu la voir.
她很開心他有來看她。

③ J'avais voulu qu'elle eût fini avant.
我希望她之前就把這件事完成了。

④ Je ne pensais pas qu'ils eussent invité cette fille.
我不認為他們當初邀請了這位女孩。

⑤ Je doutais qu'il fût venu.
我懷疑他已經來了。

3.4.5 進階用法

1 現代的法語大多已改用虛擬式過去時

Je doutais qu'il eût bien compris.
➡ Je doutais qu'il ait bien compris.
我懷疑他是否懂了。

Elle était heureuse qu'il fût venu la voir.

➡ Elle était heureuse qu'il soit venu la voir.

她很開心他有來看她。

Il ne pensait pas que je fusse arrivé.

➡ Il ne pensait pas que je sois arrivé.

他沒想到我已經到了。

J'avais voulu qu'elle eût fini avant.

➡ J'avais voulu qu'elle ait fini avant.

我希望她之前已完成這件事了。

2 用作「條件式的第二種形態」使用

請參考 Leçon 02 條件式 ② 過去時「2.2.5 進階用法」。

S'il avait eu assez d'argent, il serait venu avec moi.
【直陳式愈過去時＋條件式愈過去時】
如果他有足夠的錢，他就會和我一起去。

★ 這句是典型的假設語氣。不過在書面語中會使用虛擬式愈過去時，代替條件式愈過去時。

【條件式的第二種形態】

⬇

S'il avait eu assez d'argent, il **fût venu** avec moi.
【直陳式愈過去時＋虛擬式愈過去時】
如果他有足夠的錢，他就會和我一起去。

★ 主要子句（結論句）使用虛擬式，這類虛擬式就稱為【條件式的第二形態】。

Si 子句中的直陳式愈過去時，也可用虛擬式愈過去時代替：

S'il **eût eu** assez d'argent, il **fût venu** avec moi.
【虛擬式愈過去時＋虛擬式愈過去時】
如果他有足夠的錢，他就會和我一起去。

★ 條件子句和主要子句皆為虛擬式。

上述三個例句雖然形態不同，但語意皆相同。

04 命令式

4.1 用法

01_29

命令式主要用在 **tu, nous, vous** 這些對象上

> 對 tu（你） 「去～！」
> 對 nous（我們） 「我們～」
> 對 vous（你們／您） 「請你們／您～」

Écoute-moi.
聽我說。

Écoutez-moi.
請（您／你們）聽我說。

Écoutons-le.
（我們）聽他說吧。

Finis ton travail.
把你的工作做完。

Finissez votre travail.
請（您）把您的工作做完；請（你們）把你們的工作做完。

Finissons notre travail.
來把我們的工作做完吧。

N'**écoutez** pas ses histoires.
請（您／你們）別聽他胡說。

Lève-toi, c'est déjà l'heure.
起床，時間已經到了。

N'**aie** pas peur.
別害怕。

N'ayez pas peur.
請（您／你們）別害怕。

Sois gentil.
友善一點。

Soyez prudent.
請您謹慎點。

Soyons courageux.
（我們）要鼓起勇氣。

Allez, **viens** avec moi.
來，跟我來。

Allons, au travail.
（我們）走，上工了。

4.2　文法解說

　　規則動詞的命令式表現方式，原則上是直接使用 tu, nous, vous 的動詞變化（直陳式現在時變化），並把主詞（tu、nous、vous）去掉即可。不過 er 規則動詞（第一類動詞）的命令式中，針對 tu 的動詞變化字尾 s 要刪掉。例如：

donner ➡ [直述句] tu donnes ➡ [命令式] **donne**（給～）

　　關於命令式詳細的變化說明，可參閱初級篇的 p.176。

　　造命令式（肯定句）並延伸句子時，與英文類似：

・（命令式）, et ~：「請～，這樣就～。」

・（命令式）, ou ~：「請～，否則就～。」

Faites-nous signe, et nous recommençons le travail.
請您通知我們，這樣我們就會恢復工作。

Dépêchons-nous, ou nous serons en retard.
我們快一點，否則要遲到了。

Écoute-moi.
聽我說。

Écoute（聽）是原形 écouter 配合主詞 tu 的變化（tu écoutes），之後再去掉語尾 s 的形態。破折號之後接續的 moi 是強調形人稱代名詞。

Écoutons-le.
（我們）聽他說吧。

破折號之後接續的 le 是「他」的意思，是直接受詞人稱代名詞，但不是強調形人稱代名詞。正如例句中的用法，在破折號之後原則上是接續受詞人稱代名詞，不過 me 和 te 在肯定命令式中分別會以 moi 和 toi 來表達。

Finis ton travail.
把你的工作做完。

Finis 是原形 finir（結束）配合主詞 tu 的變化（tu finis）而來。這裡的 s 不用去掉。

N'écoutez pas ses histoires.
請（您／你們）別聽他胡說。

像 N'écoutez pas（別聽）這種否定形式的命令式，就和一般的否定句一樣，是將動詞夾在 ne 和 pas 之間。histoires 在此是「胡謅」的意思。

Lève-toi, c'est déjà l'heure.
起床，時間已經到了。

Lève-toi（起床）是原形 se lever（起床）針對對象 tu 的命令式。單純只有動詞 lever 則是「叫醒～」的意思。toi（你）是強調形人稱代名詞。在肯定形式的命令式中用來代替 te。

N'aie pas peur.
別害怕。

aie 是原形 avoir（有）針對對象 tu 的命令式變化。avoir peur 是「害怕」的意思。

Sois gentil.
友善一點。

Sois 是 être（是）針對對象 tu 的命令式變化。gentil（善良的）是形容詞。

> **Soyons** courageux.
> （我們）要鼓起勇氣。

Soyons 是 être（是）針對對象 nous 的命令式變化。courageux（勇敢的）是形容詞（複數形）。

> Allez, **viens** avec moi.
> 來，跟我來。

Allez 原本是原形 aller（去）對對象 vous 的命令式，像例句這樣把 Allez 放在句首，是作為感嘆詞使用，有「來；快點～（表示勸誘或催促）」的意思。viens 是原形 venir（來）針對 tu 的命令式變化。

> **Allons,** au travail.
> （我們）走，上工了。

Allons 原本是 aller（去）對對象 nous 的命令式，就和上一個例句相同，放在句首作為感嘆詞使用，有「來；快點～（表示勸誘或催促）」的意思。

4.3　練習題

請依照以下 範例 ，將句子改成命令式，並譯為中文。

範例：　Il faut que tu revienne tout de suite.

➡ Reviens tout de suite.（馬上回來。）

Il ne faut pas que vous travailliez beaucoup.

➡ Ne travaillez pas beaucoup.（不要工作過度。）

1　Il faut que vous soyez courageux.

➡ _____

中譯 _____

2　Il faut que nous lisions ce livre.

➡ _____

中譯 _____

3 Il faut que tu me donnes un coup de main.

➡ _____

中譯 _____

4 Il faut que vous fassiez attention.

➡ _____

中譯 _____

5 Il faut que tu obéisses à ton professeur.

➡ _____

中譯 _____

6 Il faut que vous nous vendiez moins cher.

➡ _____

中譯 _____

7 Il faut que tu me répondes clairement.

➡ _____

中譯 _____

8 Il ne faut pas que tu dormes maintenant.

➡ _____

中譯 _____

9 Il ne faut pas que tu sortes ce soir.

➡ _____

中譯 _____

10 Il ne faut pas que nous allions au cinéma.

➡ _____

中譯 _____

① Écoutez-moi.
請（您／你們）聽我說。

② Écoutons-le.
（我們）聽他說吧。

③ Finissons notre travail.
來把我們的工作做完吧。

④ N'écoutez pas ses histoires.
請（您／你們）別聽他胡說。

⑤ Lève-toi, c'est déjà l'heure.
起床，時間已經到了。

⑥ N'aie pas peur.
別害怕。

⑦ Sois gentil.
友善一點。

⑧ Soyez prudent.
請您謹慎點。

⑨ Allons, au travail.
（我們）走，上工了。

4.5 進階用法

其他表示命令式的方式如下。

1 對第三人稱的命令

可參考虛擬式現在時的用法，該章節有相關說明。

Qu'il se taise!
叫他給我閉嘴！

★ 這是對第三人稱（他）的命令。

2 也可以只用名詞表示命令語氣。

Silence!
安靜！

Patience!
忍耐一下！

3 直陳式現在時或簡單未來時，也可表示命令的語氣。

Vous **venez** chez moi ce soir.
＝Vous **viendrez** chez moi ce soir.
今晚請您／你們來我家。

05 近過去時與近未來時

5.1 用法

01_31

1 近過去時：表示「剛做過～」

★ 句型：【venir 的直陳式現在時＋de＋原形動詞】

Je **viens de finir** mon repas.
我剛用完餐。

Il **vient d'arriver** de Londres.
他剛從倫敦抵達了。

Nous **venons d'acheter** une belle voiture.
我們才剛買了一輛漂亮的車。

Elle **vient de sortir** avec son petit ami.
她剛和她男朋友出去。

À qui **venez**-vous **de parler**?
你們剛剛在跟誰講話呢？

Ils **viennent de prendre** le petit déjeuner.
他們剛吃了早餐。

Tu **viens de réviser** tes leçons?
你剛複習了課業嗎？

Ce film **vient de commencer**.
這部電影才剛開始。

2 近未來時：表示「（準備）要做～」、「接下來要做～」

★ 句型：【aller 的直陳式現在時＋原形動詞】

Il **va venir** sans tarder.
他要來了，不會遲到。

Vous **allez faire** les courses?
你們要去買東西嗎？

Elle **va trouver** la solution facilement.
她會輕易地找到解決辦法。

Je **vais** le **voir** dans quelques instants.
我馬上就要去見他。

Vous **allez vous reposer** un peu?
你們要去休息一下嗎？

Tu **vas boire** un verre de vin?
你要喝一杯葡萄酒嗎？

On **va se revoir** un de ces jours?
我們這幾天很快就會再碰面嗎？

Nous **allons nous promener** sous la pluie.
我們要去雨中散步。

5.2 文法解說

近過去時是表示不久前的過去發生的事；近未來時則是表示不久後的將來即將發生的事。若以英語來說，近過去時相當於現在完成式（have＋p.p.）；近未來時則近似於 be going to ～。

近過去時的句型結構：

【venir＋de＋動詞原形】

「venir＋de～」的 venir 可以使用**直陳式現在時**，或是**直陳式未完成過去時**。（關於「venir＋de ～」以未完成過去時來表示的詳細內容，請參考本課「**5.5 進階用法**」的內容）

不過「venir＋原形動詞」是「為了做～而來」的意思。
Il viendra me voir demain.（他明天會來跟我見面。）

近未來時的句型結構：

【aller＋動詞原形】

關於近過去時與近未來時詳細的說明，可參閱初級篇的 p.137。

1 近過去時：表示「剛做過～」

Je **viens de finir** mon repas.
我剛用完餐。

viens de finir 是「剛結束」的意思。套用現在時的 viens de 即可表達過去時態的事，是很方便的用法。

À qui **venez**-vous **de parler**?
你們剛剛在跟誰講話呢？

疑問詞 À qui（對誰）放在句首，表示為疑問句，要將 vous venez 做倒裝，兩單字之間要加上連字號變成：venez-vous。parler à ~ 是「和～講話」的意思。

Tu **viens de réviser** tes leçons?
你剛複習了課業嗎？

réviser 除了「修正」以外，還有「複習」的意思。**viens de réviser** 是「剛複習了～」的意思。

2 近未來時：表示「（準備）要做～」、「接下來要做～」

Il **va venir** sans tarder.
他要來了，不會遲到。

va venir 是「要過來～」的意思。sans tarder 是「沒有晚到」的意思。

Vous **allez faire** les courses?
你們要去買東西嗎？

allez faire les courses 的意思是「正要／準備去買東西」。faire les courses 是「購物」的意思。

Vous **allez vous reposer** un peu?
你們要去休息一下嗎？

allez vous reposer 的意思是「正要／打算去休息」。vous reposer 是反身動詞，意思是「休息」。動詞 reposer 本身是「使休息」的意思。

> On **va se revoir** un de ces jours?
> 我們這幾天很快就會再碰面嗎?

On 在此是表示「我們」的意思,視為第三人稱單數。un de ces jours 是「最近
這幾天」的意思,表示未來。se revoir 為反身動詞,意思是「再次相見」。

> Nous **allons nous promener** sous la pluie.
> 我們要去雨中散步。

nous promener 為反身動詞,意思是「散步」。**allons nous promener** 是「正要
/打算去散步」的意思。

5.3　練習題

I. 請將下列括弧內的動詞改為近過去時,並將句子翻譯成中文。

1　L'hiver (finir) enfin.

➡ ＿＿＿＿＿＿＿＿＿＿＿＿＿＿＿＿＿＿＿＿＿＿＿＿＿＿＿＿

中譯 ＿＿＿＿＿＿＿＿＿＿＿＿＿＿＿＿＿＿＿＿＿＿＿＿＿＿

2　Ils (fumer) des cigarettes.

➡ ＿＿＿＿＿＿＿＿＿＿＿＿＿＿＿＿＿＿＿＿＿＿＿＿＿＿＿＿

中譯 ＿＿＿＿＿＿＿＿＿＿＿＿＿＿＿＿＿＿＿＿＿＿＿＿＿＿

3　Il (rentrer) de ses vacances.

➡ ＿＿＿＿＿＿＿＿＿＿＿＿＿＿＿＿＿＿＿＿＿＿＿＿＿＿＿＿

中譯 ＿＿＿＿＿＿＿＿＿＿＿＿＿＿＿＿＿＿＿＿＿＿＿＿＿＿

4　Tu (voir) ta petite amie?

➡ ＿＿＿＿＿＿＿＿＿＿＿＿＿＿＿＿＿＿＿＿＿＿＿＿＿＿＿＿

中譯 ＿＿＿＿＿＿＿＿＿＿＿＿＿＿＿＿＿＿＿＿＿＿＿＿＿＿

5　Elle (vendre) sa maison natale.

➡ ＿＿＿＿＿＿＿＿＿＿＿＿＿＿＿＿＿＿＿＿＿＿＿＿＿＿＿＿

中譯 ＿＿＿＿＿＿＿＿＿＿＿＿＿＿＿＿＿＿＿＿＿＿＿＿＿＿

II. 請將下列括弧內的動詞改為近未來時，並將句子翻譯成中文。

1 Elle (venir) me voir chez moi ce soir.

➡ _____

中譯 _____

2 Je (terminer) le dîner dans quelques secondes.

➡ _____

中譯 _____

3 On (prendre) le taxi pour aller à la gare.

➡ _____

中譯 _____

4 Ils (arriver) d'un moment à l'autre.

➡ _____

中譯 _____

5 Nous (avoir) beaucoup d'invités pour cette soirée.

➡ _____

中譯 _____

III.請將以下中文翻譯成法文。

1 我剛巧遇到她。（遇見：croiser）

中譯 _____

2 Cadot 先生馬上就要離開了。（馬上，立即：immédiatement）

中譯 _____

5.4 例句跟讀訓練

01_32

① Il vient d'arriver de Londres.
他剛從倫敦抵達了。

② Nous venons d'acheter une belle voiture.
我們才剛買了一輛漂亮的車。

③ À qui venez-vous de parler?
你們剛剛在跟誰講話呢？

④ Tu viens de réviser tes leçons?
你剛複習了課業嗎？

⑤ Ce film vient de commencer.
這部電影才剛開始。

⑥ Vous allez faire les courses?
你們要去買東西嗎？

⑦ Je vais le voir dans quelques instants.
我馬上就要去見他。

⑧ On va se revoir un de ces jours?
我們這幾天很快就會再碰面嗎？

⑨ Nous allons nous promener sous la pluie.
我們要去雨中散步。

5.5　進階用法

通常「venir＋de～」是用**直陳式現在時**或**直陳式未完成過去時**來表示。不過，當主要子句中是用「venir＋de～」句型的用法，且時態為未完成過去時的時候，翻譯時就要特別小心。

Il **venait de sortir** qu'il rentra déjà.
他已經回來了，剛剛又出去了。

在上面的句子中，qu'（＝que）代替 quand。直譯的話是「當他已經回來了（簡單過去時），他剛又出去了（未完成過去時）」。直陳式未完成過去時帶有「當時打算～」「當時正要～」的意思（請參考 Leçon 01 直陳式③未完成過去時中「1.3.1 用法的第 5 點」）。

06 被動語態

La voix passive

6.1 用法

01_33

和英語一樣用來表示「被～」

★ 句型：【être＋p.p.】。

Je suis toujours **invité(e)** par les Cadot à Cannes.
我總是被 Cadot 家的人邀請去坎城。

J'ai été invité(e) par les Cadot à Cannes.
我曾被 Cadot 家的人邀請去坎城。

Il a dit qu'il **avait été invité** par les Cadot.
他說他曾被 Cadot 家的人邀請過。

J'étais toujours **invité(e)** par les Cadot.
我當初總是被 Cadot 家的人邀請。

Je **serai invité(e)** par les Cadot cette année aussi.
我今年也將會被 Cadot 家的人邀請。

J'aurai été invité(e) avant la mi-juin.
我在六月中旬之前將會被邀請。

Si vous étiez d'accord, je **serais invité(e)**.
要是你們同意的話，我就會被邀請的。

Si vous aviez été d'accord, j'**aurais été invité(e)**.
要是你們當時同意的話，我就會被邀請的。

Il est possible que je **sois invité(e)** par les Cadot.
我有可能會被 Cadot 家的人邀請。

J'attendrai jusqu'à ce que j'**aie été invité(e)**.
我會一直等到我受邀的時候。

Je suis content(e) d'**être invité(e)**.
我很開心被邀請。

Je suis content(e) d'**avoir été invité(e)**.
我很開心曾被邀請過。

Étant invité(e), je suis content(e).
受到邀請，我很開心。

Ayant été invité(e), je suis content(e).
曾受到邀請，我很開心。

Sois invité(e).
受邀吧。

Soyez invité(e)(s).
請受邀吧。

Soyons invité(e)s.
我們接受邀請吧。

6.2 文法解說

法語和英語一樣，都有被動語態，皆為用來表示「被～」的句法，其句型結構為：

【**être**＋動詞過去分詞（**p.p**）（＋**par / de**＋動作執行者）】

原則上，有及物動詞（可接直接受詞的動詞）的句子都可以轉為被動語態，但如果是像以下例句，則無法以被動語態表示。

J'ai vu leurs enfants.
我看過他（她）們的小孩。

Tu veux mon bonheur?
你希望我幸福嗎？

Il a perdu sa femme.
他失去了他的太太。

Elles ont baissé les yeux.
她們垂下雙眼。

此外，在法語中，使用**反身動詞**或是 **on**（一般是代替人的代名詞）的句子通常就足以清楚表達出大部分被動語態的語意，所以**被動語態**（**être＋p.p.**）句型使用的範圍很有限。

表示「由～（動作行為者）」的 **par** 和 **de**：

par：用於一時的、特定的行為，並特別強調「動作執行者」時。
de：用於表示習慣性的、持續性的狀態。

Elle est aimée de tout le monde.
她受到所有人的喜愛。

此外，原則上會避免使用「**par＋人稱代名詞**」。
J'invite Jean. →「Jean est invité par moi.」的形態很少見。

關於被動語態基本的說明，可參閱初級篇的 p.237。

> Je **suis** toujours **invité(e)** par les Cadot à Cannes.
> 我總是被 Cadot 家的人邀請去坎城。

suis invité(e) 的結構為「**être 的現在時＋p.p.**」，為直陳式現在時的被動語態。過去分詞會依主詞的性別、數量做字尾變化。

> J'**ai été invité(e)** par les Cadot à Cannes.
> 我曾被 Cadot 家的人邀請去坎城。

ai été invité(e) 為「**être 的複合過去時＋p.p.**」的結構，為直陳式複合過去時的被動語態。

> Il a dit qu'il **avait été invité** par les Cadot.
> 他說他曾被 Cadot 家的人邀請過。

avait été invité 為直陳式愈過去時的被動語態。

> Je **serai invité(e)** par les Cadot cette année aussi.
> 我今年也將會被 Cadot 家的人邀請。

serai invité(e) 為直陳式簡單未來時的被動語態。

J'**aurai été invité(e)** avant la mi-juin.
我在六月中旬之前將會被邀請。

aurai été invité(e) 為直陳式先未來時的被動語態。avant la mi-juin（六月中旬之前）是表示未來的某一個時間點，這裡使用表示在該時間點之前完成的先未來時。

Si vous étiez d'accord, je **serais invité(e)**.
要是你們同意的話，我就會被邀請的。

serais invité(e)（會被邀請）是**條件式現在時**的被動語態，是與現在事實相反的假設。

Si vous aviez été d'accord, j'**aurais été invité(e)**.
要是你們當時同意的話，我就會被邀請的。

aurais été invité(e)（會被邀請）為**條件式過去時**的被動語態，是與過去事實相反的假設。

J'attendrai jusqu'à ce que j'**aie été invité(e)**.
我會一直等到我受邀的時候。

jusqu'à ce que ～（～為止）之後接續虛擬式。從主要子句的時間點來看的話，關係子句（que+子句）中的虛擬式過去時 j'**aie été invité(e)**（我受到邀請）是表示未來的時態。

Je suis content(e) d'**être invité(e)**.
我很開心被邀請。

être content(e) de ～是「～我很開心」的意思。**être invité(e)**（被邀請）是原形動詞的被動語態，與主要動詞的時態一致。但如果是 d'**avoir été invité(e)**（已被邀請），即為複合過去時的被動語態，表示是比主要動詞時態更早的時間。

Ayant été invité(e), je suis content(e).
曾受到邀請，我很開心。

Ayant été invité(e)（被邀請）是複合過去時的分詞構句，是表示比主要子句的動詞時態更早的時間。如果不使用分詞構句來書寫，就要改成 Comme j'ai été invité(e), je suis content(e)。

Soyez invité(e)(s).
請受邀吧。

此句為命令式。**soyez** 是 être 對於對象 vous 的命令式。也可以寫成 Il faut que vous **soyez invité(e)(s)**。

Soyons invité(e)s.
我們接受邀請吧。

此句為命令式。**soyons** 是 être 對於對象 nous 的命令式。也可以寫成 Il faut que nous **soyons invité(e)s**.。

6.3　練習題

請將下列各句改為被動語態；若句子本身是被動語態，請改成主動語態。

1　L'homme atteignit la lune en 1969.

　➡ _____

2　L'incendie a détruit toute la ville.

　➡ _____

3　Monsieur Cadot est respecté de tout le monde.

　➡ _____

4　Des arbres bordent ce jardin.

　➡ _____

5　Une femme aurait écrit cette lettre.

　➡ _____

6　On avait trouvé l'argent dans la fosse.

　➡ _____

7　Le voleur avait été arrêté par la police.

　➡ _____

8　Mes étudiants visiteront ce château.

　➡ _____

9　Le problème a été résolu par le physicien.

　➡ _____

10 Mes parents vendaient des livres d'occasion.

➡ _____

① J'ai été invité(e) par les Cadot à Cannes.
我曾被 Cadot 家的人邀請去坎城。

② J'étais toujours invité(e) par les Cadot.
我當初總是被 Cadot 家的人邀請。

③ Je serai invité(e) par les Cadot cette année aussi.
我今年也將會被 Cadot 家的人邀請。

④ Si vous étiez d'accord, je serais invité(e).
如果你們同意的話，我就會被邀請的。

⑤ Si vous aviez été d'accord, j'aurais été invité(e).
如果你們當時同意的話，我就會被邀請的。

⑥ Il est possible que je sois invité(e) par les Cadot.
我有可能會被 Cadot 家的人邀請。

⑦ Je suis content(e) d'être invité(e).
我很開心被邀請。

⑧ Ayant été invité(e), je suis content(e).
曾受到邀請，我很開心。

⑨ Soyez invité(e)(s).
請受邀吧。

6.5　進階用法

關於「反身動詞的被動語態」，例句如下所示：

Ce mot ne **s'emploie** plus guère.
（這個單字幾乎沒在使用。）

Les blés **se sèment** en hiver.
（小麥是在冬天播種的。）

Ça **se trouve** partout.
（它無所不在。）

Ce papier **s'écrit** facilement.
（這張紙很好寫。）

07 使役句法與放任句法

7.1 用法

01_35

1 使役句法「讓～」：使用動詞 faire

★ faire 後的不定式（原形動詞）為不及物動詞時

J'**ai fait** parler une étudiante.
我讓一位女學生說話了。

Je **fais** venir mon frère.
我叫我弟弟過來。

Le vent **fait** frémir les feuilles.
風吹動樹葉。（風讓樹葉搖動）

Je l'ai **fait** parler.
我讓他說話了。

Faites sortir le chien.
請讓狗出去。

Faites-le sortir.
請讓他／那個出去。

★ faire 後的不定式（原形動詞）為及物動詞時

Je **fais** réparer ma voiture à (par) mon garagiste.
我把我的車送去給我的修車師傅修理。

Il **fait** faire le brouillon d'une lettre à (par) sa secrétaire.
他請他的祕書擬一封信的草稿。

Je lui **fais** réparer ma voiture.
我請他／她修理我的車。

Je la lui **fais** réparer.
我請他／她修理它。

★ **faire** 後的原形動詞為反身動詞時

Il est impossible de **faire** (se) taire ces enfants.
不可能讓這些孩子保持安靜。

2 放任句法「讓～維持在～（狀態）」：使用動詞 **laisser**

★ **laisser** 後的不定式（原形動詞）為不及物動詞時

J'ai **laissé** les enfants jouer.
我讓孩子們玩耍了。

J'**ai laissé** jouer les enfants.
我讓孩子們玩耍了。

Je les **ai laissé(e)s** jouer.
我讓他們／她們玩耍了。

Laissez-moi réfléchir un peu.
請讓我考慮一下。

★ **laisser** 後的不定式（原形動詞）為及物動詞時

J'**ai laissé** les enfants regarder la télé.
我讓孩子們看電視了。

J'**ai laissé** regarder la télé aux enfants.
我讓孩子們看電視了。

Je les **ai laissé(e)s** la regarder.
我讓他們／她們看它了。

Laisse-la regarder aux enfants.
讓孩子們看它。

Laisse les enfants la regarder.
讓孩子們看它。

★ **laisser** 後的不定式（原形動詞）為反身動詞時

Laissez-le (s')asseoir.
讓他坐下。

・使役句法的結構為：

【**faire**＋原形動詞】

要注意的是，「faire」和「原形動詞」之間不夾雜受詞（但兩者之間可能會夾雜副詞），受詞放在原形動詞之後。此外，表示使役的 faire，句子無法使用被動語態來表達。

・放任句法的結構為：

【**laisser**＋原形動詞】

放任句法亦為相同語順。

在語順上，就如同感官動詞後面接續「受詞」和「原形動詞」的情況一樣（以下兩者語序皆成立）：

【感官動詞＋受詞＋原形動詞】＝【感官動詞＋原形動詞＋受詞】

regarder un enfant dormir＝**regarder** dormir un enfant
看著孩子睡覺

voir venir quelqu'un＝**voir** quelqu'un venir
看到有人來

entendre une voiture passer＝**entendre** passer une voiture
聽到汽車經過

écouter la pluie tomber＝**écouter** tomber la pluie
傾聽雨滴落下的聲音

écouter 和 entendre 的不同之處在於：
・écouter「（專心）聆聽」
・entendre「聽到」
Je n'écoutais pas à la porte, mais j'ai **entendu** votre conversation.
我並沒有在門邊（偷）聽。但我聽到了你們的對話內容。

1 使役句法「讓～」：使用動詞 faire

> J'**ai fait** parler une étudiante.
> 我讓一位女學生說話了。

使役動詞 faire 後要接續原形動詞，就如 ai fait parler（讓～說話了）。在這個句子中，不定式 parler 為不及物動詞，不需要受詞，所以 parler 的主詞就是 fait 的受詞 une étudiante。

> Je **fais** venir mon frère.
> 我叫我弟弟過來。

這句也一樣，不定式 venir（來）沒有受詞，所以 venir 的主詞就是 **fais** 的受詞 mon frère（我的弟弟）。

> Je l'ai **fait** parler.
> 我讓他說話了。

J'**ai fait** parler un étudiant. 中的 un étudiant 若改以代名詞 l'（他）代替，就會如上方的例句。

> **Faites** sortir le chien.
> 請讓狗出去。

此句為命令式。sortir（出去）為不需要受詞的不定式，而 sortir 在語意上的主詞是 le chien（狗）。

> **Faites**-le sortir.
> 請讓他／那個出去。

此句為命令式。Faites sortir le chien. 的 le chien 以代名詞 le（牠）代替後，就會變成此例句。

> Je **fais** réparer ma voiture à (par) mon garagiste.
> 我把我的車送去給我的修車師傅修理。

這個例句的不定式 réparer（修理）為及物動詞，受詞是 ma voiture（我的車）。「使役的對象」要使用 à (par)～ 來表示，對象接於其後，變成 à (par) mon garagiste（維修工人）。直譯的話會是「我讓我的車被我的修車師傅修理」。

> Il **fait** faire le brouillon d'une lettre à (par) sa secrétaire.
> 他請他的祕書擬一封信的草稿。

同樣的例句。不定式 faire 的受詞是 le brouillon d'une lettre（書信的草稿），à (par) sa secrétaire 是表示「由祕書～」「被祕書～」的意思。

> Je lui **fais** réparer ma voiture.
> 我請他／她修理我的車。

此句可看作是把 Je **fais** réparer ma voiture à (par) mon garaguiste. 這句中的 à (par) mon garaguiste 改用代名詞 lui（他）代替，並放在 **fais** 前，也就是用來當間接受詞使用。

> Je la lui **fais** réparer.
> 我請他／她修理它。

此句可看作是把 Je fais réparer ma voiture à (par) mon garagiste. 中的 ma voiture 改用代名詞 la（那個；它）代替，並將 à (par) mon garagiste 的部分改用代名詞 lui（他／她）代替，再把這兩個代名詞放在 **fais** 前。

> Il est impossible de **faire** (se) taire ces enfants.
> 不可能讓這些孩子保持安靜。

(se) taire（沉默）為反身動詞。反身代名詞 se 可以省略。

2 放任句法「讓～維持在～（狀態）」：使用動詞 laisser

> J'**ai laissé** les enfants jouer.
> 我讓孩子們玩耍了。

laisser 後面可以直接接續不定式 jouer（遊玩），也可以像此例句一樣直接接續 les enfants（不定式意義上的主詞）。下一個例句則是像使役句法的 faire 一樣，直接接續不定式 jouer。

> J'**ai laissé** jouer les enfants.
> 我讓孩子們玩耍了。

這是和 faire 使役句法語順相同的例句，但句意和前一句相同。

> Je les **ai laissé(e)s** jouer.
> 我讓他們／她們玩耍了。

此句可看作是把 J'**ai laissé** les enfants jouer. 中的 les enfants（孩子們）換成代名詞 les（他／她們），再放在複合動詞 **ai laissé(e)s** 前，當作直接受詞使用。

> J'**ai laissé** les enfants regarder la télé.
> 我讓孩子們看電視了。

這個例句中，laissé 之後並非接續原形動詞，而是受詞 les enfants regarder la télé（孩子們看電視）。我們可以這麼説，相較於 faire（使役句法），laissé（放

任句法）在語順上的規則較沒那麼嚴謹。言下之意，laissé 之後的語順可以是「受詞＋原形動詞」或是「原形動詞＋受詞」，二者皆可。

> **J'ai laissé** regarder la télé aux enfants.
> 我讓孩子們看電視了。

laisser 之後的不定式 regarder（看）是需要受詞（在此是 la télé）的及物動詞，所以「孩子們」以 aux enfants 表示，也可以用 par les enfants，以表示使役的對象。

> Je les **ai laissé(e)s** la regarder.
> 我讓他們／她們看它了。

此句可看作是把 **J'ai laissé** les enfants regarder la télé. 的 les enfants 以 les 代替。這裡的 les 為直接受詞。

> **Laisse**-la regarder aux enfants.
> 讓孩子們看它。

此句可看作是把 **Laisse** regarder la télé aux enfants. 中的 la télé 改用 la（那個；它）代替後的句子。

> **Laissez**-le (s')asseoir.
> 讓他坐下。

和 faire（使役句法）一樣，反身動詞 (s')asseoir（坐下）的反身代名詞 s' 可以省略。

請將以下法文單字重組成符合中文語意的句子。句首請大寫。

1　請問您的牛排要幾分熟？

griller/ que/ voudriez-vous/ je fasse/ votre/ Comment/ steak/?

➡ _____

2　這位國王請人建造了凡爾賽宮。

Versailles/ Ce/ château/ construire/ le/ a fait/ rois/ de/.

➡ _____

3　您可以（開窗）讓一些新鮮空氣進來嗎？

frais/ d'air/ peu/ Pourriez-vous/ laisser entrer/ un/ ?

➡ _____

4　這份文件應該由您的律師審閱。

ce/ Il/ faire/ papier/ faut/ par/ votre/ avocat/ examiner/.

➡ _____

5　我絕對不會讓我的女兒們在夜晚外出。

jamais sortir/ ne/ laisse/ mes/ le/ Je/ soir /filles/.

➡ _____

6　我爸二話不說就讓我出發去東京。

Tokyo/ Mon/ m'a/ laissé/ pour/ sans rien/ dire / partir/ père/.

➡ _____

① J'ai fait parler une étudiante.
我讓一位女學生說話了。

② Je fais venir mon frère.
我叫我弟弟過來。

③ Faites sortir le chien.
請讓狗出去。

④ Faites-le sortir.
請讓他／那個出去。

⑤ Je fais réparer ma voiture à (par) mon garagiste.
我把我的車送去給我的修車師傅修理。

⑥ Je lui fais réparer ma voiture.
我請他／她修理我的車。

⑦ Il est impossible de faire (se) taire ces enfants.
不可能讓這些孩子保持安靜。

⑧ J'ai laissé les enfants jouer.
我讓孩子們玩耍了。

⑨ J'ai laissé jouer les enfants.
我讓孩子們玩耍了。

⑩ Laissez-moi réfléchir un peu.
請讓我考慮一下。

⑪ J'ai laissé les enfants regarder la télé.
我讓孩子們看電視了。

⑫ Laisse les enfants la regarder.
讓孩子們看它。

7.5　進階用法

以下是和 laisser 有關的慣用語。

· **se laisser aller** 輕鬆恣意地過生活

Mais tu **te laisses aller** comme toujours!
你還是一如既往地輕鬆恣意！

· 「**laisser passer**＋人／物」漏掉，忽略

J'ai **laissé passer** des fautes dans le texte.
我遺漏了文章中的錯誤。

· 「**laisser tomber**＋人／物」放棄

Dans cette situation, on n'a plus qu'à **laisser tomber** ce projet.
在這種情況下只能放棄那個計畫。

· 「**laisser voir**＋物」顯露

Il ne **laisse voir** que rarement ses sentiments.
他很少表露自己的感情。

第 2 篇

關係代名詞

Les pronoms relatifs

01 關係代名詞 qui

1.1 用法

02_01

1 作為主格（先行詞為「人」或「物」皆可）

【先行詞為「人」】

J'aime la femme **qui** est belle.
我喜歡那位漂亮的女生。

Connaissez-vous le monsieur **qui** vient d'arriver?
請問您認識剛才到的那位男子嗎？

Voyez-vous la personne **qui** parle au fond de la salle?
請問您有看到在房間最裡面那位講話的人嗎？

【先行詞為「物」】

Passez-moi le journal **qui** est sur la table.
請給我桌上的那份報紙。

Il prend l'avion **qui** part à midi.
他搭乘中午起飛的班機。

Regardez le cheval **qui** court là-bas.
請您看那匹在那邊奔跑的馬。

2 搭配介系詞（先行詞固定為「人」）

La fille **à qui** Jean parle est ma cousine.
那位跟 Jean 講話的女孩是我的表妹。

C'est l'ami **avec qui** je suis allé au cinéma.
這位是和我一起去看了電影的那位朋友。

C'est l'homme **à qui** je pensais.
這位是我所想的那個男人。

Gérard est la personne **sur qui** je compte.
Gérard 是我所信任的人。

1.2　文法解說

　　關係代名詞 qui 的功能，主要是連接前後兩個句子，並用 qui 代替後句中的主詞，如以下例句是由下方①和②兩句子連接而成：

J'aime la femme **qui** est belle.
我喜歡那位漂亮的女生。

⬆

```
① J'aime la femme.（我喜歡那位女性。）
② La femme est belle.（那位女性很美。）
```

　　透過 qui 連接的句子中，qui 前面的名詞被稱為「先行詞」，即上面例句中的 la femme。主格的關係代名詞 qui 的先行詞可以是「人」，也可以是「物」，兩者皆可。但必須特別注意的是，如果是「介系詞＋qui」，先行詞就必須是「人」。

1 作為主格（先行詞為「人」或「物」皆可）

J'aime la femme **qui** est belle.
我喜歡那位漂亮的女生。

★ J'aime la femme.（我喜歡那位女性。）
　 La femme est belle.（那位女性很美。）
這一句法文是由以上兩句合併而來的，合併時將第二句中的 La femme（主詞）改用主格關係代名詞 qui，並將以上這兩句連接起來。用法和英語的關係代名詞 who 相同。關係代名詞 qui 的先行詞是第一句的 la femme。

Connaissez-vous le monsieur **qui** vient d'arriver?
請問您認識剛才到的那位男子嗎？

★ Connaissez-vous le monsieur?（請問您認識那位男子嗎？）
　 Le monsieur vient d'arriver.（那位男子剛到。）

這一句法文是由以上兩句合併而來的，合併時將第二句中的 Le monsieur（主詞）改用主格關係代名詞 qui，並將以上這兩句連接起來。

> ## Il prend l'avion **qui** part à midi.
> 他搭乘中午起飛的班機。

★ Il prend l'avion.（他搭乘班機。）
　L'avion part à midi.（班機中午起飛。）

這一句法文是由以上兩句合併而來的，合併時將第二句中的 L'avion（主詞）改用主格關係代名詞 qui，並將以上這兩句連接起來。這個例句中，qui 的先行詞並不是「人」，而是「物」l'avion。

2 搭配介系詞（先行詞固定為「人」）

> ## La fille **à qui** Jean parle est ma cousine.
> 那位跟 Jean 講話的女孩是我的表妹。

★ La fille est ma cousine.（那位女孩是我的表妹。）
　Jean parle à la fille.（Jean 在跟那位女孩講話。）

這一句法文是由以上兩句合併而來的，本句開頭的部分是將第二句中 à la fille 的 la fille 改以 qui 代替，並加上 à。à qui 緊接在第一句的 La fille 之後，以達到修飾作用。à 是介系詞。

> ## C'est l'homme **à qui** je pensais.
> 這位是我所想的那個男人。

★ C'est l'homme.（這位是那個男人。）
　Je pensais à l'homme.（我在想那個男人。）

這一句法文是由以上兩句合併而來的。
本句前半部分是將第二句中 à l'homme 的 l'homme 改以 qui 代替，改為 à qui，接著再放在第一句的 l'homme 之後。qui 的先行詞是 l'homme（男人）。

> ## Gérard est la personne **sur qui** je compte.
> Gérard 是我所信任的人。

★ Gérard est la personne.（Gérard 是那個人。）
　Je compte sur la personne.（我信任那個人。）

這一句法文是由以上兩句合併而來的。本句後半部分是將第二句中 sur la personne 的 la personne 改以 qui 代替，改為 sur qui，接著再放在第一句的 la personne 之後。qui 的先行詞是 la personne（人）。

1.3　練習題

I. 請依 範例 ，利用關係代名詞 qui 將兩個句子合併成一個句子。

> 範例 J'aime l'homme. + L'homme est sympa.
> ➡ J'aime l'homme *qui est sympa.*

1　Montrez-moi ce pull. + Le pull est dans la vitrine.
　➡Montrez-moi ＿＿＿＿＿＿＿＿＿＿＿＿＿＿＿＿＿＿＿＿.

2　Voici l'ami. + J'ai joué au tennis avec lui hier.
　➡Voici l'ami ＿＿＿＿＿＿＿＿＿＿＿＿＿＿＿＿＿＿＿＿.

3　Il vaut miex étudier les détails. + Ces détails semblent intéressants.
　➡Il vaut miex ＿＿＿＿＿＿＿＿＿＿＿＿＿＿＿＿＿＿＿＿.

4　J'aime l'homme. + Cet homme est désintéressé.
　➡J'aime ＿＿＿＿＿＿＿＿＿＿＿＿＿＿＿＿＿＿＿＿＿＿.

5　Connais-tu cet homme? + Cet homme était devant l'écran.
　➡Connais-tu ＿＿＿＿＿＿＿＿＿＿＿＿＿＿＿＿＿＿＿＿?

6　Je vois le chien. + Le chien court dans la prairie.
　➡Je vois ＿＿＿＿＿＿＿＿＿＿＿＿＿＿＿＿＿＿＿＿＿.

7　Prenez les livres. + Les livres sont dans mon cabinet de travail.
　➡Prenez ＿＿＿＿＿＿＿＿＿＿＿＿＿＿＿＿＿＿＿＿＿.

8　Il cherche la personne. + J'ai parlé à la personne.
　➡Il cherche ＿＿＿＿＿＿＿＿＿＿＿＿＿＿＿＿＿＿＿＿.

II. 請將括弧內的法文單字重組成符合中文語意的句子。

1　我喜歡治理良好的國家。
　J'aime les (bien gouvernés/ pays/ sont/ qui).
　➡ ＿＿＿＿＿＿＿＿＿＿＿＿＿＿＿＿＿＿＿＿＿＿＿＿

2 他讀了一本有趣的書。

Il a lu (qui/ intéressant/ le livre/ était).

➡ _____

3 我有實用的資訊。

J'ai (utile/ est/ l'information/ qui).

➡ _____

4 我認識剛才和您說話的人。

Je connais (vous/ qui/ la personne/ parliez/ à).

➡ _____

1.4　例句跟讀訓練

02_02

請搭配音檔進行練習。第一遍先聽，會聽到法中對照（一句法文、一句中文）的句子；第二遍請跟著音檔複誦聽到的句子。

① Connaissez-vous le monsieur **qui** vient d'arriver?
請問您認識剛才到的那位男子嗎？

② Passez-moi le journal **qui** est sur la table.
請給我桌上的那份報紙。

③ Il prend l'avion **qui** part à midi.
他搭乘中午起飛的班機。

④ La fille **à qui** Jean parle est ma cousine.
那位跟 Jean 講話的女孩是我的表妹。

1.5 進階用法

1 「C'est~qui＋動詞」是用來強調的句型

相當於英語的「It is ~ who＋動詞」。

C'est bien lui **qui** me l'a demandé.
拜託我的那個人就是他。

2 沒有先行詞的 qui

若只有 qui 而沒有先行詞，表示主詞是「人」。

Qui vivra verra.
　（主詞）　（動詞）

時間會證明一切。（直譯：活著的人就會看到）

3 ce qui ~ 的句型

「ce qui＋動詞」是「～的事物」的意思，相當於英語的關係代名詞 what。

Ce qui n'est pas claire n'est pas français.
　　（主詞）　　　　（動詞）

邏輯不清不楚的，就不是法語。

Leçon 02

關係代名詞 que

2.1　用法

02_03

1 作為直接受詞（先行詞為「人」或「物」皆可）

★ 先行詞為「人」的情況

L'homme **que** j'aime est chanteur.
我所愛的那個男人是歌手。

Le voleur **que** la police recherche est à Singapour.
警察在搜尋的那個小偷在新加坡。

Quels sont les enfants **que** nous voyons dans la cour?
我們在庭院裡看見的是哪些孩子？

★ 先行詞為「物」的情況

J'aime la robe **que** tu portes.
我喜歡你穿的那件洋裝。

Il ne comprend pas les idées **qu'**elle a.
他不理解她的想法。

Le livre **que** j'ai acheté est peu intéressant.
我買的那本書不是很有趣。

2 作為補語（先行詞為名詞、代名詞或形容詞）

Je ne suis plus le garçon **que** j'étais.
我已不再是從前的那個男孩了。

Elle n'est pas la femme que tu crois **qu'**elle est.
她不是你認為的那種女生。

關係代名詞 que 的功能，也是連接前後兩個句子，並代替後句中的受詞或補語，如以下例句是由下方①和②兩句子連接而成：

Je ne suis plus l'homme **que** j'étais.
我不再是以前的那個男人了。

> ① Je ne suis plus l'homme.（我已不再是那個男人。）
> ② J'étais l'homme.（我曾是那個男人。）

關係代名詞 **que** 的先行詞無論是「人」或「物」皆可。相當於英語的 whom 及 which，但補語也可當作先行詞的這點則和英語不同。

Je ne suis plus l'homme **que** j'étais.
（＝I am no longer the man **that** I used to be.）

在上面的句子中，關係代名詞 que 的先行詞 l'homme 是一個補語，如同接下來要討論的第 2 點（作為補語）。

1 作為直接受詞（先行詞為「人」或「物」皆可）

> L'homme **que** j'aime est chanteur.
> 我所愛的那個男人是歌手。

★ L'homme est chanteur.（那個男人是歌手。）
　 J'aime l'homme.（我愛那個男人。）
這句是以上兩句合併後的結果。第二句中的 l'homme 為直接受詞，因此用表示受詞的關係代名詞 **que** 代替，再放在第一句的 L'homme 之後。

> Le voleur **que** la police recherche est à Singapour.
> 警察在搜尋的那個小偷在新加坡。

★ Le voleur est à Singapour.（那個小偷在新加坡。）
　 La police recherche le voleur.（警察在搜尋那個小偷。）
這句是以上兩句合併後的句子。第二句的 le voleur 為直接受詞，因此用表示受詞的關係代名詞 **que** 代替，再放在第一句的 Le voleur 之後。

> Il ne comprend pas les idées **qu'**elle a.
> 他不理解她的想法。

★ Il ne comprend pas les idées.（他不理解這些想法。）
　Elle a les idées.（她有這些想法。）

這句是以上兩句合併後的句子。第二句的 les idée 為直接受詞，因此用表示受詞的關係代名詞 **que** 代替，再放在第一句的 les idée 之後。這時因為後面接續的是 elle（母音開頭的單字），所以會變成 qu'elle（母音省略現象）。

> Le livre **que** j'ai acheté est peu intéressant.
> 我買的那本書不是很有趣。

★ Le livre est peu intéressant.（那本書不是很有趣。）
　J'ai acheté le livre.（我買了那本書。）

這句是以上兩句合併後的句子。第二句的 le livre 為直接受詞，因此用表示受詞的關係代名詞 **que** 取代，再放在第一句的 Le livre 之後。peu ~ 是否定意味的「不太~」之意。

2 作為補語（先行詞為名詞、代名詞或形容詞）

> Je ne suis plus le garçon **que** j'étais.
> 我已不再是從前的那個男孩了。

★ Je ne suis plus le garçon.（我已不再是那個男孩。）
　J'étais le garçon.（我曾是那個男孩。）

這句是以上兩句合併後的句子。第二句的 le garcon 為補語（說明 je = le garçon），要合併為一個句子時，要用可表示補語 le garcon 的關係代名詞 **que** 來代替，再放在第一句的 le garçon 之後。

> Elle n'est pas la femme **que** tu crois qu'elle est.
> 她不是你認為的那種女生。

★ Elle n'est pas la femme.（她不是那種女生。）
　Tu crois qu'elle est la femme.（你認為她是那種女生。）

這句是以上兩句合併後的結果。第二句的 la femme 為補語（說明 elle = la femme），要合併為一個句子時，要用可表示此補語的關係代名詞 **que** 來代替，再放在第一句的 la femme 之後。

2.3　練習題

請利用關係代名詞 que，依 範例 將兩個句子合併成一個句子，並譯為中文。

> 範例 Je veux goûter le fromage.
>
> J'ai acheté le fromage au marché.
>
> ➡ *Je veux goûter le fromage que j'ai acheté au marché.*
>
> 中譯：我想嚐嚐我在市場買的乳酪。

1　C'est le livre.

　　J'ai acheté le livre au Japon.

　　➡ _____

　　中譯 _____

2　L'homme resemble à mon frère.

　　J'ai vu l'homme hier.（合併時請從第一句的 L'homme 開始）

　　➡ _____

　　中譯 _____

3　Avez-vous reçu le cadeau?

　　Je vous ai envoyé le cadeau.

　　➡ _____

　　中譯 _____

4　Je ne vois pas bien les idées.

　　Mon père a les idées.

　　➡ _____

　　中譯 _____

5　L'ordinateur marche fort bien.

　　J'utilise l'ordinateur tous les jours.

　➡　_____

　中譯　_____

6　Je voudrais être toujours le serviteur.

　　Je suis le serviteur pour vous.

　➡　_____

　中譯　_____

2.4　例句跟讀訓練

02_04

　　請搭配音檔進行練習。第一遍先聽，會聽到法中對照（一句法文、一句中文）的句子；第二遍請跟著音檔複誦聽到的句子。

① L'homme **que** j'aime est chanteur.
我所愛的那個男人是歌手。

② Quels sont les enfants **que** nous voyons dans la cour?
我們在庭院裡看見的是哪些孩子？

③ J'aime la robe **que** tu portes.
我喜歡你穿的那件洋裝。

④ Je ne suis plus le garçon **que** j'étais.
我已不再是從前的那個男孩了。

2.5 進階用法

1 當 que 的先行詞為形容詞的情況

➤ Fatiguée **qu'**elle est, elle prend du repos.
（她累了，所以她去休息了。）

　　que 的先行詞為形容詞 Fatiguée，在這個例句中，**que** 的作用與其說是連接兩個句子的關係代名詞，其實比較像是連接詞，在這裡用來表示「理由」。

2 當 que 的先行詞為形容詞時，還可用於表示感嘆

➤ Je t'ai crue, insensé **que** je suis!
（我竟然相信你，我真蠢！）

3 quoi 的先行詞為 ce, rien, chose 等中性代名詞（或名詞）時，經常搭配介系詞一同使用

➤ Ce **à quoi** vous pensez n'est pas facile à réaliser.
（您所在想的事並不容易實現。）

➤ Il n'y a rien **sur quoi** je puisse compter.
（我沒什麼可以指望的。）

➡ 第二個例句中的 puisse（pouvoir「可以～」）為虛擬式現在時。這個例句中的主要子句為否定語氣，所以關係子句使用虛擬式現在時。

03 關係代名詞 dont

3.1 用法

02_05

1 用於代替「de＋名詞」，以 dont 表示「先行詞與名詞」的所屬關係

Je connais une fille **dont** le père est un acteur renommé.
我認識一個女孩，她的父親是一位有名的演員。

Je voudrais aller à un pays **dont** le climat est agréable.
我想要去一個氣候宜人的國家。

C'est le peintre **dont** j'admire les tableaux.
這是我很欣賞其畫作的那位畫家。

Voilà l'église **dont** on aperçoit le clocher.
這是我們能遠眺到鐘樓的那間教堂。

2 在「動詞＋de」的動詞片語中，用於代替「de＋名詞」，並將「先行詞」視為受詞

Aimes-tu le musicien **dont** je parlais?
你喜歡我曾談論過的那位音樂家嗎？

Est-ce le livre **dont** tu as besoin?
這本是你需要的書嗎？

C'est le résultat **dont** je me félicite.
這是個我很滿意的結果。

C'est la voiture **dont** j'ai rêvé.
這就是我夢寐以求的車。

　　關係代名詞 dont 的功能，同樣也是連接前後兩個句子，且 dont 前面也會接續先行詞，先行詞為「人」或「物」皆可。不過 dont 主要是用來代替關係子句中的「de ＋ 先行詞」，是個近似英語的關係代名詞 whose，不過有些許差異。以下先看英語的關係代名詞 whose：

英文可用 whose 連接以下兩句子：

This is the painter. ＋ I like his paintings.

➡ This is the painter **whose paintings** I like.
（這是我喜歡其畫作的那位畫家。）

　　上述的英文例句中，英語的 **whose** 後必須接續名詞 **paintings**。但法語則如以下的例句所示，**dont** 和名詞 **les tableaux**（相當於英文的 paintings）分開。

法文用 dont 連接以下兩句子：

C'est le peintre. ＋ J'aime les tableaux du peintre.

➡ C'est le peintre **dont** j'aime **les tableaux**.
（這是我喜歡其畫作的那位畫家。）

　　從合併的句子可以發現，透過 dont 的使用，後句的 du peintre 被 dont 取代了。

① 用於代替「de ＋名詞」，以 dont 表示「先行詞與名詞」的所屬關係

> Je connais une fille **dont** le père est un acteur renommé.
> 我認識一個女孩，她的父親是一位有名的演員。

★ Je connais une fille.（我認識一個女孩。）

　　Le père de la fille est un acteur renommé.
　　（那個女孩的父親是一位有名的演員。）

這句是由以上兩個句子合併而來。une fille 和 la fille 是指同一個人，後者的 la fille 前面還有一個 de，此時 de la fille 改以 **dont** 代替（即 de la fille＝ dont），再放到第一個句子的 une fille 之後。接著 le père est un acteur renommé 就直接放在 dont 之後即可。**dont** 的先行詞是 une fille。

> C'est le peintre **dont** j'admire les tableaux.
> 這就是我很欣賞其畫作的那位畫家。

★ C'est le peintre.（這就是那位畫家。）

　J'admire les tableaux du peintre.（我很欣賞那位畫家的畫作。）

這句是由以上兩個句子合併而來。le peintre 和 du peintre 同樣是指同一個人。du peintre（＝de le peintre）中含有 de，此時一樣用 dont 代替 du peintre（即 du peintre＝dont），並放在 le peintre 之後即可。

＊就如本課一開始提到的，此用法在英語中是以「關係代名詞 whose＋名詞」表示。

> Voilà l'église **dont** on aperçoit le clocher.
> 這是我們能遠眺到鐘樓的那間教堂。

★ Voilà une église.（這是一棟教堂。）

　On aperçoit le cloche de l'église.（我們遠眺到那教堂的鐘樓。）

這句是由以上兩個句子合併而來。第二句的 l'église 前面有 de，所以用 dont 代替 de l'église，並將 dont 放在 l'église 之後即可。

2 在「動詞＋de」的動詞片語中，用於代替「de＋名詞」，並將「先行詞」視為受詞

> Aimes-tu le musicien **dont** je parlais?
> 你喜歡我曾談論過的那位音樂家嗎？

★ Aimes-tu le musicien?（你喜歡那位音樂家嗎？）

　Je parlais du musicien.（我曾談論過那位音樂家。）

這句是由以上兩個句子合併而來。因為是使用包含 de 的動詞片語 parler de ～（談論～），即第二句的 parlais du musicien（du musicien＝de le musicien），此時的 du musicien 可用 **dont** 代替，並放在第一句的 le musicien 之後，後面接續 je parlais。

> Est-ce le livre **dont** tu as besoin?
> 這本是你需要的書嗎？

★ Est-ce le livre?（是這本書嗎？）

　Tu as besoin de ce livre?（你需要這本書嗎？）

這句是由以上兩個句子合併而來。因為是使用包含 de 的動詞片語 avoir besoin de ～（需要～），此時 ce livre 前面有 de，因此「de＋名詞」可以 **dont** 代替，並放在第一句的 le livre 之後，後面接續 tu as besoin。

> C'est la voiture **dont** j'ai rêvé.
> 這就是我夢寐以求的車。

★ C'est la voiture. （這是那輛車。）

　J'ai rêvé de la voiture. （我夢想著那輛車。）

這句是由以上兩個句子合併而來。因為是使用包含 de 的動詞片語 rêver de ~
（夢想~），此時 la voiture 前面有 de，因此「de ＋名詞」可以 **dont** 代替，
並放在第一句的 la voiture 之後，後面接續 j'ai rêvé。

3.3　練習題

請依照➡後面的提示，使用 dont 將兩個句子合併成一句填入空格中，並
翻譯成中文。

1　C'est le cahier.

　La couverture de ce cahier est noire.

　➡ C'est _____

　中譯 _____

2　Le tennis est un sport.

　Les règles du sport sont assez compliquées.

　➡ Le tennis _____

　中譯 _____

3　C'est un problème.

　On peut se passer du problème. （se passer de ~「放棄~；省略~」）

　➡ C'est _____

　中譯 _____

4　C'est le résultat.

　Je suis content du résultat.

　➡ C'est _____

　中譯 _____

5 Voici la faute.

Vous êtes responsable de cette faute.

➡ Voici _____

中譯 _____

3.4   例句跟讀訓練

02_06

請搭配音檔進行練習。第一遍先聽，會聽到法中對照（一句法文、一句中文）的句子；第二遍請跟著音檔複誦聽到的句子。

① Je connais une fille **dont** le père est un acteur renommé.
我認識一個女孩，她的父親是一位有名的演員。

② C'est le peintre **dont** j'admire les tableaux.
這就是我很欣賞其畫作的那位畫家。

③ Voilà l'église **dont** on aperçoit le clocher.
這是我們能遠眺到鐘樓的那間教堂。

④ Est-ce le livre **dont** tu as besoin?
這本是你需要的書嗎？

⑤ C'est la voiture **dont** j'ai rêvé.
這就是我夢寐以求的車。

3.5   進階用法

dont 之後若只接續名詞，則用於表示「其中包含～」的意思，代表整體的一部分。

➤ Quelques-uns venaient là, **dont** mon père.
（有幾個人到了，其中包含我父親。）

➤ Il y avait beaucoup d'invités, **dont** ma femme et moi.
（當時有許多位來賓，當中包括我和我妻子。）

關係代名詞 où

4.1　用法

02_07

1 使用場所名詞來作為先行詞

J'ai visité la maison **où** habitait Van Gogh.
我造訪了梵谷所居住的房子。

Je connais un café **où** l'on peut goûter des glaces diverses.
我知道一間可以品嚐到各種冰淇淋的咖啡廳。

La villa **où** j'ai passé mes vacances est en France.
我去渡假的那棟別墅在法國。

J'aimerais aller au pays **où** il est né.
我想要去他出生的國家。

2 使用時間副詞來作為先行詞

Il faisait très froid la nuit **où** je l'ai vue.
我見到她的那天晚上天氣非常冷。

J'irai chez toi le jour **où** tu seras libre.
以後等你有空那天我再去你家。

La semaine est inoubliable **où** nous habitions ensemble.
我們住在一起的那個禮拜是難以忘懷的。

Le matin **où** je me suis réveillé, le soleil était magnifique.
我醒來的那天早晨，陽光明媚。

4.2　文法解說

關係代名詞 où 的功能，相當於英語的 when 和 where，即代稱場所

名詞或時間名詞，前面也會接續先行詞，先行詞為「場所名詞」或「時間副詞」。不過，英語可以在句子中省略這兩個關係代名詞，但在法語中則不能省略。

1 使用場所名詞來作為先行詞

J'ai visité la maison **où** habitait Van Gogh.
我造訪了梵谷所居住的房子。

★ J'ai visité la maison.（我造訪了那間房子。）
　 Van Gogh habitait à la maison.（梵谷曾居住在那間房子。）

我們可以發現以上兩句都有 la maison，因此可以合併為一句。第二句的副詞片語 à la maison（在那間房子）可以用關係副詞 où 代替，放在第一句後面，並連接兩個句子。副詞子句 où habitait Van Gogh（梵谷曾居住過）用來修飾第一句的 la maison（先行詞）。Van Gogh 和 habitait 可以倒裝句表示（主詞和動詞的倒裝）。

La villa **où** j'ai passé mes vacances est en France.
我去渡假的那棟別墅在法國。

★ La villa est en France.（那棟別墅在法國。）
　 J'ai passé mes vacances à la villa.（我在那棟別墅渡假。）

這句也一樣，à la villa 為副詞片語，可以用關係副詞 où 代替並放到第一句的 La villa 之後，來連接兩個句子。子句 où j'ai passé mes vacances（我度過了一個假期）修飾 La villa（先行詞）。

J'aimerais aller au pays **où** il est né.
我想要去他出生的國家。

★ J'aimerais aller au pays.（我想要去那個國家。）
　 Il est né dans le pays.（他出生於那個國家。）

dans le pays 為副詞片語，可使用關係副詞 où 代替，並放在第一句的 pays 之後，來連接兩個句子。子句 où il est né（他出生）修飾 pays 這個先行詞。

2 使用時間副詞來作為先行詞

Il faisait très froid la nuit **où** je l'ai vue.
我見到她的那天晚上天氣非常冷。

★ Il faisait très froid la nuit.（那天晚上天氣非常冷。）
　 Je l'ai vue la nuit.（我在那天晚上見到她。）

同樣地，我們可以發現以上兩句都有 la nuit，因此可以合併為一句。la nuit 是副詞，可以直接使用關係副詞 où 代替第二句的 la nuit，並接在第一句的 la nuit 之後。子句 où je l'ai vue（我見到她）修飾 la nuit 這個先行詞。

> La semaine **où** nous habitions ensemble est inoubliable.
> 我們住在一起的那個禮拜是難以忘懷的。

★ La semaine est inoubliable.（那個禮拜難以忘懷。）
　Nous habitions ensemble pendant la semaine.（我們在那個禮拜住在一起。）

第一句的 La semaine 是名詞，第二句的 pendant la semaine 是副詞，我們可以使用關係副詞 où 代替 pendant la semaine，並放在第一句的 La semaine 之後。子句 où nous habitions ensemble（我們住在一起）修飾第一句作為「先行詞」的 La semaine。

> Le matin **où** je me suis réveillé, le soleil était magnifique.
> 我醒來的那天早晨，陽光明媚。

★ Le matin, le soleil était magnifique.（那天早上陽光明媚。）
　Le matin, je me suis réveillé.（那天早上，我醒來了。）

這兩句的 Le matin 都是副詞，可將第二句的 Le matin 以關係副詞 où 代替，並放在第一句的 Le matin 之後。子句 où je me suis réveillé（我醒來了）修飾第一句的 Le matin 這個「先行詞」。

4.3　練習題

請依照➡後面的提示，使用 où 將兩個句子合併成一句填入空格中，並翻譯成中文。

1　Elle pleurait le jour.

　Nous nous sommes quittés le jour.

　➡ Elle _____

　中譯 _____

2　La villa est très jolie.

　Mes parents demeurent à la villa.

　➡ La villa _____

　中譯 _____

3　La Belgique est un pays.

　　On parle français dans ce pays.

　　➡ La Belgique ＿＿＿＿＿＿＿＿＿＿＿＿＿＿＿＿＿＿＿＿＿

　　中譯 ＿＿＿＿＿＿＿＿＿＿＿＿＿＿＿＿＿＿＿＿＿＿＿＿＿

4　Le moment est enfin venu.

　　Nous allons réaliser notre rêve en ce moment.

　　➡ Le moment ＿＿＿＿＿＿＿＿＿＿＿＿＿＿＿＿＿＿＿＿＿

　　中譯 ＿＿＿＿＿＿＿＿＿＿＿＿＿＿＿＿＿＿＿＿＿＿＿＿＿

5　Ils sont arrivés près du jardin.

　　Ils voulaient se promener dans le jardin.

　　➡ Ils sont ＿＿＿＿＿＿＿＿＿＿＿＿＿＿＿＿＿＿＿＿＿＿＿

　　中譯 ＿＿＿＿＿＿＿＿＿＿＿＿＿＿＿＿＿＿＿＿＿＿＿＿＿

4.4　例句跟讀訓練

02_08

　　請搭配音檔進行練習。第一遍先聽，會聽到法中對照（一句法文、一句中文）的句子；第二遍請跟著音檔複誦聽到的句子。

---

① J'ai visité la maison **où** habitait Van Gogh.
我造訪了梵谷所居住的房子。

② J'aimerais aller au pays **où** il est né.
我想要去他出生的國家。

③ J'irai chez toi le jour **où** tu seras libre.
以後等你有空那天我再去你家。

④ La semaine **où** nous habitions ensemble est inoubliable.
我們住在一起的那個禮拜是難以忘懷的。

4.5 進階用法

1 就算沒有先行詞，也一樣可以使用 où。

Je vais **où** vous voudrez.
（我要去您想去的地方。）

2 d'où ~（因此～）可用於接續前半句，作為連接詞使用。

Elle est venue me voir, **d'où** mon grand plaisir.
（她來看我，因此我非常開心。）

5.1　用法

02_09

Voici le sac de voyage **dans lequel** j'ai mes affaires.
這是裝有我個人衣物的旅行手提包。

Le milieu **dans lequel** il vit n'est pas tellement bon.
他居住的環境並不是很好。

C'est l'homme **auquel** je pense.
這就是我所想的那位男人。

Il ne comprend pas le sujet **duquel** j'ai parlé.
他不理解我所談論的主題。

La compagnie, **pour laquelle** je travaille, se trouve près d'ici.
我工作的公司位在這附近。

C'était la découverte **sur laquelle** on a mis tant d'espoir.
這是個我們寄予厚望的發現。

Ce sont des fleurs **auxquelles** elle tient beaucoup.
這些是她非常喜歡的花。

5.2　文法解說

　　複合關係代名詞（即 lequel, laquelle 等代名詞）的用法是，前面必定會有介系詞（相當於英語的 in which 等）。此外，先行詞可能是「人」也可能是「物」，但先行詞使用「人」的情況不多。

Voici le sac de voyage **dans lequel** j'ai mes affaires.
這是裝有我個人衣物的旅行手提包。

lequel 是以 le sac de voyage（陽性單數名詞）作為先行詞的複合關係代名詞，前面加上介系詞 **dans**，相當於英語中的 in which，表示「在（先行詞）裡面」。子句 **dans lequel** j'ai mes affaires（裡面有我的個人衣物）修飾先行詞 le sac de voyage（旅行手提包）。

Il ne comprend pas le sujet **duquel** j'ai parlé.
他不理解我所談論的主題。

duquel 是 **de**＋**lequel** 的縮寫（**de**＋**lequel**→ **duquel**）。這句的 **duquel** 也可以用 dont 代替。
這句是由 Il ne comprend pas le sujet. 和 J'ai parlé du sujet. 合併而來。du sujet 是 de＋le sujet 的縮寫，合併時將 le sujet 改成 lequel，搭配前面的 de，即為 de＋lequel，也就是 **duquel**。最後再把 j'ai parlé 放到最後。

La compagnie, **pour laquelle** je travaille, se trouve près d'ici.
我工作的公司位在這附近。

laquelle 以陰性單數名詞作為先行詞，在此句因其先行詞是 La compagnie，所以用陰性單數的 **laquelle**。**pour laquelle** je travaille 直譯是「我為（先行詞）工作」，是為了補充說明而放進句子中間的關係子句。
這句是由 La compagnie se trouve près d'ici.（那間公司位於這附近）及 Je travaille pour la compagnie.（我為那間公司工作）這兩句合併而來。

Ce sont des fleurs **auxquelles** elle tient beaucoup.
這些是她非常喜歡的花。

auxquelles 是由 **à**＋**lesquelles**（以陰性複數名詞作為先行詞）縮寫而來的。此句因先行詞 fleurs 是陰性複數，所以複合關係代名詞用陰性複數的 **lesquelles**。**à** 是從動詞片語 tenir à 而來，移到前面跟 lesquelles 合併成 auxquelles。tenir à ～ 的意思是「喜愛～」「珍惜～」。這句是由 Ce sont des fleurs.（這些是花。）以及 Elle tient beaucoup aux fleurs.（她很喜歡這些花）這兩句合併而來。

代替陽性複數名詞的複合關係代名詞是：lesquels
à＋lesquels　→ auxquels。
de＋lesquels→ desquels。
皆為縮寫的形式。

請將以下詞組填入括號中，並將句子翻譯成中文。填入的詞組不可重
覆。

| près duquel | dans lequel | avec lequel | à laquelle |
| avec laquelle | auquel | parmi lesquelles | |

1　Je connais le nom de l'homme (　　　　　　　) vous écrivez.

中譯 _____

2　Voici la femme (　　　　　　) je pensais.

中譯 _____

3　Tu connais l'homme (　　　　　　) tu étais?

中譯 _____

4　Le Japon est un pays (　　　　　　) on cultive le riz.

中譯 _____

5　Plusieurs femmes sont blessées, (　　　　　　) se trouve ma fille.

中譯 _____

6　Prête-moi le stylo (　　　　　　) tu as écrit ce formulaire.

中譯 _____

7　C'est la personne (　　　　　　) je vis ensemble depuis longtemps.

中譯 _____

請搭配音檔進行練習。第一遍先聽，會聽到法中對照（一句法文、一句中文）的句子；第二遍請跟著音檔複誦聽到的句子。

---

① Voici le sac de voyage **dans lequel** j'ai mes affaires.
這是裝有我個人衣物的旅行手提包。

② C'est l'homme **auquel** je pense.
這就是我所想的那位男人。

③ Ce sont des fleurs **auxquelles** elle tient beaucoup.
這些是她非常喜歡的花。

5.5　進階用法

1 複合關係代名詞的用法中，**duquel** 可以用 **dont** 代替，但若是在「介系詞＋先行詞」之後，則不使用 **dont**。

原則上，dont 多用在當關係子句的動詞片語是包含有 de 的情況（如 avoir envie de）；而 duquel 多用在「介系詞＋先行詞」的情況。

➤ Il a un grand couteau **dans la manche duquel** il y a un tire-bouchon.（他有一把刀柄上有個開瓶器的刀子。）

本句中 dans la manche 為「介系詞＋先行詞」，所以後面不用 dont。

2 **parmi** 之後即使先行詞是「人」，仍不會使用 **parmi qui**，而是使用 **parmi lesquels** 或 **parmi lesquelles**。

➤ Plusieurs femmes sont blessées, **parmi lesquelles** se trouve ma fille.（有數位女性受傷，其中包括我的女兒。）

關係代名詞綜合練習題

I. 請從 qui、que、dont、où 當中選擇正確的答案填入空格中,並翻譯成中文。可重覆使用。

1 Il fait toujours le travail (　　　　　　) l'on lui demande.

　中譯 _____

2 Il a pris le livre (　　　　　　) se trouvait sur la table.

　中譯 _____

3 Ces années sont l'époque (　　　　　　) les Français rêvaient.

　中譯 _____

4 C'est le village (　　　　　　) il est né.

　中譯 _____

5 Regardez un homme (　　　　　　) court là-bas.

　中譯 _____

6 La chanson (　　　　　　) j'aimais ne se chante plus.

　中譯 _____

7 Voilà une église (　　　　　　) on aperçoit le clocher.

　中譯 _____

8 Il alla à Londres, (　　　　　　) il assista à la réunion.

　中譯 _____

9 On va parler du sujet (　　　　　　) il s'agit.

　中譯 _____

10 On vit avec (　　　　　　) l'on aime.

　中譯 _____

II. 請由下方的詞彙中選擇正確的答案填入空格中，並翻譯成中文。詞彙
不可重覆使用。

laquelle　　　auquel　　　lequel　　　auxquels　　　auxquelles

1　C'est le projet (　　　　　　) je pense en ce moment.
中譯 _____

2　Ce sont les projects (　　　　　　) nous pensons en ce moment.
中譯 _____

3　La cause, pour (　　　　　) ils combattent, est grave.
中譯 _____

4　Il y a beaucoup de jeunes filles (　　　　　) il me faut penser.
中譯 _____

5　C'est un parc dans (　　　　　) les enfants aiment s'amuser.
中譯 _____

第 3 篇

分詞

Le participe

01 副動詞

1.1 用法

03_01

可表示「一邊～一邊～」、「～的時候」或是「如果～」的意思，修飾主要子句的動詞。

Elle a rencontré Monsieur Cadot **en faisant** des courses.
她在買東西的時候遇見了卡多先生。

Les enfants sont sortis **en claquant** la porte.
孩子們出去時砰地一聲關上了門。

Les ouvriers sifflaient **en travaillant**.
工人們在工作時吹著口哨（工人們一邊工作、一邊吹著口哨）。

Fermez la porte **en sortant**.
離開的時候請您關上門。

Laissez cet endroit aussi propre que vous l'avez trouvé **en entrant**.
請將這個地方保持跟你們進來時一樣的整潔。

Il s'est perdu **en venant** chez moi.
他在來我家的路上迷路了。

Il s'est blessé **en coupant** cet arbre.
他在砍這棵樹的時候受傷了。

Tu vas être essoufflé **en courant** comme ça.
你（如果）再這樣跑會喘不過氣來的。

D'habitude, je travaille **en regardant** la télé.
我通常是邊看著電視邊工作的。

Elles ont préparé leurs leçons **en chantant**.
她們一邊唱歌一邊準備了課程。

En me réveillant, j'ai trouvé la maison vide.
醒來時，我發現屋子裡是空的。

J'ai cassé mes lunettes **en jouant** au football.
我在踢足球時弄壞了我的眼鏡。

En sachant son intention, je l'ai bien comprise.
知道她的意圖後，我便充分瞭解她了。

1.2　文法解說

　　原則上，副動詞（或稱動名詞）的主詞會和主要子句的主詞保持一致（在本課 **1.5 進階用法**將介紹例外用法），並且當作副詞來修飾主要子句的主詞。

　　副動詞的結構為：

　　【**en**＋現在分詞（動詞語幹＋**ant** 的形態）】

　　現在分詞（-ant）的變化方式，通常是將 nous 的直陳式現在時的語尾 ons 改成 ant。

　　例）nous finissons → **finissant**（現在分詞）
　　　　nous donnons → **donnant**（現在分詞）

　　不過 savoir 則是變化為 sachant，而 avoir 會變成 ayant；être 會變成 étant。

> Elle a rencontré Monsieur Cadot **en faisant** des courses.
> 她在買東西的時候遇見了卡多先生。

原句是：Elle a rencontré Monsieur Cadot quand elle faisait des courses.，把畫線處 quand 和重複的主詞刪掉，並改成副動詞，便變成目前的句子。faisant 是 faire（做）的現在分詞。

> Fermez la porte **en sortant**.
> 離開的時候請您關上門。

原句是：Fermez la porte quand vous sortez.，把畫線處 quand 和重複的主詞刪掉，並改成副動詞，便變成目前的句子。**sortant** 是 sortir 的現在分詞。

Laissez cet endroit aussi propre que vous l'avez trouvé **en entrant**.
請將這個地方保持跟你們進來時一樣的整潔。

Laissez 是「請（您）保留」的意思，aussi... que 為「和～一樣」之意的比較級句型。l'avez trouvé 的 l' 是指前面的 cet endroit，意思是「這個地方」。**en entrant**（進入時）為副動詞，整句直譯是「請讓這個地方保持乾淨，就和你們進來時看到的一樣乾淨」，再修飾成上述的翻譯。

Il s'est perdu **en venant** chez moi.
他在來我家的路上迷路了。

s'est perdu 是 se perdre（迷路）的複合過去時。**en venant** chez moi（來我家的時候）為副動詞。原來的句子是 Il s'est perdu quand il venait chez moi. ，把畫線處 quand 和重複的主詞刪掉，並改成副動詞便變成目前的句子。

Il s'est blessé **en coupant** cet arbre.
他在砍這棵樹的時候受傷了。

和上一句相同。s'est blessé 為 se blesser（受傷）的複合過去時，**en coupant** cet arbre（砍這棵樹的時候）為副動詞。此句和 Il s'est blessé quand il coupait cet arbre. 同義。

En me réveillant, j'ai trouvé la maison vide.
醒來時，我發現屋子裡是空的。

me réveillant 是 se réveiller（喚醒）的現在分詞。j'ai trouvé la maison vide（我發現屋子裡是空的）的 la maison（房子）為 ai trouvé 的受詞，形容詞 vide（空的）的作用是 la maison 的補語。此句也可以寫成 Quand je me suis réveillé(e), j'ai trouvé la maison vide.。

J'ai cassé mes lunettes **en jouant** au football.
我在踢足球時弄壞了我的眼鏡。

en jouant au football（踢足球時）為副動詞。「jouer à＋運動名稱」是表示「從事某運動」的意思，如果是「jouer de＋樂器」則是「演奏某樂器」的意思。此句也可以寫成 J'ai cassé mes lunettes quand je jouais au football.。

En sachant son intention, je l'ai bien comprise.
知道她的意圖後，我便充分瞭解她了。

En sachant son intention（知道他／她的意圖）是表示理由的副動詞。je l'ai bien comprise（我充分瞭解她）的 l' 代稱「她」，因為是放在過去分詞 compris 之前的直接受詞，所以過去分詞要加上表示陰性的 e。這句和 Comme je savais son intention, je l'ai bien comprise. 同義。（comme ~：「因為～」）

1.3　練習題

I. 請將下列括弧內的動詞改為副動詞，並將句子翻譯成中文。

1　Elle est sortie (pleurer).

➡ _____

中譯 _____

2　(Se lever) de bonne heure, nous pourrons arriver à l'heure.

➡ _____

中譯 _____

3　Tu vas réussir (travailler) beaucoup.

➡ _____

中譯 _____

4　(Apprendre) cette bonne nouvelle, il était au comble de joie.

➡ _____

中譯 _____

5　Ils se moquaient de leur professeur (l'imiter).

➡ _____

中譯 _____

II. 請將括弧內的法文單字重組成符合中文語意的句子。

1　我跑上了樓梯。

J'ai (l'escalier/ en/ monté/ courant).

➡ _____

2　她笑著看我。

Elle (me/ riait/ regardant/ en).

➡ _____

3　竊賊破窗而入。

Le cambrioleur est (les/ en/ entré / vitres/ brisant).

➡ _____

4　我們下山時聊了很多。

En (bien causé/ la/ montagne,/ descendant/ on a).

➡ _____

5　聽到您的聲音讓我想起您的母親。

En (me rappelle/ votre/ je/ votre/ entendant/ mère/ voix,).

➡ _____

1.4　例句跟讀訓練

03_02

　　請搭配音檔進行練習。第一遍先聽，會聽到法中對照（一句法文、一句中文）的句子；第二遍請跟著音檔複誦聽到的句子。

---

① Les enfants sont sortis **en claquant** la porte.
孩子們出去時砰地一聲關上了門。

② Les ouvriers sifflaient **en travaillant**.
工人們在工作時吹著口哨（工人們一邊工作、一邊吹著口哨）。

③ Fermez la porte **en sortant**.
離開的時候請您關上門。

④ Il s'est perdu **en venant** chez moi.
他在來我家的路上迷路了。

⑤ Il s'est blessé **en coupant** cet arbre.
他在砍這棵樹的時候受傷了。

---

⑥ D'habitude, je travaille **en regardant** la télé.
我通常是邊看著電視邊工作的。

⑦ **En me réveillant**, j'ai trouvé la maison vide.
醒來時，我發現屋子裡是空的。

⑧ J'ai cassé mes lunettes **en jouant** au football.
我在踢足球時弄壞了我的眼鏡。

1.5 進階用法

1 「副動詞」的主詞有時會與主要子句的主詞不一致。

➤ L'appétit s'augmente **en mangeant**.
食慾會隨著（人）進食而增加。

　　en mangeant（吃）的主詞是「人」，和 L'appétit（食慾）不是同一個主詞，但習慣上都這麼用。

2 有時會加上 tout en ~（雖然～）、même en ~（即使～也～）表示「對比、讓步」。

➤ **Tout en** refusant ma proposition, elle a pris la peine de venir me voir.
雖然她拒絕了我的提議，卻還是特地來見我。

➤ **Tout en** voulant paraître insensible, il était au fait sensible.
雖然他想表現得很冷漠，但他其實敏感纖細。

➤ **Même en** courant de toutes tes forces, tu ne le rattraperas jamais.
就算盡全力奔跑，你也永遠追不上他。

Leçon

02 現在分詞

Le participe présent

2.1 用法

03_03

1 作為形容詞修飾，或當作受詞的補語

　　可用來修飾前面的名詞，或者讓前面的名詞（受詞）成為現在分詞意義上的主詞。

C'est Madame Cadot **arrivant** là-bas?
是卡多夫人到了嗎？

Ce sont mes étudiants **jouant** au tennis là-bas.
在那裡打網球的是我的學生們。

J'ai trouvé un pauvre enfant **tremblant** de froid.
我發現了一個因寒冷而瑟瑟發抖的可憐孩子。

Nous avons rencontré Monsieur Cadot **se promenant** dans le parc.
我們遇見了正在公園散步的卡多先生。

Je cherche une bonne **connaissant** la cuisine.
我在找一位會烹飪的傭人。

C'est un homme **ayant fait** sa jeunesse.
這是一位已過青年期的男子。

J'écoute l'avion **passant** au-dessus de ma maison.
我聽見飛機從我的房子上飛過。

J'ai vu le voleur **prenant** l'argent.
我看到了那個小偷拿走了錢。

On m'a vu **revenant** du marché.
有人看到我從市場回來。

Il a vu Monsieur Cadot **faisant** démarrer un moteur.
他看見卡多先生在讓引擎啟動。

J'observe des chats **jouant** avec une balle.
我觀察著幾隻貓咪在玩一顆球。

J'ai vu le cheval **sautant** la haie.
我看到那匹馬躍過了柵欄。

Tu regardes tes enfants **finissant** leurs devoirs?
你在看著你的孩子們完成功課嗎？

2 副詞性質的用法

相當於英語的分詞構句。

Il se promenait, **rêvant** à son futur.
他漫步著，想像著他的未來。

Le sachant, j'ai fait semblant de l'ignorer.
雖然知道了這件事，我卻裝著不知情的樣子。

Il a beaucoup fumé, **flânant** dans la rue.
他上街閒晃時抽了許多菸。

Il s'est éloigné, **chuchotant** quelques mots.
他走遠時低聲說了幾句話。

Il se leva, se **cognant** aux meubles.
他起身時撞到了家具。

L'homme **baissant** le front de temps en temps, ça m'impatienta.
那個時不時低下頭的人讓我感到不耐煩。

Le courage me **manquant**, je restais muet.
因為缺乏勇氣，我保持沉默。

Le sommeil ne **venant** pas, il a ouvert un livre.
因為睡不著，他翻開了一本書。

Ayant fait trois pas, il se retourna.
走了三步路，他轉了身回過頭。

-ant（現在分詞）的變化方式在上一課**副動詞**中做了簡單說明。其變化方式一般來說，是將 nous（第一人稱複數）的直陳式現在時的動詞語尾 ons 改成 ant 即可。

nous donnons → **donnant**（現在分詞）

前面提到現在分詞的三種用法，其中第三點提到的「副詞性質的用法」中，若主要子句和副詞子句的主詞不同時，有人稱為「**絕對分詞構句**」，後續的解說中將會詳細說明。

❶ 作為形容詞修飾，或當作受詞的補語

Ce sont mes étudiants **jouant** au tennis là-bas.
在那裡打網球的是我的學生們。

此時的 jouant au tennis là-bas 就像個形容詞一樣，放在 étudiants 後面做修飾。
此句也可以使用關係代名詞，把句子改寫成 Ce sont mes étudiants qui jouent au tennis là-bas.。

J'ai trouvé un pauvre enfant **tremblant** de froid.
我發現了一個因寒冷而瑟瑟發抖的可憐孩子。

此句也可以使用關係代名詞，把句子改寫成 J'ai trouvé un pauvre enfant qui tremblait de froid.。

Je cherche une bonne **connaissant** la cuisine.
我在找一位會烹飪的傭人。

此句也可以使用關係代名詞，把句子改寫成 Je cherche une bonne qui connaît la cuisine.。

C'est un homme **ayant fait** sa jeunesse.
這是一位已過青年期的男子。

此句也可以使用關係代名詞，把句子改寫成 C'est un homme qui a fait sa jeunesse.。ayant fait 為複合過去時的現在分詞形態，表示在時態上比主要子句的動詞更早發生。只要使用「Ayant＋過去分詞」便可表示複合過去時的**現在分詞形態**。

J'écoute l'avion **passant** au-dessus de ma maison.
我聽見飛機從我的房子上飛過。

雖然 l'avion（飛機）為此句中的受詞，但可被視為 passant（passer 經過）意義上的主詞。在句子結構上，這時的 passant 是 l'avion 的受詞補語，作為修飾。不過此句同樣也可以使用關係代名詞，將現在分詞的部分改寫成 qui passe au-dessus de ma maison。

J'observe des chats **jouant** avec une balle.
我觀察著幾隻貓咪在玩一顆球。

des chats（貓）可被視為 jouant（jouer 玩耍）意義上的主詞。在句子結構上，des chats 是此句子的受詞，jouant 為其補語。不過此句同樣也可以使用關係代名詞，將現在分詞的部分改寫成 qui jouent avec une balle。

J'ai vu le cheval **sautant** la haie.
我看到那匹馬躍過了柵欄。

le cheval（馬）可被視為 sautant（sauter 跳躍）意義上的主詞。在句子結構上，le cheval 是句子的受詞，sautant 為其補語。不過此句同樣也可以使用關係代名詞，將現在分詞的部分改寫成 qui saute la haie。

Tu regardes tes enfants **finissant** leurs devoirs?
你在看著你的孩子們完成功課嗎？

tes enfant（你的孩子們）可被視為 finissant（finir 結束）意義上的主詞。tes enfants 是句子的受詞，finissant 為其補語。此句也一樣可以使用關係代名詞 qui，將現在分詞的部分做改寫。

2 副詞性質的用法（相當於英語的分詞構句）

Il se promenait, **rêvant** à son futur.
他漫步著，想像著他的未來。

如果以英語表示，相當於 He was taking a walk, dreaming of his future.，逗號之後為分詞構句。

Le **sachant**, j'ai fait semblant de l'ignorer.
雖然知道了這件事，我卻裝著不知情的樣子。

這句可以改寫成 Bien que je le sache, j'ai fait semblant de l'ignorer.。Le sachant（雖然知道）為表示語意相對的用法。「Bien que＋虛擬式」是「雖然～」的意思，副詞子句便是由此句轉變而來。

> Il a beaucoup fumé, **flânant** dans la rue.
> 他上街閒晃時抽了許多菸。

如果以英語表示，會是 He was smoking heavily, strolling on the street. ，逗號之後為分詞構句。

> Il se leva, se **cognant** aux meubles.
> 他起身時撞到了家具。

這句可視為從 Il se leva, et il se cogna aux meubles.（他站了起來，撞到了家具。）將 et il se cogna 改成副詞子句的的。如果以英語表示，則是 He rose up, bumping into furniture.。

> L'homme **baissant** le front de temps en temps, ça m'impatienta.
> 那個時不時低下頭的人讓我感到不耐煩。

此句可以改寫成 Comme l'homme baissa le front de temps en temps, ça m'impatienta.。現在分詞 baissant 表示理由。此外，像這樣主要子句與副詞子句的主詞不同，有人稱為「絕對分詞構句」。請參考本課 **2.5 進階用法**。

> Le courage me **manquant**, je restais muet.
> 因為缺乏勇氣，我保持沉默。

此句的副詞子句表示理由，且主要子句與副詞子句 Le courage me manquant 的主詞不同。此句可以改寫成 Comme le courage me manquait, je restais muet.。

> Le sommeil ne **venant** pas, il a ouvert un livre.
> 因為睡不著，他翻開了一本書。

此句可以改寫成 Comme le sommeil n'est pas venu, il a ouvert un livre.。同樣地，主要子句與副詞子句 Le sommeil ne **venant** pas 的主詞不同。

> **Ayant fait** trois pas, il se retourna.
> 走了三步路，他轉了身回過頭。

此句可以改寫成 Après avoir fait trois pas, il se retourna.（走了三步後，他轉過身來）。Ayant fait 為複合過去時的現在分詞形態（而 faire 的現在分詞為 faisant），表示比 il se retourna（轉過身來）還要更早發生。

　　請在括弧內填入適當的單字，使上下兩個句子的語意相同，並將句子翻譯成中文。

1　Ce sont les enfants qui font du bruit là-bas.

　　Ce sont les enfants (　　) du bruit là-bas.

　　中譯 _____

2　J'ai vu le groupe qui admiraient la Joconde.（la Joconde「蒙娜麗莎」）

　　J'ai vu le groupe (　　) la Joconde.

　　中譯 _____

3　À la tombée de la nuit, nous avons pris le chemin de retour.

　　La nuit (　　), nous avons pris le chemin de retour.

　　中譯 _____

4　Nous écoutions une belle fille en train de chanter le hymne national.

　　Nous écoutions une belle fille (　　) le hymne national.

　　中譯 _____

5　J'ai surpris mon frère en train de lire mon journal.

　　J'ai surpris mon frère (　　) mon journal.

　　中譯 _____

6　Nous entendons un chien qui aboie.（aboie → aboyer「吠叫」）

　　Nous entendons un chien (　　).

　　中譯 _____

7　Comme je le savais très bien, je n'ai pas posé de questions.

　　Le (　　) très bien, je n'ai pas posé de questions.

　　中譯 _____

請搭配音檔進行練習。第一遍先聽，會聽到法中對照（一句法文、一句中文）的句子；第二遍請跟著音檔複誦聽到的句子。

① Ce sont mes étudiants jouant au tennis là-bas.
在那裡打網球的是我的學生們。

② J'ai trouvé un pauvre enfant tremblant de froid.
我發現了一個因寒冷而瑟瑟發抖的可憐孩子。

③ Je cherche une bonne connaissant la cuisine.
我在找一位會烹飪的傭人。

④ C'est un homme ayant fait sa jeunesse.
這是一位已過青年期的男子。

⑤ J'écoute l'avion passant au-dessus de ma maison.
我聽見飛機從我的房子上飛過。

⑥ On m'a vu revenant du marché.
有人看到我從市場回來。

⑦ J'observe des chats jouant avec une balle.
我觀察著幾隻貓咪在玩一顆球。

⑧ J'ai vu le cheval sautant la haie.
我看到那匹馬躍過了柵欄。

⑨ Il se promenait, rêvant à son futur.
他漫步著，想像著他的未來。

⑩ Le sachant, j'ai fait semblant de l'ignorer.
雖然知道了這件事，我卻裝著不知情的樣子。

⑪ Il se leva, se cognant aux meubles.
他起身時撞到了家具。

⑫ Le courage me manquant, je restais muet.
因為沒有勇氣，我保持著沉默。

⑬ Le sommeil ne venant pas, il a ouvert un livre.
因為睡不著，他翻開了一本書。

2.5　進階用法

1 étant donné「考慮到～」（固定慣用語）

➤ **Étant donné** son mauvaise volonté, nous nous passerons de lui.
既然他沒有意願，那我們就略過他吧。

　➡ donné 的部分不做變化。

2 關於「絕對分詞構句」

➤ L'homme **baissant** le front de temps en temps, ça m'impatienta.
那個時不時低下頭的人讓我感到不耐煩。

➤ Le courage **me manquant**, je restais muet.
因為缺乏勇氣，我保持沉默。

➤ Le sommeil ne **venant** pas, il a ouvert un livre.
因為睡不著，他翻開了一本書。

　　以上三句我們在 **2.1** 用法也見過，透過例句中的「L'homme 和 ça」、「Le courage 和 je」、「Le sommeil 和 il」可知，主要子句和副詞子句的主詞都不一樣，所以副詞子句（逗點左邊的句子）的主詞無法去除。最後便形成上述的句子形態，在文法上稱為「絕對分詞構句」。

03 過去分詞

3.1 用法

03_05

1 作為形容詞

修飾前面的名詞，並帶有被動的語意。

Les fleurs **cueillies** ce matin sont fraîches.
今天早上採下來的花很新鮮。

Nous cherchons un appartement bien **meublé**.
我們在找一間附有家具的公寓。

On voit une maison **détruite** là-bas.
在那邊可以看到一間毀壞的房子。

Quelles sont les langues **parlées** au Canada?
在加拿大會說的語言有哪些？

2 當作受詞的補語

受詞成為過去分詞意義上的主詞，且帶有被動語態的語意。

Elle tenait son visage **détourné**, car elle pleurait.
她把臉轉開，因為她在哭。

Je gardais mes yeux **ouverts**.
我一直睜著我的眼睛。

Il eut la mâchoir **fracassée** par un coup de poing.
他的下巴被一拳打碎了。

Je voyais, **suspendu** à la cheminée, le portrait en miniature.
我看見掛在壁爐上的微型肖像畫。

3 副詞性質的用法（相當於英語的分詞構句）

Épuisée de fatigue, elle ne pouvait plus marcher.
因為累壞了，她走不動了。

Accablée de bijoux, elle avait un air stupide.
她身上堆滿了許多珠寶，顯得很蠢。

Mon père, **brisé** d'inquiétude, finit par tomber malade.
我的父親被憂慮所壓垮，最終病倒了。

Appuyé sur la rampe du pont, il voyait l'eau couler.
他依靠著橋的欄杆，看著水流。

On pense mal, **assis**.
坐著的時候，想法會不夠完善。

Revenus chez eux, ils ont oublié toutes les difficultés du voyage.
他們回到家後，就把旅行時遭遇的所有困難都忘得一乾二淨了。

Gravement **blessé**, il combattait encore bravement.
雖然身負重傷，他仍然英勇奮戰。

Mieux **entraîné**, le cheval aurait gagné le prix.
要是有受到較好的訓練，那匹馬本可以得獎的。

Cette action, **commencée** une heure plus tôt, aurait évité la catastrophe.
如果這個行動提早一個小時開始，就可以避免這場災難。

3.2　文法解說

　　原則上，過去分詞是表示被動語態的意思（即帶有「主詞＋être＋過去分詞」的語意）。不過如果是從**不及物動詞**或**反身動詞**變化成過去分詞的話，語意上則帶有主動的意思。（請參考 **3.5 進階用法**的內容）

1 作為形容詞

> Les fleurs **cueillies** ce matin sont fraîches.
> 今天早上採下來的花很新鮮。

此時的 cueillies ce matin 就像個形容詞一樣，放在 Les fleurs 後面做修飾。也可以使用關係代名詞，把句子改寫成 Les fleurs qui ont été cueillies ce matin sont fraîches.。

> Quelles sont les langues **parlées** au Canada?
> 在加拿大會說的語言有哪些？

也可以使用關係代名詞，把句子改寫成 Quelles sont les langues qui sont **parlées** au Canada?。

2 當作受詞的補語

> Elle tenait son visage **détourné**, car elle pleurait.
> 她把臉轉開，因為她在哭。

son visage（她的臉）是句中的受詞，不過此時 son visage（她的臉）被後面的過去分詞 détourné（使轉過去）修飾，帶有「她的臉被轉過去」之意。

> Je gardais mes yeux **ouverts**.
> 我一直睜著我的眼睛。

受詞 mes yeux 被後面的過去分詞 **ouverts**（打開）修飾，帶有「眼睛被打開」之意。**ouverts** 是 ouvrir 的過去分詞，而 mes yeux 為陽性複數名詞，所以 **ouverts** 字尾要加上 s。

> Je voyais, **suspendu** à la cheminée, le portrait en miniature.
> 我看見掛在壁爐上的微型肖像畫。

受詞 le portrait en miniature 被過去分詞 **suspendu**（懸掛）修飾，帶有「微型肖像畫被懸掛」之意。在句子的結構上，是將原本放在 le portrait en miniature 後面的 **suspendu** 往前移。**suspendu** 是 suspendre（懸掛）的過去分詞。

3 副詞性質的用法（相當於英語的分詞構句）

> **Épuisée** de fatigue, elle ne pouvait plus marcher.
> 因為累壞了，她走不動了。

可以改寫成 Comme elle était épuisée de fatigue, elle ne pouvait plus marcher. 。連接詞 Comme（因為～）是子句的連接詞，將 Comme、重複的主詞和 être 動詞都去除，只剩下過去分詞，則成為上面的副詞子句。

Mon père, **brisé** d'inquiétude, finit par tomber malade.
我的父親被憂慮所壓垮，最終病倒了。

這句是 **brisé** d'inquiétude（被憂慮壓垮）插在句中的例子，是從 Mon père, comme il fut **brisé** d'inquiétude, finit par tomber malade. 改寫而成的分詞構句。

Appuyé sur la rampe du pont, il voyait l'eau couler.
他依靠著橋的欄杆，看著水流。

可以改寫成 Quand il s'appuyait sur la rampe du pont, il voyait l'eau couler. 。這句同樣是透過將副詞子句的 Quand、重複的 il 和 s' 去掉，只留下 appuyait 的過去分詞 **appuyé** 的分詞構句。把反身動詞改成分詞構句時，就只有過去分詞會被留下，反身代名詞也會去掉。

On pense mal, **assis**.
坐著的時候，想法會不夠完善。

可以改寫成 On pense mal quand on est assis.（坐著的時候，想法會不夠完善）。**assis** 是 asseoir（坐）的過去分詞，être **assis** 是「坐著」的意思，要用被動態表示。

Revenus chez eux, ils ont oublié toutes les difficultés du voyage.
他們回到家後，就把旅行時遭遇的所有困難都忘得一乾二淨了。

可以改寫成 Quand ils sont **revenus** chez eux, ils ont oublié toutes les difficultés du voyage. 。這句是使用不及物動詞 revenir 的過去分詞 **revenu** 造出分詞構句的。改成分詞構句後，Quand、ils 及 sont 都可刪掉。

Gravement **blessé**, il combattait encore bravement.
雖然身負重傷，他仍然英勇奮戰。

可以改寫成 Bien qu'il fût gravement **blessé**, il combattait bravement. 。fût gravement blessé 為虛擬式未完成過去時。用 Gravement blessé 在這裡可和後面的 combattait encore bravement 表現對立。

Mieux **entraîné**, le cheval aurait gagné le prix.
要是有受到較好的訓練，那匹馬本可以得獎的。

可以改寫成 Si le cheval avait été mieux **entraîné**, il aurait gagné le prix. 。這

句是以【Si＋直陳式愈過去時，條件式過去時】的句型表現假設，意思是「要是～的話，就～」。Mieux **entraîné** 代替了條件子句的 Si ～。

3.3　練習題

I. 請在括弧內填入適當的詞彙，使上下兩個句子的語意相同，並將句子翻譯成中文。

1　Quand il était rentré chez lui, il se mit à travailler.

（　　）chez lui, il se mit à travailler.

中譯 _____

2　Bien qu'elle soit accablée de fatigue, elle est obligée d'écrire une lettre.

（　　）de fatigue, elle est obligée d'écrire une lettre.

中譯 _____

3　C'est la pièce qui a été mise en scène par un écrivain.

C'est la pièce（　　）en scène par un écrivain.

中譯 _____

II. 請在括弧內填入適當的詞彙，以符合中文的語意。括弧內已提示字首的兩個字母。

1　他靠著牆陷入了沉思。

(Ap　　) au mur, il était pensif.

2　他的手指受了傷。

Il a eu son doigt (bl　　).

3　魁北克說的是哪一種語言？

Quelle est la langue (pa　　) à Québec?

請搭配音檔進行練習。第一遍先聽，會聽到法中對照（一句法文、一句中文）的句子；第二遍請跟著音檔複誦聽到的句子。

---

① Nous cherchons un appartement bien **meublé**.
我們在找一間附有家具的公寓。

② Quelles sont les langues **parlées** au Canada?
在加拿大會說的語言有哪些？

③ Je gardais mes yeux **ouverts**.
我一直睜著我的眼睛。

④ Je voyais, **suspendu** à la cheminée, le portrait en miniature.
我看見掛在壁爐上的微型肖像畫。

⑤ **Épuisée** de fatigue, elle ne pouvait plus marcher.
因為累壞了，她走不動了。

⑥ Mon père, **brisé** d'inquiétude, finit par tomber malade.
我的父親被憂慮所壓垮，最終病倒了。

⑦ **Appuyé** sur la rampe du pont, il voyait l'eau couler.
他依靠著橋的欄杆，看著水流。

⑧ On pense mal, **assis**.
坐著的時候，想法會不夠完善。

⑨ Cette action, **commencée** une heure plus tôt, aurait évité la catastrophe.
如果這個行動提早一個小時開始，就可以避免這場災難。

3.5　進階用法

· 不及物動詞的過去分詞或是反身動詞的過去分詞，也可放在名詞後面，像是及物動詞的過去分詞一樣修飾名詞，但語意上會偏向於主動態。

un obus éclaté「爆炸的砲彈」（砲彈自己爆炸）← éclater（爆炸）：不及物動詞

des arbres tombés「倒下的樹木」（樹木自己倒下）← tomber（倒下）：不及物動詞

le mur écroulé「倒塌的牆」← s'écrouler（倒塌）：反身動詞

une femme évanouie「一位昏倒的女性」← s'évanouir（昏倒）：反身動詞

· 絕對分詞構句

Son travail accompli, il s'en allait chercher sa petite amie.
（＝Quand son travail était accompli, il s'en allait chercher sa petite amie.）
工作做完後，他就去找女朋友了。

L'été fini, je rentre à Paris.
（＝Comme l'été est fini, je rentre à Paris.）
夏天結束後，我便回到巴黎。

　就如上一課現在分詞的章節中所見，主要子句和副詞子句的主詞不同時，就會像這兩個句子一樣，主詞也會留在副詞子句中，不會刪掉。

第 4 篇

過去分詞的一致性

Le participe passé

Leçon 01

Le passé composé

複合過去時 〈être＋p.p.〉

1.1　用法

04_01

用〈être＋p.p.〉造句時，過去分詞（participe passé，簡稱 p.p.）要隨主詞的陰陽性及單複數做字尾的變化，以保持變化的一致性。

Elle est **descendue** dans un hôtel.
她在一家飯店入住了。

Ma mère est **née** en France.
我的母親出生於法國。

Les étudiants sont **sortis** pour jouer au football.
學生們都出去踢足球了。

Les étudiantes sont **allées** voir ce film.
女學生們都去看這部電影了。

La chanteuse est **arrivée** avec sa bande.
女歌手與她的樂團已經到了。

Madame, êtes-vous **revenue** de vos vacances?
小姐，請問您渡假回來了嗎？

Elles sont **respectées** de tout le monde.
她們被所有人尊敬。

Moi, je m'appelle Paul, et je suis **né** au Japon.
我呢，我叫做保羅，我是在日本出生的。

Ils sont **déménagés** à Tokyo.
他們已經移居到東京了。

Ma grand-mère est **morte** très vieille.
我的奶奶在很高齡的時候過世。

〈être＋p.p.〉不只可表示複合過去時，也可用於表達被動語態，此時過去分詞一定都要和主詞的陰陽性及單複數保持一致。以下的例句即符合此規則。

Elles sont **respectées** de tout le monde.
她們獲得所有人的尊敬。

　★ 關於表示狀態的被動語態 de ~（由～），請參考以下關於此句的
　　 說明。

Elle est **descendue** dans un hôtel.
她在一家飯店入住了。

descendue 的變化源自於 descendre（住宿）的過去分詞 descendu，因為搭配的主詞是陰性單數，所以要加上陰性單數形的字尾 e。descendre dans ~ 是「投宿在～」的意思。

Ma mère est **née** en France.
我的母親出生於法國。

née 的變化是源自於 naître（出生）的過去分詞 né，因為要配合陰性單數的主詞（Ma mère），所以要加上陰性單數形的字尾 e。

Les étudiants sont **sortis** pour jouer au football.
學生們都出去踢足球了。

sortis 的變化是源自於 sortir（外出）的過去分詞 sorti，因為要配合陽性複數的主詞，所以要加上陽性複數形的 s。

Madame, êtes-vous **revenue** de vos vacances?
小姐，請問您渡假回來了嗎？

revenue 的變化是源自於 revenir（回來）的過去分詞 revenu，因為搭配的主詞是陰性單數，所以要加上陰性單數形的字尾 e。vos vacances（您的假期）的 vacances 表「休假」之意時，常以複數形表示

Elles sont **respectées** de tout le monde.
她們被所有人尊敬。

respectées 的變化是源自於 respecter（尊敬）的過去分詞 respecté，為了要配合陰性複數的主詞，所以要加上陰性複數形的字尾 es。

這個句子並非複合過去時，而是被動語態。當要提到「持續行為」或「情感表現」的行為執行者時，並非是以 par ~ 表達，而是如同例句使用 de ~ 表示。如 être aimé de ~ 就是「受到～的喜愛」的意思。

> Ils sont **déménagés** à Tokyo.
> 他們已經移居到東京了。

déménagés 的變化源自於 déménager（搬遷）的過去分詞 déménagé，因為要配合陽性複數的主詞，所以要加上陽性複數形的字尾 s。
就如先前在直陳式複合過去時（第 1 篇）那一課曾經提過的，déménager 的助動詞在表示「動作」時是使用 avoir；在表示「狀態」時是使用 être。
Il **a déménagé** à Londres.
他搬到倫敦。（p.p. 的陰陽性及單複數無須保持一致）
Il **est déménagé** à Tokyo.
他移居到東京。（p.p. 的陰陽性及單複數要保持一致）

> Ma grand-mère est **morte** très vieille.
> 我的奶奶在很高齡的時候過世。

morte 的變化源自於 mourir（死亡）的過去分詞 mort，因為要配合陰性單數的主詞，所以要加上陰性單數形的字尾 e。vieille 為主詞的補語，表示「在～的狀態」之意。

1.3 練習題

請從下方的單字中選出正確答案填入空格中，並將句子翻譯成中文。單字不可重覆使用。

tomber	arriver	descendre	sortir	revenir
aller	aimer	naître	partir	rester

1 Ma voiture neuve est (　　　　　) sain et sauf.
　中譯 _____

2 Marie, tu es (　　　　　) voir notre père hier?
　中譯 _____

3 On l'a gâté; il est trop (　　　　　) de tout le monde.

中譯 _____

4 La famille Cadot est (　　　　　) en vacances.

中譯 _____

5 Sa fiancée est (　　　　　) avec quelqu'un.

中譯 _____

6 Ma sœur et moi sommes (　　　　　) au lycée de jeunes filles trois ans.

中譯 _____

7 Je suis (　　　　　) amoureuse de lui.

中譯 _____

8 Ils sont tous (　　　　　) au Brésil en 1961.

中譯 _____

9 Mes sœurs sont (　　　　　) dans un hôtel chic.

中譯 _____

10 Elles sont (　　　　　) des États-Unis hier.

中譯 _____

1.4　例句跟讀訓練

04_02

　　請搭配音檔進行練習。第一遍先聽，會聽到法中對照（一句法文、一句中文）的句子；第二遍請跟著音檔複誦聽到的句子。

> ① Elle est **descendue** dans un hôtel.
> 　她在一家飯店入住了。
>
> ② Ma mère est **née** en France.
> 　我的母親出生於法國。

③ Les étudiantes sont **allées** voir ce film.
女學生們都去看這部電影了。

④ La chanteuse est **arrivée** avec sa bande.
女歌手與她的樂團已經到了。

⑤ Elles sont **respectées** de tout le monde.
她們被所有人尊敬。

⑥ Ils sont **déménagés** à Tokyo.
他們已經移居到東京了。

⑦ Ma grand-mère est **morte** très vieille.
我的奶奶在很高齡的時候過世。

1.5　進階用法

「關於 **on** 的補語的一致性」

on 基本上要視為**陽性單數**。不過當 on 明顯是指**陰性**或**複數名詞**時，過去分詞就要隨主詞的陰陽性及單複數保持一致。（不過動詞仍維持第三人稱單數的變化，即 on a、on est 中的 a、est）

➤ À nos âges, on a besoin d'être **soignés**.
一旦到了我們這個年紀，就必須受人照顧。

➤ Paul et moi, on est **prêts**.
保羅和我都準備好了。

以上例句中 soignés, prêts 為陽性名詞複數形。

02 反身動詞

2.1　用法

04_03

1 「反身動詞」的過去分詞，要和主詞的陰陽性、單複數保持一致

Ce matin, elle **s**'est **peignée** soigneusement.
今天早上，她仔細地梳理了自己的頭髮。

Paul, tu **t**'es **couché** trop tard hier soir.
保羅，你昨天晚上太晚睡了。

Elles **se** sont **cachées** derrière un arbre.
她們躲在一棵樹後面。

Ils **se** sont **donnés** à leurs études.
他們全心投入在他們的學業上。

2 「相互作用的反身動詞」的過去分詞，要和主詞的陰陽性、單複數保持一致

Ils **se** sont **battus** violemment.
他們激烈地互相爭鬥。

Elles **se** sont **regardées** l'une l'autre.
她們相互凝視著對方。

Comme étudiantes de la faculté, nous **nous** sommes **présentées**.
身為學院的學生，我們做了自我介紹。

Leurs regards **se** sont **croisés**.
他們的目光交會在一起。

3 當直接受詞不是 se 時（或是 se 為間接受詞時），過去分詞不需要和主詞的陰陽性、單複數保持一致

Elle **s'est lavé** les mains.
她洗了手。

Ils **se** sont **serré** la main.
他們握了手。

Elles **se** sont **parlé** à voix haute.
她們彼此大聲講話。

2.2　文法解說

當反身動詞為複合過去時，其變化結構為：

【主詞＋反身代名詞＋être 變化＋過去分詞】

變化如下所示：

je	me suis＋p.p.	nous	nous sommes＋p.p.
tu	t'es＋p.p.	vous	vous êtes＋p.p.
il (elle)	s'est＋p.p.	ils (elles)	se sont＋p.p.

由於會受 être 的影響，過去分詞（p.p.）有時需要和主詞的陰陽性、單複數保持一致性的變化。

「反身動詞」是指「反身代名詞 se＋動詞」的動詞，其反身代名詞 se 表示主詞「自己」。以英語來說，和 oneself 相近。

Je me lève à six heures.（我六點起床。）

➡ lève 是 lever 的變化，「使…起來」的意思。而 me 類似 myself，是反身代名詞。

表示「相互作用」功能的反身動詞，其反身代名詞 se 帶有「互相、彼此」的意思。

Ils se regardent l'un l'autre.（他們互相看著彼此。）
（=They are watching each other.）

1 「反身動詞」的過去分詞，要和主詞的陰陽性、單複數保持一致

Ce matin, elle s'est **peignée** soigneusement.
今天早上，她仔細地梳理了自己的頭髮。

s' 是 se 的縮寫，在此是表示主詞 elle「她」的反身代名詞（可視為直接受詞），所以過去分詞 peigné（梳頭）要加上陰性單數的 e，改成 peignée（主詞是 elle，所以要和主詞的陰陽性、單複數一致）。soigneusement 是「仔細地」的意思。

Elles **se** sont **cachées** derrière un arbre.
她們躲在一棵樹後面。

se 在此是主詞 Elles「她們」的反身代名詞（可視為直接受詞），所以過去分詞 caché（藏；躲）要加上陰性複數的 es，改成 **cachées**（主詞是 elles，所以要和主詞的陰陽性、單複數一致）。

Ils **se** sont **donnés** à leurs études.
他們全心投入在他們的學業上。

se 在此是主詞 Ils「他們」的反身代名詞（可視為直接受詞），所以過去分詞 donné 要加上陽性複數的 s，改成 **donnés**（主詞是 Ils 所以要和主詞的陰陽性、單複數一致）。se donner à ~ 是「投入於～、奉獻於～」的意思。

2 「相互作用的反身動詞」的過去分詞，要和主詞的陰陽性、單複數保持一致

Elles **se** sont **regardées** l'une l'autre.
她們相互凝視著對方。

se 在此是主詞 Elles「她們」的反身代名詞（可視為直接受詞），因為主詞是 Elles（她們），所以過去分詞為陰性複數的 regardées。l'une l'autre 為代名詞，是「互相」的意思。

Comme étudiantes de la faculté, nous **nous** sommes **présentées**.
身為學院的學生，我們做了自我介紹。

第二個 nous 為反身代名詞，第一個 nous 為主詞，是指前面的 étudiantes（女學生），所以過去分詞要使用陰性複數形的 **présentées**（介紹）。

> Leurs regards **se** sont **croisés**.
> 他們的目光交會在一起。

se 為反身代名詞，Leurs regards 為主詞，所以過去分詞為陽性複數形的 **croisés**（使～交叉）。

3 當直接受詞不是 se 時（或是 se 為間接受詞時），過去分詞不需要和主詞的陰陽性、單複數保持一致

> Elle **s'**est **lavé** les mains.
> 她洗了手。

s' 在此表示主詞 elle「她」的反身代名詞，不過在此是間接受詞功能，la main 才是直接受詞，所以過去分詞 lavé（洗）無需變化。直譯是「她洗自己的手」。

> Ils **se** sont **serré** la main.
> 他們握了手。

se 在此表示主詞 Ils「他們」的反身代名詞，不過在此是間接受詞功能，這裡的直接受詞是實際上「握到的手」la main，所以過去分詞 serré（握）無需變化。直譯是「他們互相握手」。

2.3 練習題

請將下列括弧內的動詞改為直陳式複合過去時，並將句子翻譯成中文。

1 Elle (se coucher) très tard.

　➡ _____

　中譯 _____

2 Elle (se couper) à la main.

　➡ _____

　中譯 _____

3 Elle (se couper) la main.

➡ _____

中譯 _____

4 Elles (se raconter) leurs souvenirs.

➡ _____

中譯 _____

5 Elle (se brûler) les doigts.

➡ _____

中譯 _____

6 Ils (s'aimer) ardemment.

➡ _____

中譯 _____

7 Elle (se teindre) les cheveux. （teindre 的過去分詞是 teint）

➡ _____

中譯 _____

8 Gérard et Marie-Thérèse (s'écrire) longtemps.

➡ _____

中譯 _____

9 Elle (se laver) la figure.

➡ _____

中譯 _____

10 Elles (se lever) de bonne heure.

➡ _____

中譯 _____

請搭配音檔進行練習。第一遍先聽，會聽到法中對照（一句法文、一句中文）的句子；第二遍請跟著音檔複誦聽到的句子。

---

① Ce matin, elle **s'est peignée** soigneusement.
今天早上，她仔細地梳理了自己的頭髮。

② Elles **se** sont **cachées** derrière un arbre.
她們躲在一棵樹後面。

③ Ils **se** sont **donnés** à leurs études.
他們全心投入在他們的學業上。

④ Ils **se** sont **battus** violemment.
他們激烈地互相爭鬥。

⑤ Elles **se** sont **regardées** l'une l'autre.
她們相互凝視著對方。

⑥ Elle **s'est lavé** les mains.
她洗了手。

⑦ Ils **se** sont **serré** la main.
他們握了手。

2.5　進階用法

➤ Ils se sont **écrit** des lettres.
他們寫信給彼此。

➡ 這個句子的直接受詞是 des lettres，就放在過去分詞之後，所以過去分詞 écrit 無需變化。

但當**直接受詞代名詞**放在過去分詞之前，過去分詞就要與主詞的陰陽性及單複數保持一致。

➤ Ils se les sont **écrites**.
他們寫給彼此。

➡ 這裡的 les 是代替 des lettres（陰性複數名詞）並放在過去分詞之
前的直接受詞代名詞，所以過去分詞就要和直接受詞 les 的陰陽
性及單複數保持一致，變成 **écrites**。

➤ Ce sont les lettres qu'ils se sont **écrites**.
這些是他們寫給彼此的信。

➡ 這句也一樣，les lettres 是 **écrites** 的直接受詞，由於放在過去分
詞之前，所以過去分詞要和直接受詞的陰陽性及單複數保持一
致。

03 複合過去時〈avoir＋p.p.〉

3.1 用法

04_05

1 作為直接受詞的代名詞，並出現在 **avoir + p.p.** 之前時

Il a vendu sa voiture. → Il l'a **vendue**.
他賣掉了他的車。→ 他賣掉了它。

J'ai fait les exercices. → Je les ai **faits**.
我做了運動。→ 我做了這些。

Elle a acheté cette montre. → Elle l'a **achetée**.
她買了這支手錶。→ 她買了它。

Nous avons vu ce film. → Nous l'avons **vu**.
我們看了這部電影。→ 我們看了它。

Vous avez écrit la lettre? → Vous l'avez **écrite**?
你們寫信了嗎？→ 你們寫它了嗎？

2 當語順是「que（關係代名詞）＋主詞＋avoir + p.p.」時

J'aime les tableaux qu'il a **peints**.
我喜歡他畫的那些畫作。

Voici la lettre qu'elle a **écrite**.
這就是她所寫的信。

C'est la villa que nous avons **habitée** autrefois.
這就是我們以前住過的別墅。

Les petits plats qu'elle a **cuisinés** étaient très bons.
她做的小菜非常的好吃。

3 當語順是「quel（感嘆形容詞：多麼）... ＋主詞＋ avoir ＋ p.p.」時

Quelle bonne nouvelle j'ai **apprise**!
（這是）我聽到的多麼好的消息！

Quelle horreur on a **eue**!
我們是多麼地害怕呀！

Quels beaux pays nous avons **traversés**!
我們走過了多麼美麗的國家呀！

Quelles belles fleurs elles ont **cultivées**!
她們種植了多麼漂亮的花朵呀！

4 當語順是「quel（疑問形容詞：哪一個）... ＋主詞＋ avoir ＋ p.p.」時

Quelle voiture avez-vous **louée**?
你們租了什麼樣的車？

Quelle chanson ont-ils **chantée**?
他們唱了什麼歌？

Quels films as-tu **vus**?
你看過哪些電影？

Quelles personnes avez-vous **invitées**?
您邀請了哪些人呢？

3.2　文法解說

　　關於「複合過去時」，本書在第一篇的「Leçon 01 直陳式②複合過去時」做了說明，本課同樣是針對**過去分詞的一致性**做解說。「過去分詞的一致性」基本內容 ➡ 請見初級篇的 p.270。

　　前面談到〈être＋p.p.〉的複合過去時，過去分詞會隨主詞做變化，但就〈avoir＋p.p.〉的情況，一般的句子語順其過去分詞不會做任何變化（不須做過去分詞的一致性），除非是當**直接受詞（代名詞）**放在〈avoir＋p.p.〉之前時，過去分詞才會需要做變化。

．以下是一般的句子語順，過去分詞不會做任何變化：

Tu as bien **réussi**!（你成功了！你做到了！）
Vous avez **terminé** votre repas?（您用完餐了嗎？）
Elles ont **visité** la ville de Paris.（她們參觀了巴黎市。）

　．就算代名詞 en 放在過去分詞之前，過去分詞也不做任何變化：

Il a mangé des fruits. → Il **en** a **mang**é.
他吃了水果。　　　　　　他吃了那個。

　➡ 不是 Il en a mangés.。

A-t-il bu de la bière? → **En** a-t-il **bu**?
他喝酒了嗎？　　　　　　他喝了那個嗎？

　➡ 不是 En a-t-il bue?。

　　唯獨當直接受詞（代名詞）放在〈avoir＋p.p.〉之前，過去分詞才會需要做變化，過去分詞需要配合直接受詞（代名詞）做陰陽性單複數的一致性變化，這樣的情況正如前面 **1** 到 **4** 所列的例句。

1 作為直接受詞的代名詞，並出現在 avoir + p.p. 之前時

Il a vendu sa voiture. → Il l'a **vendue**.
他賣掉了他的車。→ 他賣掉了它。

箭頭左邊句子的 sa voiture（他的車）為陰性單數名詞，而在右邊的句子以 l' 代稱，且放在過去分詞之前，所以右邊的過去分詞 vendu（賣了）是加上 e 的 vendue。

J'ai fait les exercices. → Je les ai **faits**.
我做了運動。→ 我做了這些。

箭頭左邊句子的陽性複數名詞 les exercices（運動），在右邊的句子則以 les 取代，且放在過去分詞之前，所以右邊的過去分詞是 fait 再加上 s 的 **faits**（做了）。

Elle a acheté cette montre. → Elle l'a **achetée**.
她買了這支手錶。→ 她買了它。

箭頭左邊句子的 cette montre（這支手錶）為陰性單數名詞，在右邊的句子以 l' 取代，且放在過去分詞之前，所以右邊的過去分詞 acheté（買了）是加上 e 的 achetée。

2 當語順是「que（關係代名詞）＋主詞＋avoir＋p.p.」時

C'est la villa que nous avons **habitée** autrefois.
這就是我們以前住過的別墅。

陰性單數名詞 la villa（別墅）為先行詞，在關係子句中放在過去分詞 habitée 之前，所以過去分詞就如句中的形態，是以 habité 加上 e 之後的 habitée（居住）表示。

Les petits plats qu'elle a **cuisinés** étaient très bons.
她做的小菜非常的好吃。

陽性複數名詞 Les petits plats（小菜）為先行詞，在關係子句中放在過去分詞 **cuisinés** 之前，所以過去分詞就是以 cuisiné 加上 s 之後的 **cuisinés**（料理，煮）表示。

3 當語順是「quel（感嘆形容詞：多麼）...＋主詞＋avoir＋p.p.」時

Quelle bonne nouvelle j'ai **apprise**!
（這是）我聽到的多麼棒的消息！

陰性單數名詞 Quelle bonne nouvelle（多麼棒的消息）為 j'ai apprise（我得知；我聽説）的受詞，因為放在過去分詞 appris（得知；聽説）之前，所以過去分詞是以加上 e 的 apprise 表示。

Quelle horreur on a **eue**!
我們是多麼地害怕呀！

陰性單數名詞 Quelle horreur（真可怕）是 on a **eue** 的受詞，因為放在過去分詞 **eue** 之前，所以過去分詞是以 eu 加上 e 的 **eue**（有）表示。eu 是 avoir 的過去分詞。

Quelles belles fleurs elles ont **cultivées**!
她們種植了多麼漂亮的花朵呀！

陰性複數名詞 Quelles belles fleurs（多麼漂亮的花）是 elles ont **cultivées**（她們種植）的受詞，因為放在過去分詞 **cultivées** 之前，所以過去分詞是以陰性複數形的過去分詞 **cultivées**（栽種）表示。

4 當語順是「quel（疑問形容詞：哪一個）... ＋主詞＋ avoir ＋ p.p.」時

> Quelle voiture avez-vous **louée?**
> 你們租了什麼樣的車？

由於陰性單數形的 Quelle voiture（什麼樣的車子）放在過去分詞 louée 之前，所以過去分詞 louée（借）就如同例句，是以陰性單數形表示。louée 是 louer（租）的過去分詞。

> Quelle chanson ont-ils **chantée?**
> 他們唱了什麼歌？

由於陰性單數的 Quelle chanson（什麼樣的歌）放在過去分詞之前，所以過去分詞是以陰性單數形的 **chantée**（唱）表示。

> Quelles personnes avez-vous **invitées?**
> 您邀請了哪些人呢？

Quelles personnes（哪些人們）為陰性複數名詞，由於放在過去分詞之前，所以過去分詞是使用陰性複數的 **invitées**（邀請）表示。

3.3 練習題

請將下列括弧內的動詞改為正確形態的過去分詞，並將句子翻譯成中文。

1 J'aime beaucoup les gâteaux qu'il nous a (acheter).

➡ _____

中譯 _____

2 Qui a apporté ces fleurs?—Paul les a (apporter).

➡ _____

中譯 _____

3 Quelle belle cravate vous lui avez (donner)!

➡ _____

中譯 _____

4 Tu as vu Mademoiselle Cadot?—Oui, je l'ai (voir).

➡ _____

中譯 _____

5 Qui vous a remis ces documents?

—Gérard me les a (remettre).（remettre「送交」）

➡ _____

中譯 _____

6 Quelle direction ont-ils (prendre)?

➡ _____

中譯 _____

7 La montre qu'il a (acheter) était très chère.

➡ _____

中譯 _____

8 Le pays que nous avons (visiter) était très beau.

➡ _____

中譯 _____

3.4　例句跟讀訓練

04_06

　　請搭配音檔進行練習。第一遍先聽，會聽到法中對照（一句法文、一句中文）的句子；第二遍請跟著音檔複誦聽到的句子。

---

① Il a vendu sa voiture. → Il l'a **vendue**.
他賣掉了他的車。→ 他賣掉了它。

② Vous avez écrit la lettre? → Vous l'avez **écrite**?
你們寫信了嗎？→ 你們寫它了嗎？

③ Voici la lettre qu'elle a **écrite**.
這就是她所寫的信。

---

④ C'est la villa que nous avons **habitée** autrefois.
這就是我們以前住過的別墅。

⑤ Quelle bonne nouvelle j'ai **apprise**!
（這是）我聽到的多麼好的消息！

⑥ Quelle horreur on a **eue**!
我們是多麼地害怕呀！

⑦ Quelles belles fleurs elles ont **cultivées**!
她們種植了多麼漂亮的花朵呀！

3.5　進階用法

➤ Combien de cahiers as-tu **achetés**?（你買了幾本筆記本？）
　　➡ 由於直接受詞 cahiers（陽性複數形）放在過去分詞之前，所以 achetés 以陽性複數形表示。剛好和 quel ~ 是相同的用法。

➤ Combien as-tu **acheté** de cahiers?（你買了幾本筆記本？）
　　➡ 這裡的 cahiers 放在過去分詞之後，所以過去分詞無須變化。

第5篇

疑問詞

Les mots interrogatifs

Leçon 01

Les pronoms interrogatifs

疑問代名詞

1.1　用法

05_01

1 qui~ ① (誰 (是) ～?) : 用於主格、用於「人」

【 =qui est-ce qui 】

Qui a mangé mon gâteau?
誰吃了我的蛋糕?

Qui est arrivé là-bas?
誰到那了?

Qui est en train de chanter?
誰正在唱歌?

Qui est-ce qui va présider la séance?
是誰要主持會議呢?

Qui est-ce qui est en charge de sa classe?
誰負責他的班級呢?

2 qui~ ② ((把) 誰～?) : 用於直接受格、用於「人」

【 =qui est-ce que 】

Qui invitez-vous?
您邀請誰?

Qui écoutes-tu?
你在聽誰說話?

Qui adore-t-elle?
她很喜歡誰?

Qui est-ce que vous aimez?
您愛的是誰呢?

3 à qui~（對誰？）／de qui（關於誰？）：用於「人」

À qui penses-tu?
你在想誰呢？

À qui obéissez-vous?
你們聽從誰的命令？

À qui a-t-elle répondu?
她回覆給誰了？

À qui est-ce que vous avez proposé ce projet?
你們向誰提議過這個計畫了？

De qui parliez-vous?
你們談論到誰？

De qui est-elle amoureuse?
她愛著誰？

De qui as-tu besoin?
你需要誰？

De qui doutez-vous?
您在懷疑誰？

4 qu'est-ce qui~（什麼（是）～？）：用於主格、用於「物」

Qu'est-ce qui sent bon?
是什麼東西這麼好聞？

Qu'est-ce qui te plaît?
你喜歡什麼呢？

Qu'est-ce qui est arrivé?
發生什麼事了？

Qu'est-ce qui bouge là-bas?
什麼東西在那邊動？

5 que~（（把）什麼～？）：用於直接受格、用於「物」

【=qu'est-ce que】

Que dites-vous?
您說什麼？

Que regardes-tu?
你在看什麼？

Que désirez-vous?
您想要什麼？

Qu'est-ce que tu vas boire?
你要喝什麼？

Qu'est-ce que tu as?
你怎麼了？

6 à quoi~（對什麼？）／de quoi~（關於什麼？）：用於「物」

À quoi sert-il l'amour?
愛情有什麼用？

À quoi pensez-vous?
您在想什麼呢？

À quoi pense-t-il?
他在想什麼呢？

De quoi s'agit-il?
這個是關於什麼呢？

De quoi est-ce que tu doutes?
你在懷疑什麼呢？

De quoi est-ce que ça dépend?
取決於什麼？

7 複合疑問代名詞（lequel「哪一個」）：表示從中選擇

可用於「人」，也可用於「物」。

Lequel de ces livres préférez-vous?
在這些書之中，您比較喜歡哪一本？

Laquelle de ces cravates désirez-vous?
這些領帶裡面，您喜歡哪一條？

Je visiterai les pays en Europe. – **Lesquels** visiterez-vous?
我將要去歐洲的一些國家。—您會去哪些國家呢？

J'ai trois frères; **duquel** parlez-vous?
我有三個兄弟；您說的是哪一位？

· **qui** 除了可當作主詞，也可作為補語使用。
Qui êtes-vous?—Je suis l'oncle de Jean.
（您是誰？—我是 Jean 的叔叔。）
Qui est-ce?—C'est Monsieur Cadot, patron d'un café.
（那是誰？—那是咖啡店的老闆 Cadot 先生。）

· 若要將「（把／對）什麼」之意的疑問詞放在介系詞 à 及 de 之後
時，就要用 quoi。請參考前面的 à quoi~?「對什麼？」/ de quoi~?
「關於什麼？」。

· 【複合疑問代名詞】將統整在本課的 **1.5** 進階用法。

1.2　文法解說

1 qui~ ① 「誰（是）～？」：用於主格、用於「人」

Qui est arrivé là-bas?
誰到那了？

Qui（誰～）為 est arrivé（已到達）的主詞。

Qui est en train de chanter?
誰正在唱歌？

這裡的 **Qui** 和上一句一樣，也是句子的主詞。en train de ~ 是「正在做～」的
意思。

Qui est-ce qui va présider la séance?
是誰要主持會議呢？

Qui est-ce qui 用英語表示，直譯是 Who is it that~，屬於一種強調語法。
présider la séance 的意思是「主持會議」。

2 qui~ ②（（把）誰~?）：用於直接受格、用於「人」

> **Qui** invitez-vous?
> 您邀請誰？

Qui（~誰）是 invitez（邀請）的直接受格。invitez-vous（您邀請）為 vous
invitez 的倒裝形態。

> **Qui** adore-t-elle?
> 她很喜歡誰？

Qui（~誰）在這裡是 adore（喜愛）的直接受格。adore-t-elle 是 elle adore
的倒裝形態。adorer 為 er 動詞，搭配第三人稱 elle 以倒裝形態表示時要在中
間加入 t，所以是 adore-t-elle。

> **Qui est-ce que** vous aimez?
> 您愛的是誰呢？

Qui est-ce que 也是強調語法，直譯成英文的話是 Whom is it that ~。que 之後
的語順是「主詞＋動詞」，而非倒裝的形態。

3 à qui~（對誰？）／de qui（關於誰？）：用於「人」

> **À qui** obéissez-vous?
> 你們聽從誰的命令？

À qui 相當於英文的 To whom。obéissez 是源自 obéir à ~（遵從~），再將 à
移到句首的句子結構。obéissez-vous 是 vous obéissez 的倒裝形態。

> **À qui est-ce que** vous avez proposé ce projet?
> 你們向誰提議過這個計畫了？

À qui est-ce que 直譯成英語的話相當於強調語法 To whom is it that ~。que
之後是「主詞＋動詞」的肯定句語順。

> **De qui** parliez-vous?
> 你們談論到誰？

De qui 在這裡是「關於誰」的意思。由於本句不是用 est-ce que 的語法，所以
後面為倒裝形態。

De qui est-elle amoureuse?
她愛著誰？

Elle est amoureuse de ～ 是「她愛上～（某人）」的意思，要造疑問句時，這裡的 de ～ 後面接 qui，改為 De qui 並放到句首。後面的語順為倒裝形態。

De qui as-tu besoin?
你需要誰？

Tu as besoin de ～ 是「你需要～」的意思，這裡的 de ～ 要改成 **De qui** 並放在句首。

4 qu'est-ce qui~（什麼（是）～？）：用於主格、用於「物」

Qu'est-ce qui te plaît?
你喜歡什麼呢？

qu'est-ce qui 是表示「什麼使／讓～？」的主格功能的疑問句型，主詞的 Que 是表示「物」。當 Que 是主格意義時，需搭配 est-ce qui，變成 qu'est-ce qui。沒辦法只用一個單字 Que 來表示。te plaît（你喜歡）是由 te（你）＋ plaire à ～（使～喜歡）組合而成。

Qu'est-ce qui est arrivé?
發生什麼事了？

句子結構與上一句相同。est arrivé 在這裡是用於表示「發生了」的意思，是 arriver 的複合過去時。

5 que~（（把）什麼～？）：用於直接受格、用於「物」

Que dites-vous?
您說什麼？

Que 用於受格時，是個可放在句首、用一個字來表示的疑問詞。後面以倒裝形態表示。

Que désirez-vous?
您想要什麼？

是服務生點餐時常用的說法。此句為倒裝形態的疑問句。

Qu'est-ce que tu vas boire?
你要喝什麼？

由於是直接以 **Qu'est-ce que** 表示，所以之後接續的是「主詞＋動詞」的直述句語順。

Qu'est-ce que tu as?
你怎麼了？

此為慣用的說法。直譯是「你有什麼？」，衍生為「你怎麼了？」。que 之後為「主詞＋動詞」的直述句語順。

6 à quoi~（對什麼？）／de quoi~（關於什麼？）：用於「物」

À quoi pensez-vous?
您在想什麼呢？

這是慣用語 penser à ~（思考關於～）的 à 移到句首，變成 À quoi（關於什麼）的句子結構。

De quoi s'agit-il?
這個是關於什麼呢？

這是慣用語 Il s'agit de ~（這是關於～）的 de ~ 移到句首，變成 De quoi（關於什麼）的句子結構。

De quoi est-ce que ça dépend?
取決於什麼？

這是慣用語 dépendre de ~（取決於～）的 de ~ 移到句首，變成 De quoi（關於什麼）的句子結構。**De quoi** 之後接續 est-ce que，所以後面的語順為「主詞＋動詞」。

7 複合疑問代名詞（lequel「哪一個」）：表示從中選擇

Lequel de ces livres préférez-vous?
在這些書之中，您比較喜歡哪一本？

因為詢問的是在 de ces livres（這些書）的這個範圍中選擇其一，所以使用搭配 livres 性別數量的陽性單數形的 **Lequel**（哪一個）。

Je visiterai les pays en Europe. – **Lesquels** visiterez-vous?
我將要去歐洲的一些國家。—您會去哪些國家呢？

因為詢問的是在 les pays en Europe 的這個範圍中選擇多項，所以是使用搭配 les pays 性別數量的陽性複數形的 **Lesquels**（哪些）。

1.3　練習題

請從下方選出適當的單字（或片語）填入括弧內，並將對話翻譯成中文。

De quoi	De qui	Que
Lesquelles	Qui est-ce qui	À quoi
À qui	Qui est-ce que	Qu'est-ce qui
Qu'est-ce que	Qui	

1　A : (　　　　　) faisiez-vous en hiver l'année dernière?

　　B : Je faisais du ski.

　　➡ _____

　　中譯 _____

2　A : (　　　　) fait ce bruit?

　　B : C'est le moteur de ma voiture.

　　➡ _____

　　中譯 _____

3　A : (　　　　) souffrez-vous?

　　B : Je souffre de rhumatisme.

　　➡ _____

　　中譯 _____

4　A : (　　　　) vous cherchez?

　　B : Je cherche Monsieur Cadot.

　　➡ _____

　　中譯 _____

5 A : (   ) sont arrivés maintenant?

   B : Les étudiants sont arrivés.

   ➡ _____

   中譯 _____

6 A : (   ) parlait-elle?

   B : Elle parlait à son professeur.

   ➡ _____

   中譯 _____

7 A : (   ) as-tu besoin?

   B : J'ai besoin de ma fiancée.

   ➡ _____

   中譯 _____

8 A : (   ) êtes-vous?

   B : Je m'appelle Gérard Cadot, patron d'un café.

   ➡ _____

   中譯 _____

9 A : (   ) pensez-vous?

   B : Je pense à mon avenir.

   ➡ _____

   中譯 _____

10 A : (   ) vous avez dit?

   B : J'ai dit des bêtises.

   ➡ _____

   中譯 _____

11 A : Je vais visiter plusieurs villes en Europe.

   B : (   )?

   ➡ _____

   中譯 _____

請搭配音檔進行練習。第一遍先聽，會聽到法中對照（一句法文、一句中文）的句子；第二遍請跟著音檔複誦聽到的句子。

---

① **Qui** a mangé mon gâteau?
誰吃了我的蛋糕？

② **Qui** est-ce qui est en charge de sa classe?
誰負責他的班級呢？

③ **Qui** invitez-vous?
您邀請誰？

④ **Qui est-ce que** vous aimez?
您愛的是誰呢？

⑤ **À qui** penses-tu?
你在想誰呢？

⑥ **À qui** a-t-elle répondu?
她回覆給誰了？

⑦ **À qui** est-ce que vous avez proposé ce projet?
你們向誰提議過這個計畫了？

⑧ **De qui** est-elle amoureuse?
她愛著誰？

⑨ **Qu'est-ce qui** sent bon?
是什麼東西這麼好聞？

⑩ **Qu'est-ce qui** est arrivé?
發生什麼事了？

⑪ **Que** regardes-tu?
你在看什麼？

⑫ **Qu'est-ce que** tu vas boire?
你要喝什麼？

⑬ **À quoi** sert-il l'amour?
愛情有什麼用？

⑭ **De quoi** s'agit-il?
這個是關於什麼呢？

⑮ **De quoi est-ce que** ça dépend?
取決於什麼？

⑯ **Laquelle** de ces cravates désirez-vous?
這些領帶裡面，您喜歡哪一條？

⑰ J'ai trois frères; **duquel** parlez-vous?
我有三個兄弟；您說的是哪一位？

1.5　進階用法

關於【複合疑問代名詞】

◆基本形態

lequel（陽性單數形）：
Je prendrai un livre.—**Lequel** prendrez-vous?
我要買書。　　　　　—您要買哪一本？

lesquels（陽性複數形）：
Je voudrais quelques livres.—**Lesquels**?
我想要幾本書。　　　　　　—要哪幾本？

laquelle（陰性單數形）：
Je prends une cravate.—**Laquelle**, Monsieur?
我要買領帶。　　　　　—先生，要哪一條呢？

lesquelles（陰性複數形）：
Je prends plusieurs montres.—**Lesquelles**?
我要買幾支手錶。　　　　　—哪幾支？

◆搭配 **de** 一同使用

duquel (de＋lequel)：

Duquel de ces livres avez-vous besoin?

您需要這些書中的哪一本書？

desquels (de＋lesquels)：

Desquels de ces acteurs parliez-vous?

您當時談論的是這些演員中的哪一位？

de laquelle：

De laquelle de ces filles parlez-vous?

您在談論的是這些女孩中的哪一位？

desquelles (de＋lesquelles)：

Je parlais de ces filles. —**Desquelles**?

我當時說的是這些女孩。—哪些女孩？

◆搭配 **à** 一同使用

auquel (à＋lequel)：

Auquel de ces sujets pensaient-ils?

他們想到的是這些主題中的哪一個？

auxquels (à＋lesquels)：

J'écrirai à mes amis.　　—**Auxquels**?

我會寫信給我的那些朋友。—哪些朋友？

à laquelle：

Je m'adresse à une employée.—**À laquelle** vous adressez-vous?

我去問員工。　　　　　　　—您要問哪位員工？

auxquelles (à＋lesquelles)：

Je m'adresse à des employées.—**Auxquelles**?

我去問問員工們。　　　　　—哪些員工？

疑問形容詞

2.1　用法

05_03

1 作為主詞的補語使用

Quelle est votre valise?
您的行李箱是哪一個？

Quel est votre acteur préféré?
您最喜歡的男演員是哪一位呢？

Quel est votre avis sur ce problème?
您針對這個問題的想法是什麼呢？

Quel est votre nom?
您姓什麼？

Quelles sont ces femmes?
這些女性是誰呢？

Quel est cet arbre?
這棵是什麼樹？

Quel est le prix de cette cravate?
這條領帶多少錢？

2 作為修飾名詞的形容詞使用

Quelle boisson désirez-vous?
您想要哪種飲料？

Quel sport pratiquez-vous?
您做什麼運動？

Quel âge as-tu?
你幾歲了？

Quelle heure est-il?
幾點了？

À **quelle** heure vous levez-vous?
您幾點起床呢？

De **quelle** nationalité êtes-vous?
您的國籍是什麼呢？

Dans **quel** pays est-il né?
他是在哪個國家出生的？

2.2　文法解說

　　疑問形容詞指的是會隨名詞之陰陽性單複數變化的 **quel**（以及 quelle、quels、quelles），其意思可以指「哪一個～」、「什麼樣的～」，也可以指「什麼」、「誰」。所以可當作修飾名詞的形容詞使用，也可作為主詞的補語。

　　不過當主詞為 il 或 elle 這類人稱代名詞時，**quel** 就不會當作補語使用。

　　· Qui est-elle?（她是誰？）◀ 不會以 **Quelle** est-elle? 表示。

　　· Qui est-ce?（那是誰？）　◀ 不會以 **Quel** est-ce? 表示。

1 作為主詞的補語使用

Quelle est votre valise?
您的行李箱是哪一個？

Quelle（哪一個）為主詞 votre valise（您的行李箱）的補語。valise 為陰性單數名詞，所以 Quelle 為陰性單數形。

Quel est votre acteur préféré?
您最喜歡的男演員是哪一位呢？

Quel（哪一位）是 votre acteur préféré（您最喜歡的男演員）的補語。acteur

（男演員）為陽性單數名詞，所以 Quel 為陽性單數形。

> **Quelles** sont ces femmes?
> 這些女性是誰呢？

Quelles（誰）是 ces femmes（這些女性）的補語。femmes 為陰性複數名詞，所以 Quelles 為陰性複數形。

2 作為修飾名詞的形容詞使用

> **Quelle** boisson désirez-vous?
> 您想要哪種飲料？

Quelle 在這裡當作形容詞使用，修飾 boisson（陰性單數名詞）。

> **Quelle** heure est-il?
> 幾點了？

Quelle 在這裡當作形容詞使用，修飾 heure（陰性單數名詞）。Quelle heure 表示「幾點鐘」的意思。

> À **quelle** heure vous levez-vous?
> 您幾點起床呢？

À quelle heure 是「在幾點鐘」的意思，此例句將介系詞放在句首。vous levez-vous 是 vous vous levez（您起床）的倒裝形態。

2.3 練習題

請將下列各題的法文單字重組成符合題意的句子，句首要以大寫表示。

1 您曾經待過哪個國家？

quel/ avez-vous/ Dans/ séjourné/ pays/ ?

➡ _____

2 您的想法是什麼？

idées/ sont/ vos/ Quelles/ ?

➡ _____

3 這位男人是誰？

cet/ Quel/ homme/ est/ ?

➡ _____

4 您會和哪些朋友去購物？

du/ quels/ ferez-vous/ Avec/ shopping/ amis/ ?

➡ _____

5 市區的方向是往哪邊？

direction/ du/ Quelle/ centre-ville/ est/ la/ ?

➡ _____

6 您那週當中哪一天有空？

la/ jour/ de/ semaine/ êtes-vous/ la/ Quel/ libre/ ?

➡ _____

7 您入住哪間飯店？

hôtel/ êtes-vous/ Dans/ descendu/ quel/ ?

➡ _____

8 她來自哪個國家？

De/ pays/ quel/ originaire/ est-elle/ ?

➡ _____

9 您喜愛哪支足球隊？

football/ de/ Quelle/ aimez-vous/ équipe/ ?

➡ _____

10 您在為哪一間銀行工作？

travaillez-vous/ Pour/ banque/ quelle/ ?

➡ _____

2.4　例句跟讀訓練

05_04

　　請搭配音檔進行練習。第一遍先聽，會聽到法中對照（一句法文、

一句中文）的句子；第二遍請跟著音檔複誦聽到的句子。

---

① Quelle est votre valise?
您的行李箱是哪一個？

② Quel est votre acteur préféré?
您最喜歡的男演員是哪一位呢？

③ Quel est votre nom?
您姓什麼？

④ Quel est cet arbre?
這棵是什麼樹？

⑤ Quel est le prix de cette cravate?
這條領帶多少錢？

⑥ Quelle boisson désirez-vous?
您想要哪種飲料？

⑦ Quel âge as-tu?
你幾歲了？

⑧ De quelle nationalité êtes-vous?
您的國籍是什麼呢？

2.5　進階用法

另外還有「Quelle que＋être 的虛擬式＋名詞」的用法，是「無論～」的意思。

Quelle que soit la décision, informez-nous.
無論決定為何，請通知我們。

Quelle que soit le moment, il n'est jamais chez lui.
無論什麼時候，他都沒待在家過。

03 疑問副詞

3.1 用法

05_05

1 combien「多少」：表示數量

Combien coûte ce meuble?
這件家具多少錢？

C'est **combien**?
這多少錢？

Combien vous dois-je?
我應該要付給您多少錢？

Combien êtes-vous dans votre famille?
您的家裡有幾個人？

Combien d'enfants a-t-il?
他有幾個小孩？

Combien a-t-il **d'**enfants?
他有幾個小孩？

Combien de personnes sont venues?
有幾個人來了？

Depuis combien de temps êtes-vous à Paris?
您從多久以前就在巴黎了？

Le combien sommes-nous?—Nous sommes le 14 juillet.
今天是幾號？—今天是七月十四號。

2 comment「如何」：表示方法、樣子或狀態

Comment allez-vous?
您過得如何？

Comment est sa maison?
他／她的家是什麼樣子的呢？

Comment est-il venu?
他是怎麼來的？

Comment trouves-tu cela?
你覺得這個怎麼樣？

3 quand「何時」：表示時間

Quand partez-vous?
您什麼時候出發呢？

Quand est-ce que vous partez?
您什麼時候出發呢？

Quand reviendra votre mère?
您的母親大概什麼時候會回來呢？

Quand Gérard a-t-il fait ce voyage?
Gérard 什麼時候去了這趟旅行？

Jusqu'à quand resterez-vous à Paris?
您會在巴黎待到大約什麼時候呢？

Depuis quand apprenez-vous le français?
您從什麼時候開始學法文的？

4 où「哪裡」：表示地點

Où vas-tu?
你要去哪裡？

Où est-ce que tu as mal?
你哪邊不舒服？

Il habite **où**?
他住在哪裡？

D'où viens-tu?
你從哪裡來的？

Par où recommence-t-on?
我們要從哪裡重新開始？

5 pourquoi「為何」：表示理由

Pourquoi est-il si triste?
他為什麼如此悲傷呢？

Pourquoi est-elle absente?
她為什麼缺席呢？

Pourquoi mets-tu ton manteau?
你為什麼要穿上大衣？

Pourquoi est-ce que tu dis ça?
你為什麼要這樣說？

Pourquoi une telle indifférence?
為什麼如此漠不關心呢？

Pourquoi pas?
為什麼不呢？

> **Combien de ~** 的意思是「多少個～」「幾個／位～」。此外，**Combien d'enfants a-t-il?** 也可改用 **Combien a-t-il d'enfants?** 表示。

3.2 文法解說

1 combien「多少」：表示數量

> **Combien** vous dois-je?
> 我應該要付給您多少錢？

vous（您）是間接受詞，dois 來自動詞原形 devoir「欠～；應付～」的意思。
這句的疑問詞是 **Combien**（多少）。

Combien de personnes sont venues?
有幾個人來了？

Combien de personnes（多少人）是本句的主詞。personnes（人們）為陰性複數名詞。venir（來）的過去分詞 venu 因主詞為陰性複數名詞，所以需加上 es 變成 venues。

Depuis combien de temps êtes-vous à Paris?
您從多久以前就在巴黎了？

Depuis combien de temps ~（從多久以前）是類似英文 Since when ~ 的用法。êtes-vous 為直陳式現在時，帶有英語現在完成式表示「狀態持續」的意味。

Le combien sommes-nous?—Nous sommes le 14 juillet.
今天是幾號？—今天是七月十四號。

Le combien sommes-nous? 是詢問日期的固定說法。回應時用「Nous sommes le ＋日期」來表示今天的日期。

2 comment「如何」：表示方法、樣子或狀態

Comment est-il venu?
他是怎麼來的？

這句的 Comment 是詢問方法：「如何～」「怎麼～」。

Comment trouves-tu cela?
你覺得這個怎麼樣？

這句的 Comment（如何）則是詢問樣子或狀態，而回應的句子可用「Je trouve cela＋補語（形容詞）」來表達。例如 Je trouve cela excellent.，其中 cela 為受詞，excellent 為其補語。這句話的意思是「我覺得很棒」。這裡的 trouve 不是「找到」的意思，而是「覺得～；認為～」的意思。因此，句中疑問詞 Comment 詢問的部分與補語有關。

3 quand「何時」：表示時間

Quand est-ce que vous partez?
您什麼時候出發呢？

Quand est-ce que 是 Quand 加上 est-ce que 形式的疑問句，之後接續的內容語順同直述句的語順，而不會使用倒裝的形態表示。

Quand Gérard a-t-il fait ce voyage?

Gérard 什麼時候去了這趟旅行？

Gérard（人名）是主詞。在造疑問句時，若主詞是專有名詞，會以「疑問詞＋專有名詞＋動詞-代名詞」表示，如本句專有名詞 Gérard 將疑問詞 Quand 與 a-t-il 隔開。a-t-il fait（他做了～嗎？）為複合過去時，a 為 avoir 的第三人稱變化。而為了讓 a 和 il 的連音更順暢，所以加上了 t。

Jusqu'à quand resterez-vous à Paris?

您會在巴黎待到大約什麼時候呢？

Jusqu'à quand ～ 相當於英文 Till when ～ 的意思。resterez（停留）是 rester 的簡單未來時。

4 où「哪裡」：表示地點

D'où viens-tu?

你從哪裡來的？

D'où 是「de（從；來自）＋où（哪裡）」的縮寫。

Par où recommence-t-on?

我們要從哪裡重新開始？

Par où 是「從哪裡」的意思。**par** 有「以～開始或結束」的意思，兩字搭配起來可用於表示「從哪裡開始～」或「從哪裡結束～」的意思。其用法也可以像這句這樣：Commencez **par** bien lire le texte.（首先從仔細閱讀教材開始。）

5 pourquoi「為何」：表示理由

Pourquoi une telle indifférence?

為什麼如此漠不關心呢？

「**Pourquoi**＋名詞」帶有語氣強烈的感覺。

Pourquoi pas?

為什麼不呢？

這是法語常用的口頭禪，常用在當對方提出建議時，用來回答「為什麼不呢？當然好呀！」的語意。

請由下方的詞彙中選出正確的答案填入空格中，並將對話內容翻譯成中文。詞彙不可重覆使用。

| Comment | Où est-ce que | Où | Pourquoi |
| Combien de | Pourquoi est-ce que | Quand est-ce que | |

1 (　　　　　　) trouvez-vous cette fille?

Je pense qu'elle est charmante.

中譯 _____

2 (　　　　　　) vous allez divorcer?

Ben, ça dépend de ma femme.

中譯 _____

3 (　　　　　　) n'aimes-tu pas Gérard?

Parce qu'il est méchant.

中譯 _____

4 (　　　　　　) vous êtes née?

Je suis Franc-comtoise, et têtue.

中譯 _____

（Franc-comtoise 是「法蘭琪-康堤人」；têtue 是「固執的」之意。）

5 (　　　　　　) fois est-il venu ici?

Maintes fois.

中譯 _____

6 (　　　　　　) as-tu mal?

Mais partout!

中譯 _____

7 (   ) Gérard était en retard?

Il faisait la grasse matinée.

中譯 _____

3.4 例句跟讀訓練

05_06

請搭配音檔進行練習。第一遍先聽，會聽到法中對照（一句法文、一句中文）的句子；第二遍請跟著音檔複誦聽到的句子。

---

① Combien vous dois-je?
我應該要付給您多少錢？

② Combien êtes-vous dans votre famille?
您的家裡有幾個人？

③ Combien de personnes sont venues?
有幾個人來了？

④ Le combien sommes-nous?—Nous sommes le 14 juillet.
今天是幾號？—今天是七月十四號。

⑤ Comment est-il venu?
他是怎麼來的？

⑥ Comment trouves-tu cela?
你覺得這個怎麼樣？

⑦ Quand est-ce que vous partez?
您什麼時候出發呢？

⑧ Jusqu'à quand resterez-vous à Paris?
您會在巴黎待到大約什麼時候呢？

⑨ Depuis quand apprenez-vous le français?
您從什麼時候開始學法文的？

⑩ Où est-ce que tu as mal?
你哪邊不舒服？

⑪ Par où recommence-t-on?
我們要從哪裡重新開始？

⑫ Pourquoi est-elle absente?
她為什麼缺席呢？

⑬ Pourquoi est-ce que tu dis ça?
你為什麼要這樣說？

⑭ Pourquoi pas?
為什麼不呢？

3.5　進階用法

用於「感嘆語氣」的 combien 及 que 等副詞

以下是使用 combien 來表達「感嘆語氣」的例句。

Combien je suis heureux d'être ici!
我是多麼地開心來到這裡！

Combien de fois lui ai-je répété de ne pas le faire!
我已經告訴他／她多少次別這麼做了！

Combien de personnes ont connu ce plaisir secret!
知道這祕密的樂趣的能有幾個人！（幾乎沒有）

　還可以有如下的表達方式。

Que tu est sot!
你是有多蠢！

Ce qu'on a ri, cette soirée-là!
那場派對上我們笑得多開心啊！

Quelle jolie voiture!
真是部漂亮的車！

間接引述

04

4.1　用法

05_07

1 不搭配疑問詞的情況：用 si（是否～）表達

Je me demande: "Viendra-t-il ?"

→ Je me demande **s'il** viendra.

我在想：「他會來嗎？」→我在想他是否會來。

Elle me demande: "Êtes-vous heureux ?"

→ Elle me demande **si** je suis heureux.

她問我：「您幸福嗎？」→她問我是否幸福。

Tu m'as demandé: "Avez-vous vu mon père ?"

→ Tu m'as demandé **si** j'avais vu ton père.

你問了我：「您有看到我爸爸嗎？」→你問了我是否有看到你的爸爸。

Je lui ai demandé: "Pouvez-vous m'aider ?"

→ Je lui ai demandé **s'il**(**si** elle) pouvait m'aider.

我問了他（她）：「您可以幫我嗎？」→我問了他（她）是否可以幫我。

2 搭配 ce qui 或 ce que 的情況：

	變為	
qu'est-ce qui	➡	ce qui
qu'est-ce que	➡	ce que
que	➡	ce que

Je me demande: "**Qu'est-ce qui** fait ce bruit?"

→ Je me demande **ce qui** fait ce bruit.

我在想：「是什麼東西在發出這個聲音？」

→我在想是什麼在發出這個聲音。

Je lui demande: "**Qu'est-ce que** c'est ?"

→ Je lui demande **ce que** c'est.

我問他（她）：「這是什麼？」→我問他（她）這是什麼。

Je lui demande: "**Qu'est-ce qui** se passera ?"

→ je lui demande **ce qui** se passera.

我問他（她）：「將會發生什麼事？」→我問他（她）將會發生什麼事。

③ 搭配疑問詞的情況：直接使用句中原有的疑問詞

Je lui demande: "**Quand** arriverez-vous ?"

→ Je lui demande **quand** il(elle) arrivera.

我問他（她）：「您什麼時候會到？」→我問他（她）什麼時候會到。

Il me demande: "**Pourquoi** êtes-vous en retard?"

→ Il me demande **pourquoi** je suis en retard.

他問我：「為什麼您遲到了？」→他問我為何遲到。

Elle me demande: "**Comment** avez-vous fait ce travail?"

→ Elle me demende **comment** j'ai fait ce travail.

她問我：「您是如何做這項工作的？」→她問我是如何做這項工作的。

4.2　文法解說

　　間接引述指的就是「間接問句」，也就是將「直接引述」中引述的內容改用說話者的方式轉述。請直接看以下例句：

Il m'a demandé: "Avez-vous des frères ?"

（他問我「您有兄弟嗎？」）

此為直接引述。

→ Il m'a demandé si j'avais des frères.（他問我是否有兄弟。）

此為間接引述。

　　此時，從直接引述轉變成間接引述，須注意到**時態的對應**。第一句中的主要子句（Il m'a demandé）為複合過去時，引述句（"Avez-vous des frères ?"）為現在時。當要改成間接引述時，引述句要配合主要子句改成對應的過去時態。這稱為**時態的對應**。

1 不搭配疑問詞的情況：用 si（是否～）表達

> Je me demande: "Viendra-t-il ?"
> → Je me demande **s'il** viendra.
> 我在想：「他會來嗎？」→我在想他是否會來。

第一句是**直接引述**，箭頭後面的第二句為**間接引述**。s'il viendra（他是否會來）為間接疑問句。在間接引述中，沒有使用到疑問詞的情況，就要用 si 來連接，si 之後以直述句的語順來表達。就時態來説，此句引述內容前面的主要子句（Je me demande:）為現在時，引述內容（Viendra-t-il?）為未來時，轉變成**間接引述**時，si 後面的時態直接使用簡單未來時即可。

> Elle me demande: "Êtes-vous heureux ?"
> → Elle me demande **si** je suis heureux.
> 她問我：「您幸福嗎？」→她問我是否幸福。

和上一組例句相同，直接引述內容的 vous（您）是指引述者本人，所以在間接引述的句子中要改成 je（我）。

> Tu m'as demandé: "Avez-vous vu mon père ?"
> → Tu m'as demandé **si** j'avais vu ton père.
> 你問了我：「您有看到我爸爸嗎？」→你問了我是否有看到你的爸爸。

在此直接引述句中，主要子句為複合過去時，引述內容也是複合過去時。所以在改成**間接引述**時，因為要有「時態對應」原則，原本引述內容的**複合過去時**要改成時間更早的**愈過去時**：j'**avais** vu ton père，vous 也改為引述者本人 j'。在直接引述句中可以看出是「你」「我」的關係，換成間接引述時，引述中的 mon（我的）就要想成是指主要子句的主詞，也就是 Tu（你），所以在改成間接引述句時也必須改成 ton（你的）。

> Je lui ai demandé: "Pouvez-vous m'aider ?"
> → Je lui ai demandé **s'il(si** elle) pouvait m'aider.
> 我問了他（她）：「您可以幫我嗎？」→我問了他（她）是否可以幫我。

在此直接引述句中，主要子句為複合過去時，引述內容為現在時。在改成間接引述時，因為要有「時態對應」原則，原本的**現在時**要改成未完成過去時：il(elle) **pouvait** m'aider。在直接引述句中可以看出是「我」和「他（她）」的關係，且「我」是 當時的問話者，「他（她）」是被問話的對方，所以直接引

述句中的 vous（您），實際上是指 lui（他／她）。改成間接引述句時，子句中的主詞也必須改成 il（他）或 elle（她）。

2 搭配 ce qui 或 ce que 的情況：

	變為	
qu'est-ce qui	➡	ce qui
qu'est-ce que	➡	ce que
que	➡	ce que

Je me demande: "**Qu'est-ce qui** fait ce bruit ?"
→ Je me demande **ce qui** fait ce bruit.
我在想：「是什麼東西在發出這個聲音？」→我在想是什麼在發出這個聲音。

此句是要從 **Qu'est-ce *qui*** 改成 **ce *qui***，所以間接引述改為 **ce qui** fait ce bruit（發出這個聲音的東西）。

Je lui demande: "**Qu'est-ce que** c'est ?"
→ Je lui demande **ce que** c'est.
我問他（她）：「這是什麼？」→我問他（她）這是什麼。

此句是要從 **Qu'est-ce *que*** 改成 **ce *que***，所以是 **ce que** c'est。

3 搭配疑問詞的情況：直接使用句中原有的疑問詞

Il me demande: "**Pourquoi** êtes-vous en retard ?"
→ Il me demande **pourquoi** je suis en retard.
他問我：「為什麼您遲到了？」→他問我為何遲到。

要改為間接引述句時，會直接使用原有的疑問詞 pourquoi。在直接引述句中可以看出「他」和「我」的關係，且「他」是 當時的問話者，「我」是被問話的人，所以直接引述句中的 vous（您），實際上是指被問話的 me（我）。改成間接引述句時，子句的主詞也要改成 je，之後是以直述句的語順表示。

Elle me demande: "**Comment** avez-vous fait ce travail ?"
→ Elle me demende **comment** j'ai fait ce travail.
她問我：「您是如何做這項工作的？」→她問我是如何做這項工作的。

要改為間接引述句時，會直接使用原有的疑問詞 comment。在直接引述句中可以看出是「她」和「我」的關係，且「她」是 當時的問話者，「我」是被問話的人，所以引述句中的 vous（您），實際上是指被問話的 me（我）。改成間接引述句時，引述句中的主詞也要改成 je，之後是以直述句的語順表示。

4.3 練習題

請依 範例 ，將句子改寫為間接引述，並填入空格中，此外請將句子翻譯成中文。

範例 Quel temps fait-il?

➡ Je voudrais savoir _____ .

（Je voudrais~指「我想～」）

（答案）Je voudrais savoir *quel temps il fait*.

➡中譯：我想知道天氣會如何。

---

1 Quelle heure est-il?

➡ Je me demande _____ .

中譯 _____

2 Avez-vous des sœurs, Marie?

➡ J'ai demandé à Marie _____ .

中譯 _____

3 Combien d'habitants y a-t-il en France?

➡ Je me demande _____ .

中譯 _____

4 Jacques, pourquoi êtes-vous si triste?

➡ J'ai demandé à Jacques _____.

中譯 _____

5 Comment trouvez-vous mon projet?

➡ Je demande à mes amis _____.

中譯 _____

6 Qu'est-ce que les enfants lisent?

➡ Je voudrais savoir _____.

中譯 _____

7 Qui regardez-vous?

➡ Dites-moi _____.

中譯 _____

8 Que regardes-tu?

➡ Dis-moi _____.

中譯 _____

4.4　例句跟讀訓練

05_08

　　請搭配音檔進行練習。第一遍先聽，會聽到法中對照（一句法文、一句中文）的句子；第二遍請跟著音檔複誦聽到的句子。

① Je me demande: "Viendra-t-il ?"
→ Je me demande s'il viendra.
我在想：「他會來嗎？」→我在想他是否會來。

② Tu m'as demandé: "Avez-vous vu mon père ?"
→ Tu m'as demandé si j'avais vu ton père.
你問了我：「您有看到我爸爸嗎？」→你問了我是否有看到你的爸爸。

③ Je lui demande: "Qu'est-ce que c'est ?"

  → Je lui demande ce que c'est.

  我問他（她）：「這是什麼？」→我問他（她）這是什麼。

④ Il me demande: "Pourquoi êtes-vous en retard ?"

  → Il me demande pourquoi je suis en retard.

  他問我：「為什麼您遲到了？」→他問我為何遲到。

⑤ Elle me demande: "Comment avez-vous fait ce travail ?"

  → Elle me demende comment j'ai fait ce travail.

  她問我：「您是如何做這項工作的？」→她問我是如何做這項工作的。

4.5　進階用法

關於自由間接引述

　　自由間接引述和間接引述句一樣，要依情況改變主詞及時態，但不會加上如轉述的動詞 se demander 或 si（是否），而是直接引述對象的想法，這樣的引述方式，就稱為自由間接引述。

★自由間接引述

➤ Il ne pouvait cependant se défendre d'une pensée qui l'obsédait(...) *Que faisait-elle? Devait-il tenter de la revoir encore une fois?*　　　　　　　　　　　　—Musset

　　然而，他無法擺脫一個困擾他的想法（⋯）她在做什麼？他應該嘗試再跟她見面嗎？

　　以上例句中斜體字的部分（此為自由間接引述），其實是將以下例句中畫線的句子改變時態、但保留原本疑問句語順而成的。

★直接引述

➤ Il se demandait: "Que fait-elle? Dois-je tenter de la revoir encore une fois ?"

　若將上面這句改成「間接引述」會變成：

➤ Il se demandait *ce qu'elle faisait* et *s'il devait tenter de la revoir encore une fois*.

　若將以上畫線斜體字的部分獨立出來，以疑問句的語順來表示的話，即為：

➤ *Que faisait-elle? Devait-il tenter de la revoir encore une fois?*

　也就是上面「自由間接引述」的部分。

第6篇

比較的表達

L'expression de la comparaison

Leçon 01 同程度比較級

1.1 用法

06_01

1 aussi ＋形容詞＋ que ～：表示「和～同樣～（形容詞）」

Il est **aussi** grand **que** moi.
他跟我一樣高。

Elle est **aussi** âgée **que** lui.
她年紀跟他一樣大。

Ces deux films sont **aussi** intéressants l'un **que** l'autre.
這兩部電影都一樣有趣。

Est-elle **aussi** belle **que** tu le dis?
她有像你所說的一樣漂亮嗎？

Ils sont **aussi** généreux **qu'**honnêtes.
他們既慷慨又誠實。

Je ne suis pas **aussi** sportif **que** toi.
我不像你一樣那麼喜歡運動。

Il n'est pas **si (aussi)** grand **que** son frère.
他沒有他哥（弟）高。

2 aussi ＋副詞＋ que ～：表示「做～和～同樣地～（副詞）」

Cours **aussi** vite **que** tu pourras.
盡你所能地快跑。

Cours **aussi** vite **que** possible.
盡可能地快跑。

Tu danses **aussi** bien **qu'**elle.
你跳舞跳得跟她一樣好。

3 aussi：修飾動詞

J'ai **aussi** faim **que** vous.
我跟您一樣餓。

J'ai **aussi** sommeil **que** vous.
我跟您一樣想睡覺。

4 autant de ＋名詞＋ que~：表示「和～同樣多的～（名詞）」

J'ai **autant de** livres **que** toi.
我有跟你一樣多的書。

Il y a **autant de** moutons **que d'**hommes dans ce village.
這座村莊裡有著跟人一樣多的綿羊。

Il invite toujours **autant de** gens chez lui?
他總是邀請這麼多人來他家嗎？

On ne savait pas qu'il travaillait **autant**.
大家不知道他是這麼努力在工作。

此外，aussi...que 還可用於表示程度相當但目標相反的比較。像是「A 很開朗，但 B 卻很憂鬱」。
Il est **aussi** gai **que** son frère paraît mélancolique.
（他很開朗，但他弟弟看起來卻很憂鬱。）

1.2　文法解說

1 aussi ＋形容詞＋ que ~：表示「和～同樣～（形容詞）」

Elle est **aussi** âgée **que** lui.
她年紀跟他一樣大。

âgée（有年紀的）是形容詞，放在 aussi 和 que 之間表示「年紀和～一樣大」。加上的字尾 e 代表陰性。

Ces deux films sont **aussi** intéressants l'un **que** l'autre.
這兩部電影都一樣有趣。

aussi ~ l'un **que** l'autre 是表示「兩者都一樣~」的慣用句型。

Est-elle **aussi** belle **que** tu le dis?
她有像你所說的一樣漂亮嗎？

接近句尾的 le 為中性代名詞，用來代替前面的子句，即前面的 elle est belle。
此例句直譯是「她是否一樣漂亮呢，如你所說的（她很漂亮）」。

Ils sont **aussi** généreux **qu'**honnêtes.
他們既慷慨又誠實。

這句是就 généreux（大方的，慷慨的）和 honnêtes（誠實）這兩形容詞所做
的「個性的比較」，因此此句指這兩種個性的程度差不多。

Il n'est pas si **(aussi)** grand **que** son frère.
他沒有他哥（弟）高。

si 和 aussi 兩者都可用於表示否定。

2 aussi＋副詞＋que ~：表示「做~和~同樣地~（副詞）」

Cours **aussi** vite **que** tu pourras.
盡你所能地快跑。

aussi 修飾副詞 vite，在這裡是表示「如 tu pourras（你能做到的）的程度」。
tu pourras 也可以改用 possible 表示。要表達「盡~所能」的意思，通常是用
aussi... que＋人＋pouvoir（能）或是 aussi... que possible。

3 aussi：修飾動詞

J'ai **aussi** faim **que** vous.
我跟您一樣餓。

aussi 修飾這句 J'ai faim（我餓了）。ai faim 是 avoir 動詞變化＋faim。

4 autant de＋名詞＋que~：表示「和~同樣多的~（名詞）」

J'ai **autant de** livres **que** toi.
我有跟你一樣多的書。

「autant de＋名詞」表示「一樣多的～」。que 後面接比較的對象。

> Il y a **autant de** moutons **que d**'hommes dans ce village.
> 這座村莊裡有著跟人一樣多的綿羊。

此例句中的兩個名詞（hommes 人、moutons 羊）雖屬不同的種類，不過這裡比較的是兩者的數量。

> Il invite toujours **autant de** gens chez lui?
> 他總是邀請這麼多人來他家嗎？

此例句其實是將句尾的 que ça 省略了。autant de gens que ça 直譯的話是「同樣多的人，如（眼前）此情況」→「那麼多的人」。

1.3　練習題

請將括弧內的法文單字重組成符合中文語意的句子。

1　他們跑得像獵豹一樣快。

Ils _____.

(guépards/ aussi/ que/ courent/ les/ vite).

2　他沒有他媽媽那麼高。

Il _____.

(que/ grand/ pas/ si/ sa/ n'est/ mère).

3　這麼久不見，不太可能認出他來。

Après _____, il _____.

(absence/ longue/ une aussi)　(le/ reconnaître/ est/ de/ impossible)

4　你儘管來看我吧（想來看我，儘管來沒關係）。

Viens _____.

(voudras/ me/ de/ fois/ que/ tu/ revoir/ autant).

5　事情並不像他們說的那麼簡單。

_____.

(n'est/ aussi/ le dit/ simple/ Ce/ pas/ qu'on).

請搭配音檔進行練習。第一遍先聽，會聽到法中對照（一句法文、一句中文）的句子；第二遍請跟著音檔複誦聽到的句子。

---

① Il est aussi grand que moi.
他跟我一樣高。

② Est-elle aussi belle que tu le dis?
她有像你所說的一樣漂亮嗎？

③ Ils sont aussi généreux qu'honnêtes.
他們既慷慨又誠實。

④ Il n'est pas aussi grand que son frère.
他沒有他哥（弟）高。

⑤ Cours aussi vite que tu pourras.
盡你所能地快跑。

⑥ Tu danses aussi bien qu'elle.
你跳舞跳得跟她一樣好。

⑦ J'ai aussi faim que vous.
我跟您一樣餓。

⑧ J'ai autant de livres que toi.
我有跟你一樣多的書。

⑨ Il invite toujours autant de gens chez lui?
他總是邀請這麼多人來他家嗎？

1.5　進階用法

關於 aussi 的補充說明

1 **A aussi bien que B**：表示「A 和 B 相同」

➤ La jeune fille, **aussi bien que** le jeune homme, doit s'adonner aux sports.
（年輕女性也應該要和年輕男性一樣熱愛運動。）

2 句首的 **Aussi** 表示「因此」

此時 aussi 當連接詞用，之後接續的內容要用倒裝形態。

➤ La vie est chère. **Aussi** devons-nous économiser.
（生活費很昂貴，因此我們要節儉。）

3 **aussi ~ que**＋虛擬式：表示「無論怎樣～都～」

➤ **Aussi** loin **que** tu sois, tu es à moi.
（無論你離我多遠，你都是屬於我的。）

02 優等（劣等）比較級

2.1 用法

06_03

· 優等比較級：表示「比～多」

  句型 1：plus... que ~

  句型 2：plus de... que ~

· 劣等比較級：表示「比～少」

  句型 1：moins... que ~

  句型 2：moins de... que ~

1 修飾形容詞

Il est **plus** âgé **que** moi.
他比我還年長。

Ce livre est **plus** intéressant **que** celui-là.
這本書比那本書還好看。

Il est **plus** en colère **que** je pensais.
他比我想像的還要生氣。

Elle est **meilleure que** moi en anglais.
她的英文比我好。

Il est **moins** grand **que** vous.
他比您還要矮。

Il est **moins** sévère **que** méchant.
他不是那麼嚴厲，只是有點刻薄而已。

Rien n'est **moins** sûr **que** ce jugement.
沒有比這個判斷更不可靠的判斷了。

2 修飾副詞

Il est arrivé à la gare **plus** tôt **que** moi.
他比我還早到火車站。

J'ai couru **plus** vite **que** lui.
我跑得比他還快。

Parlez **plus** fort.
請再說大聲一點。

Venez un peu **plus** tard.
請您稍微晚一點來。

Tâchez d'arriver **moins** tard.
請您盡量別晚到。（盡量早一點到）

Il fait **moins** froid **qu'**hier.
今天比昨天還不冷。（跟昨天相比，今天比較不冷；昨天比較冷）

3 修飾動詞

Cette année je travaille **plus** mais je gagne **moins**.
今年我工作得比較多，但賺得卻比較少。

Il pleut **moins** dans le Midi **qu'**à Paris.
跟巴黎相比，法國南部比較少下雨。

Elle a **moins** parlé cette fois.
她這次比較少說話。

4 修飾名詞

Je voudrais un peu **plus de** vin.
我還想要再多一點酒。

Mange **moins de** bonbons!
少吃點糖果！

Il y a **moins de** décès cette année **que** de naissances.
今年的死亡人數比出生人數還少。

Elle avait **plus de** beauté **que de** charme.
與其說她有魅力，不如說她人美。（她的美多於魅力）

> 可使用 beaucoup「～得多」放在 plus, moins, mieux, trop 之前表示強
> 調。
> C'est **beaucoup plus** cher.（這要貴得多。）
> Je souffre **beaucoup moins**.（我受的苦少多了。）

2.2　文法解說

1 修飾形容詞

Il est **plus** âgé **que** moi.
他比我還年長。

âgé 為形容詞。因為是人之間的比較，比較主題是年齡，所以 que 之後要接續
人物名詞，如同句中的 que moi（比起我）。

Ce livre est **plus** intéressant **que** celui-là.
這本書比那本書還好看。

celui 是代替前面 livre 的指示代名詞，使用指示代名詞以避免重覆使用同一個
名詞。celui-là 在這句的意思是「那本書」。（請參考第 7 篇 Leçon 8 的指示
代名詞）

Il est **plus** en colère **que** je pensais.
他比我想像的還要生氣。

être en colère（生氣）為形容詞片語。這句的意思是「比 je pensais（我想
的）更生氣」。

Elle est **meilleure que** moi en anglais.
她的英文比我好。

meilleure（最好的）是 bon（好的）的優等比較級（請參考 2.5 進階用法 ）。
en anglais 是「在英語這方面」的意思。

Il est **moins** grand **que** vous.
他比您還要矮。（他沒有您高）

這句可以改寫成 Il n'est pas aussi (或 si) grand que vous.（他沒有跟您一樣高）。

Il est **moins** sévère **que** méchant.
他不是那麼嚴厲，只是有點刻薄而已。

這句是在針對形容詞 sévère 與 méchant 這兩種個性的比較。moins sévère 表示「比較少的 sévère（嚴厲）」「比較沒那麼嚴厲」，**que** méchant 在此表示「相較於 méchant（刻薄）」的意思，言下之意就是在個性上偏向於「刻薄」。

Rien n'est **moins** sûr **que** ce jugement.
沒有比這個判斷更不可靠的判斷了。

moins sûr 表示「比較不確定；比較不可靠」，que ce jugement 表示「比這個判斷；相較於這個判斷」，言下之意就是 ce jugement（這判斷）是最不可靠的。

2 修飾副詞

J'ai couru **plus** vite **que** lui.
我跑得比他還快。

plus 修飾副詞 vite（快速地），表示「更快」，que 後面接比較的對象。

Parlez **plus** fort.
請再說大聲一點。

plus 修飾副詞 fort（大聲地）。雖然句中只有 plus，但可以想成是後面省略了 que ça，表示「比目前的狀態更～」。

3 修飾動詞

Cette année je travaille **plus** mais je gagne **moins**.
今年我工作得比較多，但賺得卻比較少。

plus（更多地）修飾動詞 travaille，moins（更少地）修飾動詞 gagne（賺）。

Il pleut **moins** dans le Midi **qu'**à Paris.
跟巴黎相比，法國南部比較少下雨。

moins 修飾 pleut（下雨）。這句是針對動詞 pleut（下雨）這現象，並就 dans le Midi（在南法）與 à Paris 兩地區做比較，可以知道這句是以巴黎做為比較標準，法國南部的雨下得比較少。

4 修飾名詞

> Il y a **moins de** décès cette année **que de** naissances.
> 今年的死亡人數比出生人數還少。

moins de décès 的意思是「更少的死亡（人數）」，所以是表示「死亡人數減少」。這句是以 décès（死亡人數）與 naissances（出生人數）做比較，從 que de 可知是以出生人數做為比較標準，從 moins de décès 可知死亡人數比較少。句中插入了副詞子句 cette année（今年）。

> Elle avait **plus de** beauté **que de** charme.
> 與其說她有魅力，不如說她人美。（她的美多於魅力）

此句主要是比較 de beauté（美）與 de charme（魅力）這兩種特質的成分何者比較多。

2.3 練習題

請將括弧內的法文單字重組成符合中文語意的句子。

1 他的法語比我好。

(français/ que/ Il/ en/ est / meilleur/ moi).

➡ _____

2 天氣比我想的還熱。

(plus/ que/ je/ fait/ pensais/ chaud/ Il).

➡ _____

3 她的鋼琴彈得比我好得多。

(a/ du/ beaucoup / joué/ piano/ Elle/ mieux que/ moi).

➡ _____

4 我的工作進展得比他／她的更順利。

Mon (avancé/ travail/ que/ sien/ plus/ est/ le).

➡ _____

5 沒有比這（場會議）更令人不愉快的會議。

Rien n'est (cette/ moins/ réunion/ que/ agréable).

➡ _____

2.4 例句跟讀訓練

06_04

請搭配音檔進行練習。第一遍先聽，會聽到法中對照（一句法文、
一句中文）的句子；第二遍請跟著音檔複誦聽到的句子。

① Ce livre est plus intéressant que celui-là.
這本書比那本書還好看。

② Il est plus en colère que je pensais.
他比我想像的還要生氣。

③ Il est moins grand que vous.
他比您還要矮。

④ Il est moins sévère que méchant.
他不是那麼嚴厲，只是有點刻薄而已。

⑤ Il est arrivé à la gare plus tôt que moi.
他比我還早到火車站。

⑥ Venez un peu plus tard.
請您稍微晚一點來。

⑦ Il fait moins froid qu'hier.
今天比昨天還不冷。（跟昨天相比，今天比較不冷；昨天比較冷）

⑧ Il pleut moins dans le Midi qu'à Paris.
跟巴黎相比，法國南部比較少下雨。

⑨ Je voudrais un peu plus de vin.
我還想要再多一點酒。

⑩ Mange moins de bonbons!
少吃點糖果！

請見以下關於 **plus** 和 **moins** 的慣用語。

1 de plus en plus「越來越～」

Il pleut **de plus en plus** fort.
雨越下越大。

de moins en moins「越來越不～」

Je le respecte **de moins en moins**.
我越來越不尊敬他了。

2 meilleur：bon「好的」的優等比較級

J'ai trouvé une **meilleure** place **que** la tienne.
我找到一個比你更好的座位。

mieux：bien「好地」的優等比較級

Gérard joue au tennis **mieux que** Marie-Thérèse.
Gérard 網球打得比 Marie-Thérèse 好。

pire：mauvais「不好的」的優等比較級

Elle est **pire qu'**un diable.
她比魔鬼還糟糕。

pis：mal「不好地」的優等比較級

只用於表示 Tant **pis**（真糟糕）。

3 A + n'est pas plus ~ que + B：「就像 B 不是～一樣，A 也不是～。」

La baleine **n'**est **pas plus** un poisson **que** le cheval.
就如同馬不是魚一樣，鯨魚也不是魚。

➡ 此為雙重否定的構句。藉由提出「馬不是魚」這種顯而易見的事實來做比較，試著向小孩解釋「鯨魚不是魚」。le cheval 之後省略了 est un poisson。

A + n'est pas moins ~ que + B：「就像 B 是～一樣，A 也是～。」

Sa maison **n'est pas moins** grande **que** la mienne.
他／她的房子和我的一樣大。

➡ 這是和上一句相反，表示雙重肯定的構句。la mienne 之後省略了 est grande。

4 Plus..., plus ~ .「越～，就越～」
Plus..., moins ~ .「越～，就越不～」

Plus il gagne, **moins** il est content.
他賺得越多，就越不快樂。

最高級

3.1 用法

06_05

句型 ① ：le/la/les ＋ plus/moins ＋形容詞＋名詞
句型 ② ：名詞＋le/la/les ＋ plus/moins ＋形容詞
句型 ③ ：le ＋ plus/moins ＋副詞

1 句型【 le/la/les ＋ plus/moins ＋形容詞＋名詞 】

表示「最～的～（名詞）」或「最不～的～（名詞）」。

Paris est **la plus belle** ville du monde.
巴黎是全世界最美的城市。

Le mont Fuji est **la plus haute** montagne du Japon.
富士山是日本最高的山。

Voici **le plus beau** poème qu'il ait jamais écrit.
這是他曾經寫過最美的詩。

Les plus grands philosophes des temps modernes sont tous exigeants.
現代最偉大的哲學家們全都很苛求。

C'est **la plus belle** chanson qu'il ait jamais écrite.
這是他曾經寫過最美的歌曲。

Elle est **la moins grande** personne de notre équipe.
她是我們的團隊裡最嬌小的人。

2 句型【 名詞＋ le/la/les ＋ plus/moins ＋形容詞 】

表示「最～的～（名詞）」或「最不～的～（名詞）」。

Les hommes **les plus remarquables** étaient là.
最傑出的人士都在場。

Il n'aime que les livres **les plus intéressants**.
他只喜歡最好看的書。

Gérard est l'homme **le plus heureux** que je connaisse.
Gérard 是我所認識最幸福的男人。

C'était la tribu **la moins sauvage** de cette époque.
這是在那個時代中最不野蠻的部落。

3 句型【le + plus/moins + 副詞】

表示「最～地」或「最不～地」。

Gérard court **le plus vite** de nous trois.
Gérard 是我們三人之中跑得最快的。

Il parlait le français **le plus couramment**.
他說的法文是最流利的。

Il vaut mieux parler **le moins souvent** possible.
最好是盡可能地少說點話。

Tu as **le plus joliment** raison de refuser.
你十分有理可以拒絕。

C'est la course où on doit finir un travail **le moins rapidement**.
這是一場必須以最慢速度來完成工作的比賽。

> 【le/la/les + pire】表示「最不好的～」
> pire 是 mauvais（不好的）的比較級,「le/la/les + pire」是「最不好的」的意思。
> C'est **la pire** chose qui puisse arriver.
> 這是可能發生的最糟糕狀況。

1 句型【le/la/les + plus/moins +形容詞＋名詞】

表示「最～的～（名詞）」或「最不～的～（名詞）」。

Paris est **la plus belle** ville du monde.
巴黎是全世界最美的城市。

belle 為形容詞（此為陰性變化，陽性為 beau），修飾後面的名詞（ville du monde），像是 belle 這樣的形容詞要擺放在名詞前面，因此與最高級搭配時，其用法也如句中的 la plus＋belle＋ville 這樣，形容詞放在名詞前。名詞 ville 是陰性，所以定冠詞用 la＋plus。du monde 的 du 是「在～之中」的意思。

Voici **le plus beau** poème qu'il ait jamais écrit.
這是他曾經寫過最美的詩。

jamais 是「曾經」的意思。接續在最高級之後的 que 子句（即例句中的 qu'）要用虛擬式，所以此句使用虛擬式過去時 ait jamais écrit（曾經寫過的～）表示。因為是 que 子句，所以後面的過去分詞 écrit 會配合先行詞 poème（陽性單數）。因為名詞是陽性，所以定冠詞用 le＋plus。

C'est **la plus belle** chanson qu'il ait jamais écrite.
這是他曾經寫過最美的歌曲。

和上一句結構幾乎相同，que 子句的 il ait jamais écrite 也要配合先行詞做變化，只是此句先行詞 chanson 為陰性名詞，所以過去分詞也要配合改為陰性的écrite。

Elle est **la moins grande** personne de notre équipe.
她是我們的團隊裡最嬌小的人。

la moins grande 的意思是「最嬌小的」（直譯是「最不高的」）。de notre équipe 則是「在我們團隊之中的」的意思，de 是「在～之中」的意思。

2 句型【名詞＋le/la/les + plus/moins +形容詞】

表示「最～的～（名詞）」或「最不～的～（名詞）」。

Il n'aime que les livres **les plus intéressants**.
他只喜歡最有趣的書。

法語中許多形容詞的位置不在名詞之前，而是放在名詞之後，於是與最高級搭配時就會以此結構表示（名詞放在 le/la/les＋plus/moins 之前）。les livres 為陽性複數形，所以形容詞 intéressants 也是陽性複數形。

> Gérard est l'homme **le plus heureux** que je connaisse.
> Gérard 是我所認識最幸福的男人。

接續在最高級 le plus heureux（最幸福的）之後的 que 子句，就如前面曾提過的，會以虛擬式表示，如例句的虛擬式現在時 que je connaisse（我所認識的～）表示。

3 句型【le＋plus/moins＋副詞】

表示「最～地」或「最不～地」。

> Il vaut mieux parler **le moins souvent** possible.
> 最好是盡可能地少說點話。

le moins souvent possible 是「盡可能地少～；盡可能地不常～」的意思。「Il vaut mieux＋原形動詞」為「最好做～」之意。

> Tu as **le plus joliment** raison de refuser.
> 你十分有理可以拒絕。

le plus joliment 是「最～；十分～」的意思。**avoir raison** 的意思是「有理，正確」，因此 as le plus joliment raison 就是「十分正確」「絕對有理」的意思。

3.3　練習題

請將括弧內的法文單字重組成符合中文語意的句子。

1　這是就我所知最糟糕的情況。

C'est (que/ pire/ je/ connaisse/ situation/ la).

➡ _____

2　這是最有意義的一首歌。

C'est (chanson/ la/ la/ significative/ plus).

➡ _____

3　這是她寫過最美的詩。

C'est (qu'elle/ écrit/ plus/ poème/ ait/ le/ jamais/ beau).

➡ _____

4　哪一位男孩說得最流利？

Quel est (qui/ couramment/ garçon/ parlait/ le / le/ plus)?

➡ _____

5　她是我們之中在法國待最久的。

Elle (le/ en/ restée/ longtemps/ France/ plus/ de/ est) nous.

➡ _____

3.4　例句跟讀訓練

06_06

　　請搭配音檔進行練習。第一遍先聽，會聽到法中對照（一句法文、一句中文）的句子；第二遍請跟著音檔複誦聽到的句子。

---

① Paris est la plus belle ville du monde.
巴黎是全世界最美的城市。

② Voici le plus beau poème qu'il ait jamais écrit.
這是他曾經寫過最美的詩。

③ Elle est la moins grande personne de notre équipe.
她是我們的團隊裡最嬌小的人。

④ Il n'aime que les livres les plus intéressants.
他只喜歡最好看的書。

⑤ Gérard est l'homme le plus heureux que je connaisse.
Gérard 是我所認識最幸福的男人。

⑥ Gérard court le plus vite de nous trois.
Gérard 是我們三人之中跑得最快的。

⑦ Il vaut mieux parler le moins souvent possible.
最好是盡可能地少說點話。

3.5　進階用法

1　「所有格＋ plus/moins ＋形容詞＋名詞」也表示「最高級」

這時不需加冠詞（le, la, les）。

Ma plus belle histiore d'amour, c'est vous.

我最美的愛情，是您。

➡ 這是很有名的歌名，直譯是「我最美的愛情故事，就是您」。

2　兩者之間做比較的表達

和英語不同，法語如果要表示**在兩者之間做比較**時：「～兩者之中比較～」，要使用最高級。

Marie est **la moins grande** de ces deux sœurs.

瑪莉是這兩姐妹中比較矮的那一位。

第 7 篇

代名詞

Les pronoms

1.1　用法

07_01

1 肯定句及疑問句 ① ：
【 主詞＋ le/la/les/me/te/nous/vous/lui/leur ＋動詞 】

Tu parles à Monsieur Cadot?—Oui, je **lui** parle.
你在跟 Cadot 先生說話嗎？—是的，我在跟他說話。

Je **l'**aime, mais elle ne **m'**aime pas.
我喜歡她，但是她不喜歡我。

Ma femme va **vous** accompagner.
我的太太會陪同您。

Tu parles à Monsieur Cadot?—**Lui** parlé-je?
你在跟 Cadot 先生說話嗎？—我在跟他說話？（是呀，我是）

Il prête sa voiture.—**La** prête-t-il?
他借出他的車。—他把它借出去嗎？

Le propose-t-elle?
她提議這件事嗎？

2 肯定句及疑問句 ② ：
【 主詞＋ le/la/les ＋ lui/leur ＋動詞 】

Tu vas donner un cadeau à Marie?—Oui, je **le lui** donne.
你要給瑪莉禮物嗎？—是的，我要給她這。

Elle raconte son histoire aux étudiants?—Oui, elle **la leur** raconte.
她把她的故事說給了學生聽嗎？—是的，她把那跟他們說。

Tu prêtes ta voiture à Paul?—Oui, je **la lui** prête.
你把你的車子借給 Paul 嗎？—是的，我把它借給他。

La lui prêtes-tu?

你把它借給他／她嗎？

La lui as-tu prêtée?

你有把它借給他／她嗎？

J'ai quitté ma fiancée.—Quoi? **L'as-tu** quittée?

我跟我的未婚妻分手了。—什麼？你跟她分手了嗎？

3 肯定句及疑問句 ③（包括複合過去時）：
【主詞＋me/te/nous/vous＋le/la/les＋動詞】

Monsieur Cadot **vous** vendra sa voiture. → Il **vous la** vendra.

Cadot 先生將把他的車賣給您。→他將把它賣給您。

Mon frère **vous** offre ses livres. → Il **vous les** offre.

我弟送您他的書。→他把那些送給您。

Me les offre-t-il?

他送它們給我嗎？

Je **vous** prête cet ordinateur.—**Me le** prêtez-vous?

我借您這台電腦。—您把它借給我嗎？

Je **vous** ai prêté mon ordinateur.—**Me l'**avez-vous prêté?

我把我的電腦借給了您。—您把它借給了我嗎？

J'ai donné le nounours à cette fille.—Le **lui** avez-**vous** donné?

我把這玩偶熊給了這個女孩。—您把它給了她嗎？

4 否定句：
【主詞＋ne＋le/la/les＋lui/leur＋助動詞＋pas＋過去分詞】

Elle ne donne pas son argent à son fils.
→ Elle ne **le lui** donne pas.

她不把她的錢給她的兒子。→ 她不把那給他。

Je n'ai pas prêté ma voiture à Paul.
→ Je ne **la lui** ai pas prêtée.

我沒有把我的車借給 Paul。→ 我沒有把它借給他。

Elle n'a pas écrit cette lettre à son père.

→ Elle ne **la lui** a pas écrite.

她沒有寫這封信給她父親。→ 她沒有寫這給他。

Je n'ai pas offert ces cadeaux à Marie.

→ Je ne **les lui** ai pas offerts.

我沒有送這些禮物給 Marie。→ 我沒有送它們給她。

5 命令式

肯定命令式：【動詞＋直接受詞代名詞＋間接受詞代名詞】

否定命令式：【ne＋直述句中代名詞的語順＋動詞＋pas】

Apporte ton cahier. → Apporte-**le**

帶著你的筆記本。→ 帶著它。

Apporte ton cahier à ton professeur. → Apporte-**le-lui**.

把你的筆記本帶給你的老師。→ 把它帶給他。

Chante la chanson à tes amis. → Chante-**la-leur**.

把這首歌唱給你的朋友們聽。→ 把它唱給他們聽。

Donne-nous ces fleurs. → Donne-**les-nous**.

給我們這些花。→ 把這些給我們。

Prêtez-moi votre main. → Prêtez-**la-moi**

請借我您的手（請您幫我）。→ 請把它借給我（請您幫我）。

Ne donnez pas ce cadeau à Paul. → Ne **le lui** donne pas.

不要把這禮物給 Paul。→ 不要把它給他。

Ne me donnez pas ce problème. → Ne **me le** donne pas.

不要把這個問題給我。→ 不要把它給我。

Ne servez pas cette soupe à Gérard. → Ne **la lui** servez pas.

不要把這碗湯端給 Gérard。→ 不要把它端給他。

　　本篇將探討法語中稍複雜、容易搞混的一些人稱代名詞，其中受詞人稱代名詞便是容易搞混的一項。受詞人稱代名詞分成「直接受詞」和「間接受詞」。

・直接受詞

「我」「你」「我們」「你們」「您」的直接受詞人稱代名詞如下：

me	～我	nous	～我們
te	～你	vous	～您／你們

以下是「他」「她」「他們」「她們」的直接受詞人稱代名詞：

le	～他	les	～他們／她們
la	～她		

★【le, la, les】也可以代稱物品，須依物品陰陽性來代稱，有「（把）那個」的意思。

・間接受詞

「我」「你」「我們」「你們」「您」的間接受詞人稱代名詞如下：

me	（對）我	nous	（對）我們
te	（對）你	vous	（對）您／你們

以下是「他」「她」「他們」「她們」的間接受詞人稱代名詞：

lui	（對）他	leur	（對）他們／她們
	（對）她		

　　以下是關於受詞人稱代名詞「**le, la, les**」、「**me, te, nous, vous**」、「**lui, leur**」在句中的順序。這些代名詞的排列順序，最保險的記憶方式是把包含說話者「我」的第一人稱、第二人稱的代名詞放在離主詞最近的位置，而第三人稱的間接代名詞「lui, leur」離主詞最遠的位置。

Il **me le** donne.（他把那個給我。）

★可以比較 **me**「（給）我」和 **le**「（把）那個」在句中的排序。

Il **la lui** donne.（他把那個給他／她。）

★由 **la**「（把）那個」和 **lui**「（給）他／她」在句中的排序可知，**la**「（把）那個」離主詞比較近。

以下整理出可能會有的順序，有以下 A 或 B 的可能：

A 【（主詞＋）**me, te, nous, vous ＋ le, la, les**】

B 【（主詞＋）**le, la, les ＋ lui, leur**】

關於受詞人稱代名詞的說明也可參閱初級篇的 p.186 和 p.196。

1 肯定句及疑問句 ①：
【主詞＋ le/la/les/me/te/nous/vous/lui/leur ＋動詞】

> Tu parles à Monsieur Cadot?—**Lui** parlé-je?
> 你在跟 Cadot 先生說話嗎？—我在跟他說話？（是呀，我是）

在回答問句時，為了不重複問句中的詞彙，以代名詞 Lui（向他／她）取代 à Monsieur Cadot（Cadot 先生）並放在句首。Lui 為間接受詞代名詞。用間接受詞代名詞開頭，後續的句子以倒裝形態表示。另外，je parle 的倒裝形態為 parlé-je（比較容易發音）。

> Il prête sa voiture.—**La** prête-t-il?
> 他借出他的車。—他把它借出去嗎？

此句以反問方式跟對方做確認，以 La（它）取代 sa voiture（他的車子）並放在句首。La 為直接受詞，後續的句子以倒裝形態表示。il prête（他借出~）的倒裝形態為 prête-t-il。

2 肯定句及疑問句 ②：
【主詞＋ le/la/les ＋ lui/leur ＋動詞】

> **La lui** as-tu prêtée?
> 你有把它借給他／她嗎？

直接受詞代名詞 La（它）放在間接受詞代名詞 lui（他／她）之前來造問句時，後續的句子以倒裝形態表示。因為 prêtée（已借出）之前有陰性的直接受詞 La（那個），為配合陰陽性變化，動詞為陰性過去分詞。

J'ai quitté ma fiancée.—Quoi? **L'as-tu quittée?**
我跟我的未婚妻分手了。一什麼？你跟她分手了嗎？

左邊疑問句中的 ma fiancée（未婚妻），在右邊的答句中改以代名詞 **L'**（她）作為直接受詞，之後再以「助動詞＋主詞＋過去分詞」的語順表示疑問句。**L'**（她）為直接受詞且為陰性，所以過去分詞 quittée（分手）加上了陰性的 e。

3 肯定句及疑問句 ③（包括複合過去時）：
【主詞＋ me/te/nous/vous ＋ le/la/les ＋動詞】

Mon frère **vous** offre ses livres. → Il **vous les** offre.
我弟送您他的書。→他把那些送給您。

右邊句子中的 vous（給您／你們）是間接受詞，後面接續的直接受詞 les（那些）代替左邊的 ses livres（他的書）。

Me les offre-t-il?
他送它們給我嗎？

這句的排列順序是間接受詞 **Me**（給我），接著是直接受詞 **les**（它們）。正如標題上提到的順序規則。

Je **vous** ai prêté mon ordinateur.—**Me l'**avez-vous prêté?
我把我的電腦借給了您。一您把它借給了我嗎？

mon ordinateur（我的電腦）在答句中以 l'（那個）代替。另外，在左邊的句子中，**vous**（給您）是間接受詞，在右邊句子中則是改以 **Me**（給我）表示，語順則是 **Me**（我）＋**l'**（那個）。

4 否定句：
【主詞＋ ne ＋ le/la/les ＋ lui/leur ＋助動詞＋ pas ＋過去分詞】

Je n'ai pas prêté ma voiture à Paul.→ Je ne **la lui** ai pas prêtée.
我沒有把我的車借給 Paul。→ 我沒有把它借給他。

在右邊的句子以 la（那個）取代左邊的 ma voiture（我的車子），並以 lui（給他）取代 à Paul（給保羅）。ne la lui ai pas prêtée 的順序為「ne＋直接受詞 le/la/les＋間接受詞 lui/leur＋助動詞＋pas＋過去分詞」。可以把這個句型想成是先把 ne 放在最前面，再把 pas 放在「助動詞」和「過去分詞」之間即可。因為直接受詞代名詞 la 為陰性，所以過去分詞是 prêtée。

> Elle n'a pas écrit cette lettre à son père. → Elle ne **la lui** a pas écrite.
>
> 她沒有寫這封信給她父親。→ 她沒有寫這給他。

右邊句子中 **la lui**（把那個給他）的順序，和上一句幾乎相同。而關於 Elle ne **la lui** a pas écrite（她沒有寫這給他）的部分，**la** 代替左邊句子的 cette lettre（那封信），因為是陰性名詞，所以過去分詞 écrite 有加上 e。

5 命令式
肯定命令式：【動詞＋直接受詞代名詞＋間接受詞代名詞】
否定命令式：【ne＋直述句中代名詞的語順＋動詞＋pas】

> Apporte ton cahier à ton professeur. → Apporte-**le-lui**.
>
> 把你的筆記本帶給你的老師。→ 把它帶給他。

ton cahier（你的筆記）在右邊的句子中改以 le 代替，à ton professeur（給你的老師）在右句則是以 lui（他）代替。肯定命令式中，代名詞的語順通常是「直接受詞＋間接受詞」。

> Donne-nous ces fleurs. → Donne-**les-nous**.
>
> 給我們這些花。→ 把這些給我們。

ces fleurs（這些花）在右句以直接受詞 les（這些）代替，接續其後的是間接受詞 nous（給我們）。因為是肯定命令式，所以語順是「直接受詞＋間接受詞」。

> Ne servez pas cette soupe à Gérard. → Ne **la lui** servez pas.
>
> 不要把這碗湯端給 Gérard。→ 不要把它端給他。

左邊句子的 cette soupe（這碗湯）在右邊句子中改以 la（它）代替，à Gérard（給 Gérard）則是以 lui（給他）代替。表示否定的 Ne 要放在最前面。由於是否定命令式，代名詞的排列順序會像 la lui（給他這個）一樣，如一般直敘句中代名詞的語順相同。

請依 範例 ，將句中畫線處的部分，改以受詞人稱代名詞進行改寫。

> 範例 Elle parle **à** ses amis.
> ➡ *Elle leur parle.*

1　Je prêterai ma voiture à mon frère.

➡ _____

2　Tu aimes les gâteaux?

➡ _____

3　Monsieur Cadot verra ses étudiants demain matin.

➡ _____

4　Il a vu sa cousine.

➡ _____

5　Je ne comprends pas votre avis.

➡ _____

6　Achetez ces fraises.

➡ _____

7　J'ai fait cette dictée.（dictée「聽寫」）

➡ _____

8　Ils n'ont pas voulu ces fleurs.

➡ _____

9　Je n'ai pas écrit cette lettre.

➡ _____

10　Voyez-vous le bâtiment là-bas?

➡ _____

11 Il apportera <u>son cahier</u> à <u>son professeur</u>.

➡ _____

12 Expliquez-moi <u>ton idée</u>.

➡ _____

13 Elle n'a pas aimé <u>ce roman</u>.

➡ _____

14 Nous montrerons <u>la villa</u> à <u>nos invités</u>.

➡ _____

15 Pourquoi as-tu dit <u>la vérité</u> à <u>Paul</u>?

➡ _____

1.4　例句跟讀訓練

07_02

請搭配音檔進行練習。第一遍先聽，會聽到法中對照（一句法文、一句中文）的句子；第二遍請跟著音檔複誦聽到的句子。

① Je l'aime, mais elle ne m'aime pas.
我喜歡她，但是她不喜歡我。

② Il prête sa voiture.—La prête-t-il?
他借出他的車。—他把它借出去嗎？

③ Tu vas donner un cadeau à Marie?—Oui, je le lui donne.
你要給瑪莉禮物嗎？—是的，我要給她這。

④ Tu prêtes ta voiture à Paul?—Oui, je la lui prête.
你把你的車子借給 Paul 嗎？—是的，我把它借給他。

⑤ La lui as-tu prêtée?
你有把它借給他／她嗎？

⑥ J'ai quitté ma fiancée.—Quoi? L'as-tu quittée?
我跟我的未婚妻分手了。—什麼？你跟她分手了嗎？

⑦ Mon frère vous offre ses livres. → Il vous les offre.
我弟送您他的書。→他把那些送給您。

⑧ Me les offre-t-il?
他送它們給我嗎？

⑨ Je vous prête cet ordinateur.—Me le prêtez-vous?
我借您這台電腦。—您把它借給我嗎？

⑩ J'ai donné le nounours à cette fille.—Le lui avez-vous donné?
我把這玩偶熊給了這個女孩。—您把它給了她嗎？

⑪ Je n'ai pas prêté ma voiture à Paul.→ Je ne la lui ai pas prêtée.
我沒有把我的車借給 Paul。→ 我沒有把它借給他。

⑫ Elle n'a pas écrit cette lettre à son père. → Elle ne la lui a pas écrite.
她沒有寫這封信給她父親。→ 她沒有寫這給他。

⑬ Apporte ton cahier à ton professeur. → Apporte-le-lui.
把你的筆記本帶給你的老師。→ 把它帶給他。

⑭ Donne-nous ces fleurs. → Donne-les-nous.
給我們這些花。→ 把這些給我們。

⑮ Prêtez-moi votre main. → Prêtez-la-moi
請借我您的手（請您幫我）。→ 請把它借給我（請您幫我）。

⑯ Ne servez pas cette soupe à Gérard. → Ne la lui servez pas.
不要把這碗湯端給 Gérard。→ 不要把它端給他。

1.5　進階用法

在肯定命令式中，代名詞的語順（當句中有 y 或 en 時）

前面學過肯定命令式中，代名詞的順序是【動詞＋直接受詞＋間接

受詞】，正如例句中 Prêtez-moi votre main. → Prêtez-**la-moi**.，la（直接受詞）和 moi（間接受詞）的順序，但當句中有 y 或 en 時（y 和 en 請見本篇的第 5 課和第 6 課），y 和 en 會依照以下的順序，放在句子的最後面：

【動詞 - **le, la, les** - **moi(m'), toi(t'), lui, nous, vous, leur** -**y** -**en**】

Parlez-**lui-en**.（請跟他談談那件事。）

Donnez-**m'en**.（請給我那個。）

★這裡的 **en** 雖然是直接受詞，但位置是在間接受詞（**m'**）之後。

02 強調形人稱代名詞

Les pronoms toniques

2.1 用法

07_03

　　強調形人稱代名詞指的就是 moi, toi, lui, elle, nous, vous, eux, elles 這些代名詞。關於強調形人稱代名詞的說明，也可參閱初級篇的 p.157。

1 用於強調

Moi, j'y vais.
我呢，我要去。

Je ne sais pas, **moi**!
我啊，我不知道！

Eux, ils travaillent mieux.
他們呢，他們工作做得比較好。

Elle, elle est excellente.
她呀，她很優秀。

Je leur parle, à **eux**.
我在跟他們說話，跟他們。

Il les a bien regardées, **elles**.
他緊緊地盯著她們，盯著她們。

Vous lui avez pardonné, à **lui**?
他，您原諒他了嗎？

2 作為補語使用

C'est Monsieur Cadot?—Oui, c'est bien **lui**.
這是 Cadot 先生嗎？—是的，就是他。

Ce sont vos amis?—Oui, ce sont **eux**.
這些是您的朋友嗎？—是的，就是他們。

L'État, c'est **moi**.
朕即國家。（法王路易十四說過的話）

C'est **moi** qui suis arrivé le premier.
第一個到的人是我。

C'est **moi** que vous cherchez?
您在找的人是我嗎？

③ 放在介系詞之後

Tu viens avec **moi**?
你要跟我一起來嗎？

Merci de vous dépenser pour **nous**.
謝謝您為了我們付出。

Elle a fait un portrait de **lui**.
她畫了一張他的肖像。

Il s'est fâché à cause de **nous**.
他因為我們而生氣了。

Je sortirai aussitôt après **eux**.
我會在他們之後立即出來。

Elle est jalouse de **vous**.
她忌妒你們。

Tu es mécontent de **moi**?
你對我不滿嗎？

Il a fait cela malgré **moi**.
儘管我不同意，他還是這樣做了。

④ 放在表示比較的 que 之後

Je suis moins riche que **lui**.
我不如他有錢。

Ils arriveront plus tôt que **vous**.
他們會比你們還早到。

Est-elle aussi grande que **toi**?

她跟你／妳一樣高嗎？

Nous étudions moins qu'**eux**.

我們用功的程度不如他們。

5 在肯定命令式中的 **moi**、**toi**。

　　在肯定命令式中主要是使用受詞人稱代名詞（le, la, les, nous, vous, lui, leur）。但第一人稱通常不是使用 me 而是用 moi（強調形人稱代名詞）；第二人稱也同樣不用 te，而是用 toi（強調形人稱代名詞）表示。不過在否定命令式中，則只用受詞人稱代名詞。

Aidez-**moi**.

請幫我。

Assieds-**toi**.

坐下。

Écoutons-les.

我們來聽他（她）們說話。

Obéissez-lui.

請聽從他（她）吧。

Accordez-leur.

請同意他（她）們。

　· 以下是針對「**1** 用於強調」的補充説明：

　　強調形人稱代名詞和其他的名詞放在句中主詞或受詞的位置時，可一起用作主詞或受詞的功能。

Mon frère et **moi**, nous sommes de votre avis.

（我弟弟和我，我們都同意您的觀點。）

　· 以下是針對「**3** 放在介系詞之後」的補充説明：

　　在「à＋強調形人稱代名詞」中，強調形人稱代名詞是作為間接受詞使用。

Je pense à elle.

（我想到她。）

Cet appartement appartient à **moi**.

（這間公寓是我的。）

1 用於強調

> **Moi**, j'y vais.
> 我呢，我要去。

把強調形人稱代名詞放在句首，主要是強調主詞，這裡的 Moi（我）放在句首主要在強調 j'。j'y vais 是「我去那裡」的意思。y（那裡）表示某某場所，但就像此例句一樣，有時候未必明確指出某個特定位置。

> Je ne sais pas, **moi**!
> 我啊，我不知道！

放在句尾也是強調主詞，這裡的 moi（我）放在句尾在強調主詞 Je。但也可以像上一句一樣放在句首。

> Je leur parle, à **eux**.
> 我在跟他們說話，跟他們。

à **eux**（他們）強調前面的間接受詞 leur（對他們）。

> Il les a bien regardées, **elles**.
> 他緊緊地盯著她們，盯著她們。

elles（她們）強調前面的直接受詞 les（～她們），為強調用法。像此例句這樣，用後面的 **elles** 來強調 les，在對話中反而更能突顯前面的 les 不是指男生的「他們」，而是指「她們」。

2 作為補語使用

> C'est Monsieur Cadot?—Oui, c'est bien **lui**.
> 這是 Cadot 先生嗎？—是的，就是他。

問句提到 Monsieur Cadot，對方回應時以 lui（他）代替 Monsieur Cadot。

> Ce sont vos amis?—Oui, ce sont **eux**.
> 這些是您的朋友嗎？—是的，就是他們。

問句提到 vos amis（您的朋友們），對方回應時以 **eux**（他們）代替。

C'est **moi** qui suis arrivé le premier.
第一個到的人是我。

C'est moi qui ~（做~的是我）為強調語法（相當於英語的 It is I who ~）。le premier（陽性）是「第一；第一位」的意思，在這裡是 suis arrivé（抵達）的補語。

3 放在介系詞之後

Tu viens avec **moi**?
你要跟我一起來嗎？

介系詞 avec（一起）之後要使用強調形人稱代名詞，如此句的 **moi**（我）。

Merci de vous dépenser pour **nous**.
謝謝您為了我們付出。

se dépenser 是「賣力；耗費力氣」的意思。介系詞 pour（為了）後面同樣要使用強調形人稱代名詞（**nous**）。

Il s'est fâché à cause de **nous**.
他因為我們而生氣了。

à cause de ~（由於~）後面同樣要使用強調形人稱代名詞（**nous**）。

Tu es mécontent de **moi**?
你對我不滿嗎？

介系詞 de 後面也要使用強調形人稱代名詞（**moi**）。es(être) mécontent de ~ 是「對~不滿意」的意思。

Il a fait cela malgré **moi**.
儘管我不同意，他還是這樣做了。

介系詞 malgré ~ 是「儘管~；不顧~的反對」的意思。**malgré moi** 有「儘管我反對」的意思。

4 放在表示比較的 que 之後

Je suis moins riche que **lui**.
我不如他有錢。

比較級的 que 之後也要接續強調形人稱代名詞，如例句這樣 **lui**（他）放在

moins riche que ~（沒有～那麼有錢）後面。

> Ils arriveront plus tôt que **vous**.
> 他們會比你們還早到。

強調形人稱代名詞 **vous**（您／你們）是放在同樣是比較級的 **plus tôt que ~**（比～更早）之後。

5 在肯定命令式中的 **moi**、**toi**。

> Assieds-**toi**.
> 坐下。

toi（你）在這裡並不是受詞人稱代名詞，而是強調形人稱代名詞。在肯定命令式中，第一人稱單數和第二人稱單數會用強調形人稱代名詞 **toi** 和 **moi**。

> Écoutons-les.
> 我們來聽他（她）們說話。

les（～他們／她們）則是上一課學到的受詞人稱代名詞（直接受詞）。

> Accordez-leur.
> 請同意他（她）們。

leur（對他們／她們）也是上一課學到的受詞人稱代名詞（間接受詞）。accorder à~ 是「同意～」的意思。這裡使用間接受詞人稱代名詞 **leur** 代替 à＋eux/elles（他們／她們）。

2.3　練習題

I　請由主詞人稱代名詞（**moi, toi, lui, elle, nous, vous, eux. elles**）或是受詞人稱代名詞（**le, la, les, me, te, nous, vous, lui, leur**）中，選擇正確的答案並填入空格中。若句子有附上中文翻譯，則需符合中文語意。

1　_____, je suis d'accord.
　（我啊，我同意。）

2　Est-ce que ce sont tes amis?
　—Oui, ce sont _____.

3 Donnez ce livre à votre fille.

→ Donnez- _____ - _____ .

4 Je n'ai pas d'argent sur _____ .

（我身上沒有錢。）

5 Parlons à Monsieur Cadot.

→ Parlons- _____ .

6 Offrez ces fleurs à votre mère. Offrez- _____ - _____ .

7 Tu me parleras, à _____ .

（你的談話對象會是我。）

8 Prends ta veste. → Prends- _____ .

9 Je voudrais vous parler. Accordez- _____ une minute.

（我有事想和您談。請給我一點時間。）

10 Regardez ce garçon.

→ Regardez- _____ .

11 Ça ne vous regarde pas. Occupez- _____ de vos affaires.

（這與您無關。請管好自己的事。）

12 Tu es moins âgée que moi?

—Oui, je suis moins âgée que _____ .

（妳的年紀比我小？—對啊！我年紀比你小。）

II 請將以下中文翻譯成法語。

「我們正在談論她們。」

➡ _____

III 請將以下的法文單字重組成符合中文語意的句子。

confiance/ pas/ je/ vous/ n'ai/ en/.
（我不信任您。）

➡ _____

2.4 例句跟讀訓練

07_04

請搭配音檔進行練習。第一遍先聽，會聽到法中對照（一句法文、
一句中文）的句子；第二遍請跟著音檔複誦聽到的句子。

---

① Je ne sais pas, moi!
我啊，我不知道！

② Eux, ils travaillent mieux.
他們呢，他們工作做得比較好。

③ Vous lui avez pardonné, à lui?
他，您原諒他了嗎？

④ C'est Monsieur Cadot?—Oui, c'est bien lui.
這是 Cadot 先生嗎？一是的，就是他。

⑤ L'État, c'est moi.
朕即國家。

⑥ C'est moi qui suis arrivé le premier.
第一個到的人是我。

⑦ Il s'est fâché à cause de nous.
他因為我們而生氣了。

⑧ Elle est jalouse de vous.
她忌妒你們。

⑨ Il a fait cela malgré moi.
儘管我不同意，他還是這樣做了。

---

⑩ Je suis moins riche que lui.
　我不如他有錢。

⑪ Est-elle aussi grande que toi?
　她跟你／妳一樣高嗎？

⑫ Nous étudions moins qu'eux.
　我們用功的程度不如他們。

2.5　進階用法

主詞人稱代名詞也可以作為**關係代名詞的先行詞**。

➤ **Toi** qui m'aimais, **moi** qui t'aimais.
　（你曾愛過我，我也曾愛過你）《枯葉》（法文歌曲）

France

Leçon

03 所有格代名詞

Les pronoms possessifs

3.1 用法

07_05

1 le mien（陽性・單數）, les miens（複數）:「我的某人事物」
la mienne（陰性・單數）, les miennes（複數）:「我的某人事物」

C'est votre voiture?—Non, ce n'est pas **la mienne**.
這是您的車嗎? 一不,這不是我的。

Je vois jouer vos enfants et **les** deux **miens**.
我看見你們的小孩們跟我的兩個小孩在玩耍。

Ton jugement sera **le mien**.
你的判斷即是我的判斷。

Où sont mes lunettes?—Je porte **les miennes**, voyons!
我的眼鏡在哪裡? 一我戴著的是我自己的,麻煩看清楚!

2 le tien（陽性・單數）, les tiens（複數）:「你的某人事物」
la tienne（陰性・單數）, les tiennes（複數）:「你的某人事物」

Mes cravates sont en soie; en quoi sont **les tiennes**?
我的領帶是絲質的;你的是什麼材質的呢?

Mon vélo est super; comment est **le tien**?
我的自行車很棒;你的怎麼樣呢?

Ma maison est très proche de **la tienne**.
我家離你家非常近。

3 le sien（陽性・單數）, les siens（複數）:「他／她的某人事物」
la sienne（陰性・單數）, les siennes（複數）:「他／她的某人事物」

J'aime vos tableaux, mais je n'aime pas **les siens**.
我喜歡您的畫作,但是我不喜歡他(她)的。

Ta robe est plus belle que **la sienne**.
妳的洋裝比她的好看。

J'ai résolu mon problème. Et alors, **le sien**?
我已經解決了我的問題。那麼，他（她）的呢？

4 le nôtre（陽性・單數）, les nôtres（複數）：「我們的某人事物」
la nôtre（陰性・單數）, les nôtres（複數）：「我們的某人事物」

Regardez cette belle maison; c'est **la nôtre**.
請看這間漂亮的房子；這是我們的（房子）。

Vos enfants sont plus sages que **les nôtres**.
你們的孩子們比我們的還要乖。

Ton avis semble raisonnable, mais **le nôtre** est différent.
你的想法聽起來很合理，但是我們的不一樣。

5 le vôtre（陽性・單數）, les vôtres（複數）：「您／你們的某人事物」
la vôtre（陰性・單數）, les vôtres（複數）：「您／你們的某人事物」

Mon ordinateur ne marche pas bien; prêtez-moi **le vôtre**.
我的電腦出了點問題；請借給我您的。

J'ai fini des exercices sur le piano. Maintenant finissez **les vôtres**.
我已經做完鋼琴的練習了。現在請完成您的。

Sa chambre est plus petite que **la vôtre**.
他（她）的房間比您的還要小。

6 le leur（陽性・單數）, les leurs（複數）：「他／她們的某人事物」
la leur（陰性・單數）, les leurs（複數）：「他／她們的某人事物」

Cette photo, c'est votre pays?—Non, c'est **le leur**.
這張照片是你們的國家嗎？—不，這是他們的。

Vos résultats ont été plus brillants que **les leurs**.
你們的成果比他們的更亮眼。

On voit une belle villa avec piscine.—Oui, c'est **la leur**.
我們看到一間有游泳池的別墅。—嗯，這是他（她）們的。

> 英文不會説 my this car（我的這部車），而是説 this car of mine（這是我的車），法語同樣地也不會説 ma cette voiture。
>
> 不過法語也不會使用 ma voiture de la mienne 這種類似英文語序的表達方式。而是使用 ma voiture que voilà 或是 ma voiture-ci 表示。

3.2　文法解說

❶「我的某人事物」

Ton jugement sera **le mien**.
你的判斷即是我的判斷。

為了不要重複前面的 jugement（判斷），所以用所有格代名詞 le mien（我的某某事物）來代稱陽性單數的 mon jugement（我的判斷），這句法文有「我同意你的判斷」的意思。

Où sont mes lunettes?—Je porte **les miennes**, voyons!
我的眼鏡在哪裡？—我戴著的是我自己的，麻煩看清楚！
---

les miennes（我的某些事物）代稱 **mes lunettes**（我的眼鏡）。lunettes 通常為複數形（陰性名詞），如果想表達「一副眼鏡」，會以 une paire de lunettes 表示，而「戴著眼鏡」的法文則是 porter des lunettes。voyons 有「拜託！」的意思，是用於提醒對方的用法。

❷「你的某人事物」

Mes cravates sont en soie; en quoi sont **les tiennes**?
我的領帶是絲質的；你的是什麼材質的呢？
---

les tiennes（你的某些事物）代稱陰性複數的 tes cravates（你的領帶）。en soie 是「絲綢製成的」的意思。en ~ 可表示「用～材質做的」，例如 chaise en bois（木製椅子）。en 為介系詞，所以如果想要表示「用什麼做的？」時，後面就要使用 quoi。

> Ma maison est très proche de **la tienne**.
> 我家離你家非常近。

la tienne（你的某事物）代稱陰性單數的 ta maison（你的房子）。être proche de ~ 是「位於~的旁邊」的意思。

3 「他／她的某人事物」

> Ta robe est plus belle que **la sienne**.
> 妳的洋裝比她的好看。

la sienne（她的某事物）代稱陰性單數的 sa robe（她的洋裝）。plus belle que ~ 是「比~更美」（比較級）的意思。

> J'ai résolu mon problème. Et alors, **le sien**?
> 我已經解決了我的問題。那麼，他（她）的呢？

le sien（他／她的某事物）代稱陽性單數的 son problème（他／她的問題）。Et alors 是「然後、因此」的意思。résolu 則是 résoudre（解決）的過去分詞。

4 「我們的某人事物」

> Vos enfants sont plus sages que **les nôtres**.
> 你們的孩子們比我們的還要乖。

les nôtres（我們的某些人事物）代稱陽性複數的 nos enfants（我們的孩子）。sage 是「（小孩子）乖巧，懂事」的意思。

5 「您／你們的某人事物」

> Mon ordinateur ne marche pas bien; prêtez-moi **le vôtre**.
> 我的電腦出了點問題；請借給我您的。

le vôtre（您／你們的某人事物）代稱陽性單數的 votre ordinateur（您的電腦）。

6 「他／她們的某人事物」

> Vos résultats ont été plus brillants que **les leurs**.
> 你們的成果比他們的更亮眼。

les leurs（他／她們的某些人事物）代替陽性複數的 leurs résultats（他／她們的成績）。brillants 是「閃耀的、傑出的」的意思。

> On voit une belle villa avec piscine.—Oui, c'est **la leur**.
> 我們看到一間有游泳池的別墅。—嗯，這是他（她）們的。

la leur（他們／她們的某人事物）代替陰性單數的 leur villa（他們／她們的別墅）。

3.3　練習題

I　請將下列句子中的底線處改為所有格代名詞，並將句子翻譯成中文。

1　Ma sœur est partie avec <u>votre sœur</u>.

　➡ _____

　中譯 _____

2　Moi, j'ai des ennuis; toi, tu as <u>tes ennuis</u>.

　➡ _____

　中譯 _____

3　La Tamsui a son cours à Taïwan, et la Seine a <u>son cours</u> en France.

　➡ _____

　中譯 _____

4　Est-ce que tu préfères leur proposition à <u>notre proposition</u>?

　➡ _____

　中譯 _____

5　Votre enfant est sorti avec <u>nos enfants</u>.

　➡ _____

　中譯 _____

6 Ma fille et leur fille vont à l'école ensemble.

➡ _____

中譯 _____

7 C'est pour ton profit et non pas pour leur profit.

➡ _____

中譯 _____

8 Il s'est moqué de votre idée et de mon idée.

➡ _____

中譯 _____

9 Mon chien joue souvent avec son chien.

➡ _____

中譯 _____

10 Pourriez-vous me prêter vos livres et leurs livres aussi?

➡ _____

中譯 _____

11 Je voudrais parler d'abord de mon projet; après j'écouterai votre projet.

➡ _____

中譯 _____

12 Ce sont vos cravates?—Mais oui, ce sont mes cravates.

➡ _____

中譯 _____

II 請將以下的句子翻譯成中文。

Ce n'est pas convenable de prononcer à côté du mien le nom de Monsieur Trump.

中譯 _____

請搭配音檔進行練習。第一遍先聽，會聽到法中對照（一句法文、一句中文）的句子；第二遍請跟著音檔複誦聽到的句子。

---

① C'est votre voiture?—Non, ce n'est pas la mienne.
這是您的車嗎？—不，這不是我的。

② Je vois jouer vos enfants et les deux miens.
我看見你們的小孩們跟我的兩個小孩在玩耍。

③ Mon vélo est super; comment est le tien?
我的自行車很棒；你的怎麼樣呢？

④ Ma maison est très proche de la tienne.
我家離你家非常近。

⑤ Ta robe est plus belle que la sienne.
妳的洋裝比她的好看。

⑥ Vos enfants sont plus sages que les nôtres.
你們的孩子們比我們的還要乖。

⑦ Mon ordinateur ne marche pas bien; prêtez-moi le vôtre.
我的電腦出了點問題；請借給我您的。

⑧ Cette photo, c'est votre pays?—Non, c'est le leur.
這張照片是你們的國家嗎？—不，這是他們的。

3.5　進階用法

1「les ＋所有格代名詞」可用於表示「家人、親戚、朋友、同事」。

Mes amitiés aux **vôtres**.
（向您家人問好。）

Bonne année à vous et à tous **les vôtres**.

（祝您及您的家人新年快樂。）

➡ **les** vôtres 是「您的家人」之意。

2 la vôtre 字面上是「您的」之意，用來代稱「您的健康」，常用在乾杯的場合。

À **la vôtre!**（乾杯！）

➡ 也會說 À votre santé!（乾杯！；祝您健康！）。

不定代名詞

4.1 　用法

07_07

1 tout **m**：「所有的東西」、「一切」

Tout va bien.
一切都會好轉的。

Il a **tout** perdu.
他失去了一切。

Tout n'est pas facile.
一切都不容易。

Ma femme pense toujours à **tout**.
我的太太總是考慮周全。

2 tous **m** **pl**：「所有的東西」、「所有的人」
toutes **f** **pl**：「所有的東西」、「所有的人」

Je vous invite **tous**.
我邀請你們全部的人。

Les garçons sont arrivés?—Oui, **tous** sont là.
男孩們都到了嗎？ —是的，全部都到了。

Les filles sont prêtes?—Oui, **toutes** sont prêtes.
女孩們都準備好了嗎？ —是的，全都準備好了。

3 chacun **m**：「每一個人／事物」
chacune **f**：「每一個人／事物」

Chacun de nous s'en alla.
我們每個人都離開了。

Chacune de ces maisons a été bâtie au Moyen Âge.
這裡的每一間房子都是在中世紀時所建造的。

Ces cravates coûtent 100 euros **chacune**.
這些領帶每條的售價是 100 歐元。

4 aucun **m**：「沒有任何人／事物」
aucune **f**：「沒有任何人／事物」
（搭配 ne 或 sans 使用）

Aucun de mes amis ne réussit à l'examen.
我的朋友們沒有一個有通過考試。

Laquelle prendrez-vous?—**Aucune**.
您要選哪一個呢？一都不選。

5 personne：「沒有任何人」（搭配 ne 使用）

Le temps n'attend **personne**.
歲月不待人。

Je ne veux de mal à **personne**.
我不希望任何人受到傷害。

6 rien：「什麼都沒有」（搭配 ne 使用）

Il n'écoute **rien**. 他什麼都聽不進去。

Elle n'a **rien** compris. 她什麼都不瞭解。

Je pense que **rien** n'est facile.
我想沒有什麼是容易的。

Il n'a peur de **rien**.
他無所畏懼。

7 un autre, une autre：「另一個人／事物」（相當於英文的 another）

J'ai pris Monsieur Martin pour **un autre**.
我把 Martin 先生認成別人了。

Tu veux ce livre?—Non, j'en veux **un autre**.
你想要這本書嗎？ 一不要，我想要另一本。

8 certains：「有些～／有些人」（相當於英文的 some）
d'autres：「其他東西／其他人」（相當於英文的 others）

Certains sont partis, mais **d'autres** sont restés.
有一些人離開了，但有一些人留下來。

9 quelqu'un：「某人」（= somebody）

Elle est en train de parler à **quelqu'un**.
她正在跟某個人說話。

Quelqu'un a volé ma voiture.
有人偷了我的車。

10 quelque chose：「某事」（= something）

Vous n'avez pas **quelque chose** de moins cher?
您這裡沒有比較便宜的東西嗎？

Vous désirez **quelque chose** comme boisson?
您要喝什麼飲料嗎？

以上例句的 tout 為代名詞，但 tout 也可作為形容詞使用。

	單數	複數
陽性	**tout** m	**tous** m pl
陰性	**toute** f	**toutes** f pl

tout 有以上這幾種形態，但用作不定代名詞功能者，只有 **tout, tous, toutes** 這三種。關於 **tout** 的形容詞用法，請見 **4.5** 進階用法。

4.2 文法解說

1 tout **m**：「所有的東西」、「一切」

> **Tout** va bien.
> 一切都會好轉的。

Tout（所有；一切）被視為第三人稱單數，是一種虛主詞的概念。

> Il a **tout** perdu.
> 他失去了一切。

tout（所有；一切）在這裡是 perdu（遺失）的受詞，當作受詞時會像例句一般，放在助動詞與過去分詞之間。

> **Tout** n'est pas facile.
> 並非所有事情都是容易的。

Tout（所有；一切）搭配否定詞 n'est pas（不是）相當於英語的部分否定。如果要表達「沒有什麼是容易的」，就是 **Rien** n'est facile.。請參考下方 **6** 的 **rien**。

2 tous **m** **pl**：「所有的東西」、「所有的人」
　 toutes **f** **pl**：「所有的東西」、「所有的人」

> Je vous invite **tous**.
> 我邀請你們全部的人。

tout（所有人）修飾前面的 vous（您）。vous 為 invite（邀請）的直接受詞。**tous** 最後的子音是發 [s] 的音。**tous** 可能是指所有人皆為男性，也有可能是指有男有女的情況。

> Les garçons sont arrivés?—Oui, **tous** sont là.
> 男孩們都到了嗎？—是的，全部都到了。

tous（所有人）是代替問句中的主詞 Les garçons（男生們）的代名詞。所有人皆為男性。

> Les filles sont prêtes?—Oui, **toutes** sont prêtes.
> 女孩們都準備好了嗎？—是的，全都準備好了。

toutes（所有人）是代替問句中的主詞 Les filles（女生們）的代名詞。所有人皆為女性。

3 chacun **m**：「每一個人／事物」
chacune **f**：「每一個人／事物」

Chacun de nous s'en alla.
我們每個人都離開了。

de ~ 在這裡有「～之中」的意思。**Chacun de nous** 的意思是「我們之中的每個人」。s'en alla 是反身動詞 s'en aller（離開）的簡單過去時。

Ces cravates coûtent 100 euros **chacune**.
這些領帶每條的售價是 100 歐元。

chacune（每一個）修飾前面 Ces cravates（這些領帶）。

4 aucun **m**：「沒有任何人／事物」
aucune **f**：「沒有任何人／事物」
（搭配 ne 或 sans 使用）

Aucun de mes amis ne réussit à l'examen.
我的朋友們沒有一個有通過考試。

這裡的 de ~ 也是「～之中」的意思。**Aucun de mes amis** 的意思是「我的任何一位朋友；我的朋友中的任何一位」。**Aucun(e)** 通常會搭配 ne 一起使用。無論在任何情況下都不需搭配 pas 使用。

Laquelle prendrez-vous?—**Aucune**.
您要選哪一個呢？一都不選。

Aucun(e) 通常會搭配 ne 一起使用，但這個例句是單獨使用。前一句問的是 Laquelle（哪一個），可知是問陰性名詞，回答時就以字尾有 e 的 **Aucune** 回應。

5 personne：「沒有任何人」（搭配 ne 使用）

Le temps n'attend **personne**.
歲月不待人。

personne（沒有任何人）和 **aucun(e)** 一樣，通常會搭配 ne 一起使用。無論在任何情況下都不需搭配 pas 使用。

6 rien：「什麼都沒有」（搭配 ne 使用）

> Elle n'a **rien** compris.
> 她什麼都不瞭解。

rien（什麼都沒有）就如 tout（所有）一樣，作為動詞的直接受詞使用時，要放在助動詞與過去分詞之間。這個例句中，**rien** 是 compris（理解）的受詞。

> Je pense que **rien** n'est facile.
> 我想沒有什麼是容易的。

rien n'est facile（沒有什麼是容易的）相當於英語的完全否定。這句不需搭配 **pas**。

> Il n'a peur de **rien**.
> 他無所畏懼。

這句是完全否定 avoir peur de「害怕」這件事。

7 un autre, une autre：「另一個人／事物」（相當於英文的 another）

> J'ai pris Monsieur Martin pour **un autre**.
> 我把 Martin 先生認成別人了。

prendre A pour B 是「誤以為 A 是 B」。**un autre** 是「其他人」的意思。

> Tu veux ce livre?—Non, j'en veux **un autre**.
> 你想要這本書嗎？ —不要，我想要另一本。

此例句是 **un autre** 搭配 en 使用的例子。使用 en 的 j'en veux **un autre** 是代替原本重複 livre 的 je veux **un autre** livre（我想要另一本書➡此時 autre 為形容詞），因此使用 en 可以省略前面提及的事物。

8 certains：「有些～／有些人」（相當於英文的 some）
d'autres：「其他東西／其他人」（相當於英文的 others）

> **Certains** sont partis, mais **d'autres** sont restés.
> 有一些人離開了，但有一些人留下來。

在這個例句中，**Certains**（有些人）和 **d'autres**（其他人）是一組句型，等同於英語中的 some ~ others ~。

9 quelqu'un：「某人」（＝somebody）

> **Quelqu'un** a volé ma voiture.
> 有人偷了我的車。

不知道是「誰」時就使用 **Quelqu'un**。如果是有特定目標的「某些人」、「某幾個（事物）」，會用以下例句的形態表達（本句 quelques-unes 是陰性複數形，用於説明其中幾張 photos）：
Il m'a donné **quelques-unes** de ses photos.
他給了我幾張他的照片。

10 quelque chose：「某事」（＝something）

> Vous n'avez pas **quelque chose** de moins cher?
> 您這裡沒有比較便宜的東西嗎？

想要在 **quelque chose** 和 **quelqu'un** 之後加上形容詞時，是以「de＋形容詞」表示。這個例句是加上 de moins cher（更便宜）。

4.3　練習題

請從下表中選擇正確的不定代名詞並填入空格中，以符合題目的中文或法語語意。

tout	quelqu'un	chacun	chacune
personne	quelque chose	rien	

1　我什麼不理解。

　　Je n'ai _____ compris.

2　沒有人喜歡他／她。

　　_____ ne l'aime.

3　Chaque fille a fait sa toilette.

　　_____ a fait sa toilette.

4 他沒有見到任何人。

Il n'a vu _____ .

5 她和某人一起散步。

Elle se promène avec _____ .

6 J'ai parlé à chaque garçon.

J'ai parlé à _____ .

7 有東西正在燃燒。

_____ est en train de brûler.

8 Courbet 是位什麼都畫的畫家。

Courbet est un peintre qui peint _____ .

4.4 例句跟讀訓練

07_08

　　請搭配音檔進行練習。第一遍先聽，會聽到法中對照（一句法文、一句中文）的句子；第二遍請跟著音檔複誦聽到的句子。

---

① Tout va bien.
一切都會好轉的。

② Il a tout perdu.
他失去了一切。

③ Je vous invite tous.
我邀請你們全部的人。

④ Les garçons sont arrivés?—Oui, tous sont là.
男孩們都到了嗎？ —是的，全部都到了。

⑤ Chacun de nous s'en alla.
我們每個人都離開了。

⑥ Ces cravates coûtent 100 euros chacune.
這些領帶每條的售價是 100 歐元。

---

⑦ Aucun de mes amis ne réussit à l'examen.
我的朋友們沒有一個有通過考試。

⑧ Le temps n'attend personne.
歲月不待人。

⑨ Je pense que rien n'est facile.
我想沒有什麼是容易的。

⑩ Il n'a peur de rien.
他無所畏懼。

⑪ J'ai pris Monsieur Martin pour un autre.
我把 Martin 先生認成別人了。

⑫ Certains sont partis, mais d'autres sont restés.
有一些人離開了，但有一些人留下來。

⑬ Quelqu'un a volé ma voiture.
有人偷了我的車。

⑭ Vous n'avez pas quelque chose de moins cher?
您這裡沒有比較便宜的東西嗎？

4.5　進階用法

· **tout** 的形容詞用法

```
tout m
tous m pl
```

tout le monde　　　「每個人」

tout le temps　　　「總是」

tout notre pays　　　「我們整個國家」

tout ce que je veux　「我所想要的」

tous mes amis 「我所有的朋友」

> **toute** f
> **toutes** f pl

toute la journée 「一整天」

toute sa vie 「他／她的一生」

toutes ces fleurs 「這些所有的花」

· **tout** 的副詞用法

只有 tout 這個形態，為「非常」、「很」的意思。

C'est **tout** naturel.（這一切都是極為自然。）

Il a fait ça **tout** autrement.（他的做法相當不同。）

· **autre** 的其他用法

> **l'un(e) l'autre** 「彼此」（兩個人）
> **les un(e)(s) les autres**「互相」（三人以上）

以上兩者搭配反身動詞使用。

Ils s'aiment **l'un l'autre**.
他們彼此相愛。

Il faut s'aimer **les uns les autres**.
我們必須彼此相愛。

Ils se parlaient **les uns aux autres**.
他們互相交談。

中性代名詞 en

5.1　用法

07_09

1 取代「部分冠詞＋名詞」

Voulez-vous du pain? Il y **en** a encore.
您還想來一點麵包嗎？這還有一些。

J'ai acheté du fromage. → J'**en** ai acheté.
我買了一些乳酪。→我買了一些。

Tu as de l'argent? —Oui, j'**en** ai.
你有一些錢嗎？ 一有，我有一些。

Elle a bu du saké. → Elle **en** a bu.
她喝了一些燒酒。→她喝了一些。

2 取代「des（複數不定冠詞）＋名詞」

Nous voudrions des pommes de terre.—Vous **en** voudriez?
我們想要一些馬鈴薯。一你們想要嗎？

J'ai vendu des livres.—Vous **en** avez vendu?
我賣掉了一些書。 一您賣掉了嗎？

Tu as des soucis? Moi, je n'**en** ai pas.
你有煩惱嗎？我呢，我是沒有。

Des lapins ici? Nous n'**en** avons jamais vu.
這裡有兔子嗎？我們從來沒見過。

3 搭配「數詞、量詞、不定形容詞」一起使用

Combien de tartes as-tu fait?—J'**en** ai fait cinq.
你做了多少個派？ 一我做了五個。

Combien d'enfants avez-vous, Madame?—J'**en** ai trois.
女士，您有幾個孩子呢？—我有三個。

Avez-vous vu des films de ce cinéaste?—Oui, j'**en** ai vu beaucoup.
您看過這位電影製作人的電影嗎？—有，我看了很多部。

Si vous voulez des fraises, prenez-**en** plusieurs.
如果您想要草莓，請拿幾個吧。

4 取代「de＋名詞／代名詞／不定式」

Donnez-moi un coup de main; j'**en** ai besoin.
請幫我一下；我需要援手。

Il reçoit une grosse pension et il **en** vit.
他領到一筆豐厚的退休金，並以此過活。

Il aime son travail, et il **en** est fier.
他喜歡自己的工作，並引以為傲。

Il attrapa la grippe et **en** mourut.
他染上了流感，並因此過世。

Le roi aimait son peuple et **en** était aimé.
國王愛著人民，並受其愛戴。

Elle ne viendra pas ce soir, et j'**en** suis sûr.
她今天晚上將不會來，我很確定。

J'ai des ennuis et n'**en** dors plus.
我有煩惱，所以睡不著覺。

Moi, mentir? Mais j'**en** suis incapable!
我，撒謊嗎？但我不會這樣做！

5.2　文法解說

前面學過受詞人稱代名詞，本課來學一般來說都用來代稱「事物」的代名詞。

· **en** 主要取代「事物」，如果要取代「人物」時，則以「de＋強調形人稱代名詞」的形態表示。

J'**en** ai peur.（我怕那個（事物）。）
J'ai peur de **lui**.（我怕他。）

· **en** 的位置：放在**動詞**（或**助動詞**）之前。

Voulez-vous du pain? → **En** voulez-vous?
（您想要一點麵包嗎？ → 您想要那個嗎？）

· **en** 也有取代人物的情況，但僅限於某些特殊情況。詳情請見 5.5 進階用法 。

· **en** 也可取代部分冠詞，以下是關於部分冠詞的說明

部分冠詞（du, de la, de l'）放在不可數名詞（物質名詞、抽象名詞等）之前，是表示某個量。例如：du pain（一些麵包）, du fromage（一些起司）等等。

「**du**＋陽性名詞」
「**de la**＋陰性名詞」
「**de l'**＋母音開頭的名詞」

以下也是表示少量的例子：

du vin（一些紅酒）, du saké（一些清酒）, du courage（一些勇氣）
de l'argent（一些錢）, de la confiture（一些果醬）, de la viande（一些肉）, de la patience（一些耐心）, de l'angoisse（一些焦慮）, de l'eau（一些水）

· **en** 的位置（肯定命令式的情況）：

在肯定命令式的情況，en 的位置要加在句尾。

Donne du vin. → Donnes-**en**.
（提供一點酒。→ 提供那個。）
➡ 請注意右句中 Donnes 的 s。

Donnez-moi du vin. → Donnez-m'**en**.
（請給我一點酒。→ 請給我那個。）

Donnez du vin à ce Monsieur. → Donne-lui-**en**.
（請給那位先生一點酒。→ 請給他那個。）

1 取代「部分冠詞＋名詞」

> Voulez-vous du pain? Il y **en** a encore.
> 您還想來一點麵包嗎？這還有一些。

句中「部分冠詞＋名詞」的 du pain（一些麵包），改以 **en** 取代。就這個意義上來看，**en** 可以稱之為中性代名詞。而其在句中的位置，就如一開始提到的，**en** 要放在動詞 a (avoir) 之前。另外，「部分冠詞」是放在表示「一整塊」、「液體」、「金錢」、「抽象名詞」等意義的名詞之前，表示「某些」的冠詞。

> J'ai acheté du fromage. → J'**en** ai acheté.
> 我買了一些乳酪。→我買了一些。

句中「部分冠詞＋名詞」的 du fromage（一些起司），改以 **en** 取代，並放在助動詞 ai (avoir) 之前。這時的 **en** 是指前面的 du fromage，後面接續的過去分詞 acheté 的性別、數量都不受影響，無需做變化。

> Tu as de l'argent?—Oui, j'**en** ai.
> 你有一些錢嗎？ 一有，我有一些。

這個例句和上一句相同。句中「部分冠詞＋名詞」的 de l'argent（一些錢）以 **en** 取代並放在動詞 ai 之前。

2 取代「des（複數不定冠詞）＋名詞」

> Nous voudrions des pommes de terre.—Vous **en** voudriez?
> 我們想要一些馬鈴薯。 一你們想要嗎？

同樣地，句中的 des pommes de terre（馬鈴薯）改以 en（那個）取代。

> J'ai vendu des livres.—Vous **en** avez vendu?
> 我賣掉了一些書。 一您賣掉了嗎？

des livres（一些書）以 **en**（那個）取代。若左邊的句子是 J'ai vendu mes livres.（我賣掉了我的書），則右邊的句子就會是 Vous les avez vendus?，而不會使用 **en**。

> Des lapins ici? Nous n'**en** avons jamais vu.
> 這裡有兔子嗎？我們從來沒見過。

Des lapins（兔子）以 **en**（那個）取代。這句的 **en** 放在助動詞 avons 之前，過去分詞的性別和單複數不會受到 **en** 的影響，無需做變化。如果這裡不是用 **en** 而是用 les（表示那些兔子），句子就會是 Nous ne les avons jamais vus.，這時的過去分詞就會受到 lapins 的影響，變成陽性複數形。

3 搭配「數詞、量詞、不定形容詞」一起使用

> Combien de tartes as-tu fait?—J'**en** ai fait cinq.
> 你做了多少個派？ 一我做了五個。

J'en ai fait cinq.（直譯：我做了五個那個）和 J'ai fait cinq tartes.（我做了 5 個派。）是相同的意思。這裡的 **en** 可翻作是「那個」、「和那個有關的」即可。答句中的 **en** ～ cinq（五個那個）＝cinq tartes（五個派），cinq 為數詞。

> Avez-vous vu des films de ce cinéaste?—Oui, j'**en** ai vu beaucoup.
> 您看過這位電影製作人的電影嗎？ 一有，我看了很多部。

j'en ai vu beaucoup（直譯：我看了很多那個。）與 J'ai vu beaucoup de films（我看了很多電影）是一樣的意思。beaucoup 為量詞。

> Si vous voulez des fraises, prenez-**en** plusieurs.
> 如果您想要草莓，請拿幾個吧。

prenez-en plusieurs（直譯：請拿幾個那個）和 prenez plusieurs fraises（請拿幾顆草莓。）是同一個意思。plusieurs 為不定形容詞。

4 取代「de＋名詞／代名詞／不定式」

> Donnez-moi un coup de main; j'**en** ai besoin.
> 請幫我一下；我需要援手。

j'en ai besoin（我需要那個）在此表示 j'ai besoin **de votre coup de main**（我需要您的協助）。**en** 代稱 de votre coup de main（**en**＝「de＋名詞」），這裡的 de 是從 ai besoin de 而來。

> Il reçoit une grosse pension et il **en** vit.
> 他領到一筆豐厚的退休金，並以此過活。

en 取代 de cette grosse pension（這筆巨額的養老金）。de 來自 vivre de ~「靠~過生活」，**en** 在此是表示「方法」。例如：

L'homme ne **vit** pas seulement **de** pain.
（人不能只靠麵包過活。《馬太福音》）

Il aime son travail, et il **en** est fier.

他喜歡自己的工作，並引以為傲。

être fier de ~表示「以~為榮」。句中的 **en**（那個）主要取代 de son travail。de 來自 être fier de ~。

Il attrapa la grippe et **en** mourut.

他染上了流感，並因此過世。

---

en 取代 de la grippe（因流感），mourir de 表示「死於~」，表示「原因」。

Le roi aimait son peuple et **en** était aimé.

國王愛著人民，並受其愛戴。

---

et en était aimé＝et (il) était aimé de son peuple，也就是説 en 是取代 de son peuple。此為「de＋名詞」（受到動作執行者~）的句型。

Elle ne viendra pas ce soir, et j'**en** suis sûr.

她今天晚上將不會來，我很確定。

---

j'en suis sûr（我很確定此事）原句是 je suis sûr qu'elle ne viendra pas ce soir（我很確定她今晚不會來）這件事。此外，j'en suis sûr 是由 je suis sûr de cela（我很確定此事）而來，**en** 取代 de cela。

Moi, mentir? Mais j'**en** suis incapable!

我，撒謊嗎？但我不會這樣做！

---

j'en suis incapable（我無法做此事）＝je suis incapable de mentir（我無法説謊），**en** 取代 de mentir。此用法為「de＋不定式」。

請依下列四種 範例 ，將句子以 en 改寫。

> 範例 J'ai bu de la bière.
>
> ➡ *J'en ai bu.*
>
> （取代「部分冠詞＋名詞」）
>
> 範例 Il y a des arbres dans mon jardin.
>
> ➡ *Il y en a dans mon jardin.*
>
> （取代「des＋名詞」）
>
> 範例 J'ai deux voitures.
>
> ➡ *J'en ai deux.* （搭配數詞）
>
> 範例 Les fleurs ont besoin d'eau.
>
> ➡ *Les fleurs en ont besoin.*
>
> （取代「de＋名詞」）

1　J'ai beaucoup de travail.

　➡ _____

2　Ne parlons pas de cela.

　➡ _____

3　Il n'est pas content de mon travail.

　➡ _____

4　J'ai oublié le titre de cette peinture.

　➡ _____

5　Elle a apporté des fruits.

　➡ _____

6 Tu as besoin de mon aide?

➡ _____

7 J'ai vendu trois livres.

➡ _____

8 Vous avez de la chance.

➡ _____

9 Vous avez acheté des cerises?

➡ _____

10 Je ne connais pas le nom de ce restaurant.

➡ _____

11 Ils ont fait des exercices.

➡ _____

12 Nous avons beaucoup d'argent.

➡ _____

13 Je voudrais un kilo de bœuf, s'il vous plaît.

➡ _____

14 Ils ont assez d'ennuis.

➡ _____

15 Il y a des champignons dans la forêt.

➡ _____

16 Veulent-ils de la confiture?

➡ _____

07_10

請搭配音檔進行練習。第一遍先聽，會聽到法中對照（一句法文、一句中文）的句子；第二遍請跟著音檔複誦聽到的句子。

① Voulez-vous du pain? Il y en a encore.
您還想來一點麵包嗎？這還有一些。

② J'ai acheté du fromage. → J'en ai acheté.
我買了一些乳酪。→我買了一些。

③ Nous voudrions des pommes de terre.—Vous en voudriez?
我們想要一些馬鈴薯。—你們想要嗎？

④ J'ai vendu des livres.—Vous en avez vendu?
我賣掉了一些書。—您賣掉了嗎？

⑤ Tu as des soucis? Moi, je n'en ai pas.
你有煩惱嗎？我呢，我是沒有。

⑥ Des lapins ici? Nous n'en avons jamais vu.
這裡有兔子嗎？我們從來沒見過。

⑦ Combien de tartes as-tu fait?—J'en ai fait cinq.
你做了多少個派？—我做了五個。

⑧ Combien d'enfants avez-vous, Madame?—J'en ai trois.
女士，您有幾個孩子呢？—我有三個。

⑨ Avez-vous vu des films de ce cinéaste?—Oui, j'en ai vu beaucoup.
您看過這位電影製作人的電影嗎？—有，我看了很多部。

⑩ Donnez-moi un coup de main; j'en ai besoin.
請幫我一下；我需要援手。

⑪ Il aime son travail, et il en est fier.
他喜歡自己的工作，並引以為傲。

⑫ Il attrapa la grippe et en mourut.
他染上了流感，並因此過世。

5.5　進階用法

　　en 通常是指「事物」，一般如果是指「人物」，會用「de＋強調形人稱代名詞」的形態表示。但若為以下的情況，也可以用來表示「人物」。

· 搭配表達情緒的動詞

> se plaindre de ~「抱怨～」
> avoir pitié de ~「憐憫～」
> s'éprendre de ~「愛上～；熱愛～」

Il s'est épris **de Françoise**.
（他愛上法蘭索瓦絲。）
→ Il s'**en** est épris.
（他愛上她。）

· 搭配表示移動動作的動詞

> s'approcher de ~「靠近～」
> s'éloigner de ~「遠離～」

Elle s'est approchée **de Gérard**.（她走近 Gérard。）
→ Elle s'**en** est approchée.（她走近他。）

· 搭配一部分的其他動詞

> parler de ~「談論～」
> dire de ~「說～」

Parlons **de Marie-Thérèse**.（我們來談談 Marie-Thérèse。）
→ Parlons-**en**.（我們來談談她。）

中性代名詞 y

07_11

1 代替「介系詞 à＋名詞／代名詞」

Elle va à Paris.—Elle **y** va?
她去巴黎。—她去（那邊）嗎？

Tu penses à ton examen?—Oui, j'**y** pense toujours.
你在想你的考試嗎？—對，我一直在想（那件事）。

Elle pense à ce que je lui ai dit?—Oui, elle **y** pense.
她在想我跟她說的那件事嗎？—對，她在想（那件事）。

Je m'oppose à ton idée.—Tu t'**y** opposes?
我反對你的想法。—你反對？

Avez-vous répondu à cette lettre?—Oui, j'**y** ai répondu.
您有回覆這封信嗎？—有，我已經回覆（這封信）了。

2 代替「介系詞 à＋不定式」

Elle a renoncé à faire ce travail?—Oui, elle **y** a renoncé.
她放棄做這份工作了嗎？—對，她放棄（這份工作）了。

Je consens à travailler avec elle.—Vous **y** consentez?
我同意和她共事。—您同意（這件事）嗎？

Il a réussi à convaincre ses parents.—Il **y** a réussi?
他成功說服了他的父母。—他成功辦到了？

3 代替「介系詞 à＋前面的子句」

Vous avez un rendez-vous avec lui, et pensez-**y** bien.
您跟他有約，請好好思考一下（這件事）。

Il a plu, et personne ne s'**y** attendait.
下雨了，沒有人料想到（下雨這件事）。

Je parle le français, et il **y** attache de l'importance.
我會說法語，而他對此（我會說法語這件事）十分重視。

6.2 文法解說

本課來學用來代稱「介系詞 à＋名詞／代名詞」和「介系詞 à＋不定式」的代名詞。

· y 的位置：放在動詞（或助動詞）之前。和 en 一樣，除了肯定命令式之外，y 也是要放在動詞或助動詞之前。句中同時有 **en** 和 **y** 時，語順為 **y**＋**en**。

Tu trouves des champignons?—Oui, il y **en** a.
（你找到香菇了嗎？—有，這裡。）

· y 若放在以 e 或 a 結尾的第二人稱單數命令式動詞之後，該動詞就要加上 s。

Vas-y.（去吧。）
Restes-y.（待在那裡。）

1 代替「介系詞 à＋名詞／代名詞」

> Tu penses à ton examen?—Oui, j'**y** pense toujours.
> 你在想你的考試嗎？—對，我一直在想（那件事）。

句中的 à ton examen（你的考試）是「介系詞 à＋名詞」，在回答時可以 y（那件事）取代。

> Elle pense à ce que je lui ai dit?—Oui, elle **y** pense.
> 她在想我跟她說的那件事嗎？—對，她在想（那件事）。

同樣地，à ce que je lui ai dit（我跟她說的事）是「介系詞 à＋代名詞 ce」，也可以 y（那件事）取代。

> Je m'oppose à ton idée.—Tu t'**y** opposes?
> 我反對你的想法。—你反對？

s'opposer à ~「反對～」的受詞是 ton idée（你的想法），à ton idée 這個部分可以 y（那個）取代。

> Avez-vous répondu à cette lettre?—Oui, j'**y** ai répondu.
> 您有回覆這封信嗎？—有，我已經回覆（這封信）了。

à cette lettre（回這封信）也可以 y（這封信）取代，且要放在助動詞 ai 之前。

2 代替「介系詞 à＋不定式」

> Elle a renoncé à faire ce travail?—Oui, elle **y** a renoncé.
> 她放棄做這份工作了嗎？—對，她放棄（這份工作）了。

句中 à faire ce travail（做這項工作）符合「介系詞 à＋不定式」的結構，可以 y 取代。renoncer à ~ 是「放棄～」的意思。

> Il a réussi à convaincre ses parents.—Il **y** a réussi?
> 他成功說服了他的父母。—他成功辦到了？

句中 à convaincre ses parents（說服他的父母）符合「介系詞 à＋不定式」的結構，可以 y 取代。réussi à ~ 是「成功於～」的意思。

3 代替「介系詞 à＋前面的子句」

> Vous avez un rendez-vous avec lui, et pensez-**y** bien.
> 您跟他有約，請好好思考一下（這件事）。

前面的整個子句 Vous avez un rendez-vous avec lui（您跟他有約），回答時或再次提起時，為了不要重複，可用 cela 取代變成 Pensez à cela.。à cela 的部分即「介系詞 à＋前面的子句」，還可再以 y（那個）取代。

> Il a plu, et personne ne s'**y** attendait.
> 下雨了，沒有人料想到（下雨這件事）。

此句同樣是以 y（這件事）取代「介系詞 à＋前面的子句」的用法，子句為 Il a plu（下雨了）。s'attendre à ~ 是「預期；預料」的意思。

> Je parle le français, et il **y** attache de l'importance.
>
> 我會說法語，而他對此（我會說法語這件事）十分重視。

在這個句子中，y（那個）所取代的是前面子句 Je parle le français（我會說法語）。attacher de l'importance à ～ 是「重視～」的意思。

6.3　練習題

請將下列句子改用 y 來改寫，接著將改寫後的句子翻譯成中文。

1　Je vais m'inscrire à cette université.（s'inscrire à ～「註冊～」）

➡ _____

中譯 _____

2　Je m'habitue à la vie japonaise.（s'habituer ～「習慣於～」）

➡ _____

中譯 _____

3　Il a pris part à ce projet.（prendre part à ～「參加～」）

➡ _____

中譯 _____

4　Elle a renoncé à son idée.

➡ _____

中譯 _____

5　Ils ont assisté à cette conférence.（assister à ～「出席～」）

➡ _____

中譯 _____

6　Tu as répondu à mon mail?

➡ _____

中譯 _____

7 Allez-vous à Kyoto?

➡ _____

中譯 _____

8 Je vous invite à cette soirée.

➡ _____

中譯 _____

9 Il faut faire attention à votre valise.

➡ _____

中譯 _____

10 Il songe toujours à l'avenir.

➡ _____

中譯 _____

11 J'ai réussi à le convaincre.

➡ _____

中譯 _____

12 Il a enfin renoncé à boire.

➡ _____

中譯 _____

6.4 例句跟讀訓練

07_12

請搭配音檔進行練習。第一遍先聽，會聽到法中對照（一句法文、一句中文）的句子；第二遍請跟著音檔複誦聽到的句子。

① Tu penses à ton examen?—Oui, j'y pense toujours.
你在想你的考試嗎？—對，我一直在想（那件事）。

② Elle pense à ce que je lui ai dit?—Oui, elle y pense.
她在想我跟她說的那件事嗎？—對，她在想（那件事）。

③ Avez-vous répondu à cette lettre?—Oui, j'y ai répondu.
您有回覆這封信嗎？一有，我已經回覆（這封信）了。

④ Elle a renoncé à faire ce travail?—Oui, elle y a renoncé.
她放棄做這份工作了嗎？一對，她放棄（這份工作）了。

⑤ Il a réussi à convaincre ses parents.—Il y a réussi?
他成功說服了他的父母。一他成功辦到了？

⑥ Vous avez un rendez-vous avec lui, et pensez-y bien.
您跟他有約，請好好思考一下（這件事）。

⑦ Il a plu, et personne ne s'y attendait.
下雨了，沒有人料想到（下雨這件事）。

6.5　進階用法

・即使不是「à＋不定式」或是「à＋名詞」，有些特殊的動詞仍會以 y 取代部分內容。

Je n'y **manquerai** pas.（我不會錯過它。）
➡Je ne manquerai pas **de** faire cela.

Vous avez ma promesse, vous pouvez **y compter**.
（我答應您。您可以相信我。）
➡vous pouvez compter **sur** ma promesse.

・即使是「à＋不定式」，有些動詞不以 y 取代。

Il a commencé à **travailer** dès sept heures.
（他七點開始工作了。）

➡沒有 Il y a commencé. 的說法。

・無法以 y 取代「à＋不定式」的特殊動詞還有：

continuer à ~（繼續~）
hésiter à ~（猶豫~）
tarder à ~（延遲）

中性代名詞 le

07_13

1 作為直接受詞

Je sais que Monsieur Cadot habite à Cannes.—Tu **le** sais?
我知道 Cadot 先生住在坎城。—你知道這件事？

Il ne veut pas que je vienne; il ne **le** veut pas.
他不希望我去；他不希望。

Elle ne pouvait pas rivaliser avec lui, elle ne **le** voulait pas.
她無法與他競爭，她不想這麼做。

Il faut que tu viennes tout de suite.—Il **le** faut vraiment?
你必須馬上來。—真的需要這麼做嗎？

Il viendra, et je vous **l'**assure.
他會來的，我跟您保證。

Nous vous annonçons qu'il est arrivé.—Vous me **l'**annoncez?
我們要通知您，他已經到了。—你們是要跟我通知這件事？

Vous savez qu'il a gagné le prix?—Non, je **l'**ignore.
您知道是誰贏得這獎項嗎？—不，我不曉得。

2 作為補語

Tu es heureux?—Mais oui, je **le** suis.
你快樂嗎？—是呀，我是。

Il était riche autrefois, mais il ne **l'**est plus.
他曾經富有過，但現在不再是了。

Elle semble heureuse.—Mais elle **l'**est!
她看起來很幸福。—她的確是！

Mon père est médecin, et moi aussi, je voudrais l'être.
我的父親是醫生，而我也希望可以成為（醫生）。

Si mes filles sont heureuses, moi, je le suis aussi.
如果我的女兒們都很幸福的話，我也會幸福的。

Je veux que tu sois ma femme, et tu le seras!
我希望妳成為我的妻子，而妳將會是的！

7.2　文法解說

　　本課來學可用來代稱前一句話中的補語、不定式，以及整個句子的代名詞。

・中性代名詞 le 可代稱前一句話中的補語，所謂的「補語」指的是
一個句子中的：
a 形容詞
b 無冠詞的名詞
c 所有格＋名詞

詳細的內容將在以下 **2 作為補語**的解說中介紹。

・**le** 有時也可取代後面的子句。

Quand il **le** faudra, nous accepterons de mourrir.
（必要時，我們會接受死亡。）

➡ **le** 代替後面的子句 nous accepterons de mourrir（我們會接受死
亡。）

1 作為直接受詞

Je sais que Monsieur Cadot habite à Cannes.—Tu **le** sais?
我知道 Cadot 先生住在坎城。—你知道這件事？

le（這件事）是取代子句 que Monsieur Cadot habite à Cannes（Cadot 先生住
在坎城）的中性代名詞，並作為 sais（知道）的直接受詞。

Elle ne pouvait pas rivaliser avec lui, elle ne **le** voulait pas.
她無法與他競爭，她不想這麼做。

le（這麼做）是取代前一句的動詞 rivaliser avec lui（她無法與他競爭）的中性
代名詞，並且是 voulait（想要）的直接受詞。

Il viendra, et je vous **l'**assure.
他會來的，我跟您保證。

l'（那個）是取代前一句的 Il viendra（他會來）的中性代名詞，並且是 assure
（保證）的直接受詞。

Vous savez qu'il a gagné le prix?—Non, je **l'**ignore.
您知道是誰贏得這獎項嗎？—不，我不曉得。

l'（那個）是取代前一句 qu'il a gagné le prix（他獲獎了）的中性代名詞，並
且是 ignore（不知道）的直接受詞。

2 作為補語

Tu es heureux?—Mais oui, je **le** suis.
你快樂嗎？—是呀，我是。

le（是如此）代替前面的形容詞 heureux（幸福的）。heureux 作為補語使
用。

Il était riche autrefois, mais il ne **l'**est plus.
他曾經富有過，但現在不再是了。

l'（是如此）代替前面形容詞 riche（富有的）。riche 作為補語使用。

Mon père est médecin, et moi aussi, je voudrais **l'**être.
我的父親是醫生，而我也希望可以成為（醫生）。

l'（成為此人）取代前面句中的補語 médecin（醫生），職業名詞 médecin 是
一種「無冠詞名詞」，在前一句中作為補語功能。我們可以把「無冠詞名詞」
想成是帶有形容詞性質的詞。

Je veux que tu sois ma femme, et tu **le** seras!
我希望妳成為我的妻子，而妳將會是的！

le（那個）代替前句中的補語 ma femme（我的妻子）。這裡的中性代名詞 le
取代「所有格＋名詞」。

7.3　練習題

I　請使用中性代名詞 le 改寫以下的句子。

1　Il faut que nous partions.

➡ _____

2　Il dit que je fais trop de bruit.

➡ _____

3　J'ignore qu'elle va se remarier.

➡ _____

4　J'ai regretté qu'elle n'ait pas été là.

➡ _____

5　Nous voulons que tu sortes.

➡ _____

6　Elle m'a confirmé qu'elle viendrait.

➡ _____

7　Elle voudrait être avocat.

➡ _____

8　Si tu es heureuse, je suis heureux aussi.（畫底線處請改用 le）

➡ _____

9　Ils savent que j'ai fait une erreur.

➡ _____

10　Nous désirons qu'ils sortent.

➡ _____

II　請將以下的句子翻譯為中文。

Il semble beaucoup plus robuste qu'il ne l'était.

中譯 _____

請搭配音檔進行練習。第一遍先聽，會聽到法中對照（一句法文、一句中文）的句子；第二遍請跟著音檔複誦聽到的句子。

① Il ne veut pas que je vienne; il ne le veut pas.
他不希望我去；他不希望。

② Il faut que tu viennes tout de suite.—Il le faut vraiment?
你必須馬上來。—真的需要這麼做嗎？

③ Il viendra, et je vous l'assure.
他會來的，我跟您保證。

④ Vous savez qu'il a gagné le prix?—Non, je l'ignore.
您知道是誰贏得這獎項嗎？—不，我不曉得。

⑤ Tu es heureux?—Mais oui, je le suis.
你快樂嗎？—是呀，我是。

⑥ Il était riche autrefois, mais il ne l'est plus.
他曾經富有過，但現在不再是了。

⑦ Mon père est médecin, et moi aussi, je voudrais l'être.
我的父親是醫生，而我也希望可以成為（醫生）。

⑧ Je veux que tu sois ma femme, et tu le seras!
我希望妳成為我的妻子，而妳將會是的！

中性代名詞 **le**（那個）取代前面子句的用法，常出現在使用以下動詞的情況。

affirmer（肯定）	annoncer（通知）	comprendre（理解）
confirmer（確認）	craindre（害怕）	croire（相信）
déclarer（宣布）	demander（要求）	désirer（希望）
espérer（期望）	ignorer（不知道）	penser（想；思考）
recommander（推薦）	refuser（拒絕）	regretter（後悔）
savoir（知道）	souhaiter（希望）	suggérer（建議）
supposer（猜想）		

➤ Je lui **suggérais** que c'était moins facile qu'il ne pensait.
（我提醒他這不像他所認為的那麼容易。）

  → Je **le** lui **suggérais**.（我提醒他這件事。）

➤ Je **comprends** qu'il soit mécontent.（我理解他的不滿。）

  → Je **le comprends**.（我理解這件事。）

指示代名詞

07_15

1 celui **m**, ceux **m** **pl**：表示「～的事物」、「～的人」

Mon enfant est **celui** qui se cache derrière cet arbre.
我的小孩就是躲在這棵樹後面的那位。

Je vais acheter mon livre et **celui** que tu m'a recommandé.
我要去買我的書，以及你跟我推薦過的那本。

Quel costume a-t-il mis?—Il a mis **celui** que tu as acheté pour lui.
他穿了哪套服裝？—他穿了你買給他的那套。

Quels pays allez-vous visiter?—**Ceux** qui sont au sud de l'Europe.
您要造訪哪些國家？—在歐洲南部的那些。

J'ai deux livres ici; **celui-ci** est un dictionnaire, **celui-là** un roman.
我這有兩本書；這本是辭典，那本是小說。

Voilà des gâteaux. **Ceux-ci** sont faits avec du beurre, **ceux-là** avec de la vanille.
這些是蛋糕。這邊的是用奶油做的，那邊是用香草做的。

2 celle **f**, celles **f** **pl**：表示「～的事物」、「～的人」

Est-ce votre voiture?—Non, c'est **celle** de mon père.
這是您的車嗎？—不是，這是我爸爸的。

Je préfère votre proposition à **celle** de Monsieur Dupont.
我比較喜歡您的建議，更甚於 Dupont 先生的。

J'ai deux maisons; **celle** de Tokyo et **celle** de Kyoto.
我有兩間房子；一間在東京，一間在京都。

Mes amies sont **celles** qu'on voit là-bas.
我的朋友們就是從那邊可以看到的那些人。

Voici deux bicyclettes; **celle-ci** est à moi, et **celle-là** à mon frère.
這有兩台腳踏車；這台是我的，而那台是我哥哥的。

Comment trouves-tu ces fleurs?
—**Celles-ci** sont fraîches, **celles-là** fanées.
你覺得這些花怎麼樣？
—這些很新鮮，那些枯萎了。

8.2　文法解說

　　指示代名詞通常是伴隨著用來限定的詞彙來使用，目的是為了避免重覆同一個名詞，一般是代替「定冠詞＋名詞」或是「指示形容詞（ce, cette...）＋名詞」。

　　就和英語的代名詞 that（那個）的用法很相似，用來取代「the＋名詞」，以避免在同一個句子中重覆提到相同的詞彙。

1 celui ⓜ, ceux ⓜ ⓟⓁ：表示「～的事物」、「～的人」

> Je vais acheter mon livre et **celui** que tu m'a recommandé.
> 我要去買我的書，以及你跟我推薦過的那本。

這句是以 que tu m'a recommandé（你推薦我的）作為限定範圍來説明 livre，再使用指示代名詞 celui 代稱 livre，以避免在句中重覆使用 le livre。

> Quels pays allez-vous visiter?—**Ceux** qui sont au sud de l'Europe.
> 您要造訪哪些國家？—在歐洲南部的那些。

這句是以 qui sont au sud de l'Europe（位於歐洲南部的）作為限定範圍來説明 pays，再使用陽性複數形的指示代名詞 **Ceux**，以避免在句中重覆使用 les pays。

J'ai deux livres ici; **celui-ci** est un dictionnaire, **celui-là** un roman.

我這有兩本書；這本是辭典，那本是小說。

celui-ci（這）和 celui-là（那）分別是指 ce livre-ci（這本書）及 ce livre-là（那本書），藉此避免重覆使用 ce livre。-ci 是表示眼前的事物；-là 是表示相距遙遠的事物。

Voilà des gâteaux. **Ceux-ci** sont faits avec du beurre, **ceux-là** avec de la vanille.

這些是蛋糕。這邊的是用奶油做的，那邊是用香草做的。

Ceux-ci 是指 ces gâteaux-ci（這些蛋糕）；ceux-là 是指 ces gâteaux-là（那些蛋糕）的意思，藉此避免重覆 ces gâteaux。

2 celle **f**, celles **f** **pl**：表示「～的事物」、「～的人」

Je préfère votre proposition à **celle** de Monsieur Dupont.

我比較喜歡您的建議，更甚於 Dupont 先生的。

這句的句型用到 préfère A à B（喜歡 A 勝過於 B）。從 celle 後面的 de Monsieur Dupont（Dupont 先生的～）可知，是限定在 Monsieur Dupont 的範圍內，來説明「Dupont 先生的建議」，使用陰性指示代名詞 celle 以避免重覆 la proposition（建議）。

Mes amies sont **celles** qu'on voit là-bas.

我的朋友們就是從那邊可以看到的那些人。

這句是以 qu'on voit là-bas（從那邊看到的）作為限定範圍，再使用陰性複數的指示代名詞 celles 代替 les amies（女性朋友們）。

Voici deux bicyclettes; **celle-ci** est à moi, et **celle-là** à mon frère.

這有兩台腳踏車；這台是我的，而那台是我哥哥的。

celle-ci（這）是指 cette bicyclette-ci；celle-là（那）是指 cette bicyclette-là，都是為了避免重覆 cette bicyclette。此外，celle-là à mon frère（那台是我哥哥的）原句是 celle-là (est) à mon frère，省略了 est。

Comment trouves-tu ces fleurs?

—**Celles-ci** sont fraîches, **celles-là** fanées.

你覺得這些花怎麼樣？—這些很新鮮，那些枯萎了。

Celles-ci（這些）是指 ces fleurs-ci；**celles-là**（那些）是指 ces fleurs-là，都是為了避免重覆 ces fleurs。此外，和上一句相同，**celles-là** fanées（那些是枯萎的）原句是 **celles-là** (sont) fanées，省略了 sont。

8.3　練習題

請由下方的詞語中，選擇正確的指示代名詞填入空格中。詞彙可重覆使用。

celui	celle	celui-ci	celui-là	ceux-ci
ceux-là	celle-ci	celle-là	ceux	

1　Quel homme aimez-vous?—Mais j'aime ＿＿＿＿＿＿ que j'aime!

2　La population de Paris est plus dense que ＿＿＿＿＿＿ de Lyon.

3　Quelle est votre amie?—C'est ＿＿＿＿＿＿ qui porte une mini-jupe.

4　Voulez-vous ＿＿＿＿＿＿ ou ＿＿＿＿＿＿?
（Il y a le choix entre deux livres.）

5　De tous les jours, le dimanche est ＿＿＿＿＿＿ que j'aime le plus.

6　J'ai apporté ton cadeau et ＿＿＿＿＿＿ de ta sœur.

7　Où habitent les Cadot et les Dupont?
＿＿＿＿＿＿ habitent au Japon, et ＿＿＿＿＿＿ à Cannes.

8　Où se trouvent les villes de Chartres et de Marseille?
＿＿＿＿＿＿ se trouve dans la région de Provence-Alpes-Côte d'Azur, ＿＿＿＿＿＿ près de Paris.

9　＿＿＿＿＿＿ qui parlent le moins sont ＿＿＿＿＿＿ qui pensent le plus.

10　Quelle robe aimes-tu?—J'aime ＿＿＿＿＿＿ qui est bleue.

07_16

請搭配音檔進行練習。第一遍先聽，會聽到法中對照（一句法文、一句中文）的句子；第二遍請跟著音檔複誦聽到的句子。

① Quel costume a-t-il mis?—Il a mis celui que tu as acheté pour lui.
他穿了哪套服裝？—他穿了你買給他的那套。

② Quels pays allez-vous visiter?—Ceux qui sont au sud de l'Europe.
您要造訪哪些國家？—在歐洲南部的那些。

③ J'ai deux livres ici; celui-ci est un dictionnaire, celui-là un roman.
我這有兩本書；這本是辭典，那本是小說。

④ Est-ce votre voiture?—Non, c'est celle de mon père.
這是您的車嗎？—不是，這是我爸爸的。

⑤ J'ai deux maisons; celle de Tokyo et celle de Kyoto.
我有兩間房子；一間在東京，一間在京都。

⑥ Voici deux bicyclettes; celle-ci est à moi, et celle-là à mon frère.
這有兩台腳踏車；這台是我的，而那台是我哥哥的。

8.5　進階用法

‧可用於泛指「人」：**celui qui** ~「做～的人」
　　　　　　　　　　ceux qui ~「做～的人們」

即使句中一開始並未出現可以代替的名詞，仍可用於泛指「人」。上述的例句中一開始都會先提到一個名詞，如 Voilà des gâteaux. 接著用

Ceux-ci... 來代稱。但指示代名詞也可以單純指「人」。

Tous **ceux** qui sont restés dans la salle sont priés d'en sortir.
（所有留在大廳的人都被請求離開。）

‧可用於表示「後者…前者」：**celui-ci**「後者」, **celui-là**「前者」

　-ci 帶有「這裡」的語感，所以在以下例句中，是由語感上較近的「後者」開始說明。

Vous connaissez les noms, Taipei et Tainan? **Celui-ci** se trouve au sud, et **celui-là** au nord.
（您知道台北和台南等地名嗎？後者位於南方，前者位於北方。）

第 8 篇

否定的表達

La phrase négative

01 否定的表達

1.1 用法

1 一般的否定表達

Il **ne** comprend **pas** ce que je dis.
他不理解我所說的。

Elle **ne** ment **jamais**.
她從不說謊。

Votre sœur **n'**est **point** sotte.
您的妹妹並不愚蠢。

Je **ne** t'aime **plus**.
我不再愛你了。

Je **n'**aime **que** toi.
我只愛你。

Vous **n'**êtes **guère** gentil avec elle.
您對她一點都不友善。

Il **n'**y a **personne** dans la salle.
房間裡沒有任何人。

Moi, je **n'**ai **rien** compris.
我呢,我什麼都不懂。

Je **n'**ai **pas encore** fini mon travail.
我還沒完成我的工作。

Vous êtes d'accord? – **Pas du tout**.
您同意嗎?—完全不。

Lui, il **n'**a **aucun** talent.
他呢,他一點天份都沒有。

C'est la viande **à peine** cuite.
這是塊幾乎是生的肉。

Ça **ne** me gène **nullement**.
這完全沒有造成我的困擾。

Il va venir **sans nul** doute.
毫無疑問，他會來。

Nulle rose **sans** épines.
沒有玫瑰是無刺的。

2 特殊的否定句型：ne... pas que 等句型以及搭配 que 的句型

ne...pas que 不僅僅是…

ne...plus que 只有…而已

ne...jamais que 除了…永遠不會…

ne...guère que 除了…幾乎沒有…

ne...rien que 除了…什麼都沒有

Il **n'**y a **pas que** l'amour seul qui donne de la jalousie.
並非僅有愛情才會引起忌妒。

Elle **ne** semblait **plus que** fatiguée.
她看起來只是疲倦的樣子。

Vous **ne** pensez **jamais qu'**à gâter cet enfant.
你們只是想寵壞這個孩子。

Il **n'**y a **guère que** dix minutes qu'il est sorti.
他才出去了不過十分鐘。

Je **n'**entends **rien que** sa plainte.
我只聽見他（她）的抱怨。

3 關於贅詞的 ne
並非明確表達否定，而是在關係子句中隱含「否定想法」的用法。

Il est plus grand que vous **(ne)** pensez.
他比您所想的還要高。

Je crains qu'il **(ne)** vienne.
我擔心他會（不會）來。（希望他不要來）

J'ai peur qu'il **(ne)** soit en retard.
我怕他會（不會）遲到。

Ma seule crainte est qu'elle **(ne)** soit sa femme.
我唯一擔心的是她會（不會）成為他的妻子。

Il faut empêcher qu'il **(ne)** vienne.
必須要阻止他過來。

Prenez garde qu'il **(n')**apprenne cette nouvelle.
請留意，別讓他知道這個消息。

4 「ne＋動詞＋副詞＋pas」與「ne＋動詞＋pas＋副詞」

Nous **n'aimons pas toujours** ceux que nous admirons.
我們並非總會喜歡我們欽佩的人。（部分否定）

Il **n'est toujours pas** prêt.（完全否定）
他還是沒有準備好。

Il **ne** boit **pas absolument**.（部分否定）
他並非完全不喝酒。

Il **ne** boit **absolument pas**.（完全否定）
他絕對不喝酒。

Elle **ne** viendra **pas nécessairement**.（部分否定）
她不一定會來。

Elle **ne** viendra **nécessairement pas**.（完全否定）
她一定不會來。

5 完全否定與部分否定

Tous les élèves **n'**ont **pas** répondu à la question.（部分否定）

並非所有的學生都回答了此問題。

Aucun élève **n'**a répondu à la question.（完全否定）
沒有任何學生回答了此問題。

Toutes ces règles **ne** sont **pas** valides.（部分否定）
所有的這些規則並非都有效。

Aucune de ces règles **n'**est valide.（完全否定）
這些規則全部都無效。

Je **n'**ai **pas un** billet de cent euros sur moi.（完全否定）
我身上沒有一張一百歐元的鈔票。

> ne... pas 是最基本的否定表達，但會因位置不同而有不同的語意。
> **1)** Il **ne** peut **pas** partir.「他無法出發。」
> **2)** Il peut **ne pas** partir.「他可以不出發。」
> ➡ 1) 表示想出發，但無法出發，2) 是「自己選擇不出發」的語感。

1.2　文法解說

 一般的否定表達

> Elle **ne** ment **jamais**.
> 她從不說謊。

ne ~ jamais 是「從不～」的意思。**jamais** 的同義字還有 point，但 point 比較
偏書面語。

> Je **ne** t'aime **plus**.
> 我不再愛你了。

ne ~ plus 是「不再～」的意思。ne ~ plus 也可以這麼用：
Je ne fume pas.
– Moi, non plus.
（我不再吸菸。—我也是。）

> Je **n'**aime **que** toi.
> 我只愛你。

ne ~ que（只有～）的 que 相當於連接詞，之後的代名詞 toi（你）是強調形。
其他的用法還有 Je **n'**ai **que** cent euros.（我只有一百歐元。）或是 Tu **n'**as
qu'à me donner un coup de fil.（你只需要給我打一通電話。）。

> ## Vous **n'**êtes **guère** gentil avec elle.
> 您對她一點都不友善。

ne ~ guère 是「幾乎沒有」的意思。若再加上 plus，變成 ne ~ plus guère，則
是「不再～」的意思。Ce mot **n'**est **plus guère** employé.（這個單字已幾乎不
再使用）。

> ## Moi, je **n'**ai **rien** compris.
> 我呢，我什麼都不懂。

ne ~ rien 是「什麼～都不」的意思。像這樣搭配 **rien** 的還有 tout（全部）的用
法，若為複合時態（如複合過去時），要放在過去分詞之前。

> ## Lui, il **n'**a **aucun** talent.
> 他呢，他一點天份都沒有。

ne ~ aucun 是「沒有任何～」的意思。talent（才能）為陽性名詞，所以搭配
aucun，若為陰性名詞則是 **aucune**。這裡的 **aucun** 為形容詞，但也可以當作代
名詞使用，例如：**Aucun** de nous **ne** parle le français.（我們當中沒有人會說法
語。）。

> ## C'est la viande **à peine** cuite.
> 這是塊幾乎是生的肉。

à peine 是「幾乎沒有～；幾乎不～」的意思。cuite（煮熟的）是 cuire（煮）
的過去分詞的陰性形態，用來修飾 la viande（肉）。此外，還有 À peine...
que ~（剛～就～）的句型。

★ **À peine** était-il rentré **que** le téléphone sonna.
　（他剛回來，電話就響了。）

> ## Ça **ne** me gène **nullement**.
> 這完全沒有造成我的困擾。

ne ~ nullement 是「一點都不～」的意思，屬於比較舊的用法。在這一點上，
nullement 類似 point 的用法。

> ## **Nulle** rose **sans** épines.
> 沒有玫瑰是無刺的。（有苦就有樂。）

nul... sans ~ 是「沒有…是沒～的」的意思，也可以表示「所有的…都～」的意
思。nul 是書面語的用法。

> Il va venir **sans nul** doute.
> 毫無疑問，他會來。

nul（一點都沒有）會搭配 ne 或 sans ~ 一起使用，屬於書面語。若是日常對話，會使用 **sans aucun doute**（毫無疑問地）表示。

2 特殊的否定句型：ne... pas que 等句型以及搭配 que 的句型

> Il **n'**y a **pas que** l'amour seul qui donne de la jalousie.
> 並非僅有愛情才會引起忌妒。

ne... pas que ~ 是「並非只有~」「不僅僅是~」的意思。很久以前人們會使用 ne... pas seulement ~ 用法，之後句型中的 seulement 被換成了 que，並成為習慣的用法。

★ Je **ne** mange **pas que** des légumes.
（我並不是只吃蔬菜。）

> Elle **ne** semblait **plus que** fatiguée.
> 她看起來只是疲倦的樣子。

ne ... plus que ~是「只是~」的意思。若將 que 想成是「除了~之外」，就比較容易理解。原意是「除~之外，沒有~」，也就是「只有~」的意思。

★ Il **ne** vit **plus que** pour sa patrie.
（他只為祖國而活。）

> Il **n'**y a **guère que** dix minutes qu'il est sorti.
> 他才出去了不過十分鐘。

首先是「Il y a＋時間＋que＋直陳式~」的句型，意思是「做了~之後經過（時間）」。**ne ~ guère** 是「幾乎沒有~」、「不太有~」的意思，再加上 que 即「幾乎沒有超過十分鐘」的意思，再轉化成「不到十分鐘」。

> Je **n'**entends **rien que** sa plainte.
> 我只聽見他（她）的抱怨。

ne ~ rien que ~ 原意是「除了~沒有任何~」的意思。單獨 **rien que ~** 是「只有~」的意思。

★ Laisse-moi conduire ta voiture, **rien qu'**une fois!
（讓我開你的車，就只要一次！）

3 關於贅詞的 ne

> Il est plus grand que vous **(ne)** pensez.
> 他比您所想的還要高。

贅詞的 **ne** 是表示在 que 關係子句中隱含著「否定想法」。大部分的情況下 ne 會省略，經常搭配 plus（比～）用在如此例句一樣的比較級句子中。關係子句的 vous **(ne)** pensez 帶有「您沒想到（他那麼高）」的語感。

> Je crains qu'il **(ne)** vienne.
> 我擔心他會（不會）來。（希望他不要來）

接在表示不安語意的 crains（擔心）之後的關係子句，用了贅詞的 **ne**。qu'il **(ne)** vienne（他不會來吧）這個子句使用的「贅詞的 **ne**＋虛擬式」是表示「不希望他來」的語感。也可以將此句改用表示「希望，願望」的動詞 désirer，並以否定的形式來表達：Je désire qu'il ne vienne pas.。不過 désire 後面子句中的 ne 並不是贅詞的 **ne**。

另外，若主要子句為否定形的話，句子就沒有「擔心」的意思了，變成 Je **ne** crains **pas** qu'il vienne.（我不擔心他來=我不在乎他來不來），此時就不會使用贅詞的 **ne** 表示。

> Ma seule crainte est qu'elle **(ne)** soit sa femme.
> 我唯一擔心的是她會（不會）成為他的妻子。

這句也是一樣，qu'elle **(ne)** soit sa femme（她會不會成為他的妻子）句中的「虛擬式＋贅詞的 **ne**」也是表示「不希望她成為他的妻子」的語感。

> Il faut empêcher qu'il **(ne)** vienne.
> 必須要阻止他過來。

表示阻止、防止之意的 empêcher（阻止）之後使用贅詞的 **ne**。qu'il **(ne)** vienne 也是以「贅詞的 **ne**＋虛擬式」來表示「不希望他過來」的語感。

4 「ne＋動詞＋副詞＋pas」與「ne＋動詞＋pas＋副詞」

> Nous **n'aimons pas toujours** ceux que nous admirons.
> 我們並非總會喜歡我們欽佩的人。（部分否定）

像此例句的 n'aimons pas toujours 一樣，將 toujours 移出 ne ~ pas 之外，是表示部分否定，意思是「未必總是～」「並非總是～」。

> Il **n'**est **toujours pas** prêt. （完全否定）
> 他還是沒有準備好。

和上一個例句不同，若 **toujours** 是夾在 **ne ~ pas** 之間，則是表示完全否定。

> Il **ne** boit **pas absolument**. （部分否定）
> 他並非完全不喝酒。

absolument（完全地）是在 **ne ~ pas** 之外，所以是表示部分否定的「並非完全不〜」。

> Il **ne** boit **absolument pas**. （完全否定）
> 他絕對不喝酒。

這句的 **absolument** 是夾在 **ne ~ pas** 之間，所以是表示完全否定的「完全不〜」。

5 完全否定與部分否定

> **Tous** les élèves **n'**ont **pas** répondu à la question. （部分否定）
> 並非所有的學生都回答了此問題。

Tous（全部）搭配 **ne ~ pas** 一起使用時，表示部分否定「並非全都〜」。上面這一句請別誤解為「所有的學生都沒回答」，若想要明確表示完全否定時，要像下一句一樣使用 **aucun(e)**（沒有任何的〜）表示。
通常「表示『全部』的詞彙＋ne ~ pas」為「部分否定」的表達。

> **Aucun** élève **n'**a répondu à la question. （完全否定）
> 沒有任何學生回答了此問題。

像這樣用 **Aucun** élève（任何一位學生）搭配 **ne**（不）表達，便明確表示完全否定。這裡不需要使用 **pas**。另外，「**aucun(e)**＋名詞」是視為單數。

> **Toutes** ces règles **ne** sont **pas** valides. （部分否定）
> 所有的這些規則並非都有效。

這一句因為也是使用「表示『全部』的詞彙」的 **Toutes** ces règles（所有的這些規則）並搭配 **ne ~ pas**，所以是部分否定。若想改為完全否定，就要像下一句一樣改用 **aucun(e)**（任何的〜）。

> **Aucune** de ces règles **n'**est valide. （完全否定）
> 這些規則全部都無效。

這裡的 **Aucune**（沒有任何的〜）是代名詞，並配合陰性名詞 **règle** 做變化。**de**

是「在～之中」的意思。這句一樣不需要 **pas**，且 aucun(e) 要視為單數。

> Je **n'ai pas un** billet de cent euros sur moi.（完全否定）
> 我身上沒有一張一百歐元的鈔票。

pas un billet 是「連一張鈔票都沒有」的意思，表示強烈否定。例如 **Pas une** voiture ne passe à cette heure.（這個時間沒有一輛車經過）。sur moi 是「帶在身上」的意思。

1.3 練習題

I　請依中文語意，從以下的詞彙中選出正確的答案，並填入空格中。詞彙不可重覆使用。

jamais	guère	aucun	peine	plus
que	absolument	tous	ne	du

1　Tu t'ennuies, toi? — Mais non, pas ＿＿＿＿＿＿＿ tout.
　（你覺得無聊嗎？——一點也不。）

2　Vous aimez encore cet homme? – Non, je ne l'aime ＿＿＿＿＿＿＿.
　（您還愛那個男人嗎？—不，我不再愛他了。）

3　Faites-vous du sport? – Non, je n'en fais ＿＿＿＿＿＿＿.
　（您有在運動嗎？—不，我從不運動。）

4　Je n'ai ＿＿＿＿＿＿＿ doute à ton sujet.
　（我對你沒有任何懷疑。）

5　Il ne chante ＿＿＿＿＿＿＿ pas.
　（他完全不唱歌。）

6　Vous n'avez ＿＿＿＿＿＿＿ vingt minutes pour préparer.
　（您只有不到 20 分鐘的準備時間。）

7　Il sait à ＿＿＿＿＿＿＿ lire.
　（他幾乎不認識字。）

8 _____ les étudiants ne sont pas excellents.
（並非所有的學生都是優秀的。）

9　Je crains qu'il _____ fasse une grosse erreur.
（我很擔心他會鑄下大錯。）

10 Il n'y a _____ des déchets.
（那裡只有垃圾。）

II 請將下列的句子翻成中文。

1　L'amour peut être aveugle; l'amitié jamais.

➡ _____

2　Ce mot ne s'emploie plus guère.

➡ _____

1.4　例句跟讀訓練

08_02

　　請搭配音檔進行練習。第一遍先聽，會聽到法中對照（一句法文、一句中文）的句子；第二遍請跟著音檔複誦聽到的句子。

① Elle ne ment jamais.
她從不說謊。

② Je ne t'aime plus.
我不再愛你了。

③ Je n'aime que toi.
我只愛你。

④ Vous n'êtes guère gentil avec elle.
您對她一點都不友善。

⑤ Je n'ai pas encore fini mon travail.
我還沒完成我的工作。

⑥ Lui, il n'a aucun talent.
他呢，他一點天份都沒有。

⑦ C'est la viande à peine cuite.
這是塊幾乎是生的肉。

⑧ Il va venir sans nul doute.
毫無疑問，他會來。

⑨ Elle ne semblait plus que fatiguée.
她看起來只是疲倦的樣子。

⑩ Il n'y a guère que dix minutes qu'il est sorti.
他才出去了不過十分鐘。

⑪ Il est plus grand que vous (ne) pensez.
他比您所想的還要高。

⑫ J'ai peur qu'il (ne) soit en retard.
我怕他會（不會）遲到。

⑬ Il faut empêcher qu'il (ne) vienne.
必須要阻止他過來。

⑭ Il n'est toujours pas prêt.（完全否定）
他還是沒有準備好。

⑮ Il ne boit pas absolument.（部分否定）
他並非完全不喝酒。

⑯ Elle ne viendra pas nécessairement.（部分否定）
她不一定會來。

⑰ Tous les élèves n'ont pas répondu à la question.（部分否定）
並非所有的學生都回答了此問題。

⑱ Aucun élève n'a répondu à la question.（完全否定）
沒有任何學生回答了此問題。

1.5　進階用法

1「savoir＋間接問句」搭配否定句時，經常會省略 pas。

➤ Je **ne sais** (pas) *si* la réunion aura lieu demain.
（我不知道明天要不要開會。）

➤ Je **ne sais** (pas) *ce qu*'il veut.
（我不知道他想要什麼。）

2 雙重否定：用於「緩和語氣」或是「強調」。

➤ Tu **ne** peux **pas ne pas** te poser la question.
（你無法不自問這個問題。）

介系詞

Les prépositions

01 介系詞

1.1 用法

09_01

1 à：表示「往～」、「以～為對象」等

用法 1：「動作的對象」

Ma femme pense toujours **à moi**.
我太太總是想著我。

Je songe **à mon amie** pendant le voyage.
我在旅行時想著我的女朋友。

Nous obéissons **à notre professeur**.
我們聽從我們老師的話。

Je vais offrir un cadeau **à ma mère**.
我要送給我媽媽一個禮物。

Il faut prendre garde **aux voitures**.
要小心來車。

Il est totalement indifférent **au résultat**.
他對結果完全漠不關心。

用法 2：à 的其他用法

J'aimerais habiter **à Tahiti**.（位置）
我想要住在大溪地。

Rentre **à la maison** le plus tôt possible.（目的地）
盡可能地早點回家。

Je suis né **au mois** de décembre.（時間或日期）
我是在十二月出生的。

Mes amis sont arrivés **à midi**.（時刻）

我的朋友們都在中午時抵達。

Il vaut mieux y aller **à bicyclette**.（交通方式）
最好是騎腳踏車去那邊。

Le soleil se lève **à l'est**. （方位）
太陽從東邊升起。

Il n'a jamais fait de peinture **à l'huile**.（手段、方法）
他從來沒有畫過油畫。

J'aime beaucoup la soupe **à l'oignon**.（放入的材料）
我非常喜歡洋蔥湯。

À ces mots, il s'est fâché.（原因）
聽到這些話，他生氣了。

Il préfère vivre **à la japonaise**.（風格）
他更喜歡過著日式生活。

À qui sont ces livres?（所屬）
這些書是誰的？

用法 3：表示「～專用」

Quelle belle tasse **à thé**!
多麼美麗的茶杯啊！

Vous avez de beaux verres **à vin**.
您有一些漂亮的酒杯。

Ce sont des cuillères **à café**.
這些是咖啡匙。

C'est la boîte **aux lettres**.
這是信箱。

用法 4：「à ＋原形動詞」

C'est difficile **à faire**.
這很難辦。

C'est une chanson agréable **à entendre**.
這是一首很好聽的歌。

Il faut acheter une machine **à laver**.
我們需要買一台洗衣機。

2 **de**：表示「～的」、「從～（出發）」、「因～（原因）」、「關於～」

用法 1：「**de** ＋名詞」

Il n'est pas **de notre parti**.（所屬）
他不是我們的成員。

Ma spécialité, c'est l'étude **du droit**.（針對的主題）
我的專長是法律研究。

Léonard de Vinci, c'est un homme **de génie**.（性質）
達文西是一個天才。

Que pensez-vous **de ce sujet**?（針對的主題）
您對於這個主題有什麼看法？

Elle était belle avec son chapeau **de paille**.（材質）
她戴著草帽的樣子很美。

Mes parents sont arrivés **de Paris**.（出發點）
我的父母從巴黎抵達了。

Cette fille a rougi **de honte**.（原因）
這個女孩因羞愧而臉紅。

Venez **de ce côté**.（方向）
請從這邊過來。

用法 2：「**de** ＋原形動詞」

Il est facile **de critiquer**.（意義上的主詞）
批評很容易。

L'important, c'est **d'être calme**.（主詞補語）
重要的是保持冷靜。

Mon père a enfin cessé **de fumer**.（直接受詞）

我爸爸終於戒菸了。

Je me contente **de ne pas parler**.（間接受詞）
我甘於保持沉默。

Je serai content **de partir**.（形容詞補語）
我會很開心要出發了。

Je vous montrerai l'art **de bien écrire**.（名詞補語）
我將會向您展現寫作的藝術。

3 pour：表示「為了～」、「朝～（目的地）」、「作為～」等

Je n'hésiterai pas à mourir **pour la patrie**.（目的）
我將會毫不遲疑地為祖國而死。

J'ai acheté ce bouquet **pour ma femme**.（用途）
我為我太太買了這束花。

Elle est partie **pour les États-Unis**.（目的地）
她已經出發去美國了。

Ce concert sera **pour le 14 juillet**.（預定的時間或日期）
這場音樂會將會於七月十四日舉辦。

Pour notre mariage, il faudra y renoncer.
（目的或主題➡放在句首）
為了我們的婚禮，我們不得不放棄它。

Vous êtes **pour** ou contre **mon avis**?（贊成）
您是贊成或不贊成我的意見呢？

Notre président a parlé **pour nous tous**.（代表）
我們的總統代表我們全體講了話。

Pouvez-vous réserver un hôtel **pour moi**?（代替）
請問您可以幫我預訂飯店嗎？

Le Japon est célèbre **pour le mont Fuji**.（理由）
日本以富士山而聞名。

Il fait très chaud **pour cette saison**.（時間）
這個季節非常炎熱。

Nous avons **pour but** d'améliorer le cadre de vie.（目標）
我們的目的是為了改善生活環境。

Il me faut changer le vieux frein **pour un neuf**.（交換的目標）
我需要把舊煞車換成新煞車。

4 en：表示「在～（陰性）國家」、「在～（空間或狀態）」、「用～（方法、手段）」等

Il est **en France**.（陰性國家）
他在法國。

Les feuilles tombent **en automne**.（時間）
葉子在秋天時掉落。

En combien de temps finirez-vous ce travail?（期間）
請問您多久能完成這項工作？

J'ai des projets **en tête**.（抽象的空間）
我的腦海中有些計畫。

Votre famille est **en bonne santé**?（狀態）
您的家人都還好嗎？

Il était **en chemise**, et mouillé de sueur.（服裝）
他穿著襯衫，並因汗水而溼透了。

C'est **en fer**.（材質）
這是鐵製的。

Est-ce que vous croyez **en Dieu**?（信仰、信賴）
請問您信神嗎？

5 dans：表示「在～內（時間，空間）」

Nous allons faire des courses **dans un supermarché**.（場所）
我們要去超市購物。

Je peux m'asseoir **dans ce fauteuil**?（範圍內）

我可以坐在這張扶手椅上嗎？

Mes élèves sont très forts **dans ce domaine**. （領域）
我的學生們在這個領域很強。

Cette armoire est **dans le syle du 18ème siècle**. （樣式）
這個衣櫃是採 18 世紀的風格。

Il part **dans une semaine ou deux**. （時間）
他會在一週或兩週後離開。

Dans sa jeunesse, il était timide. （時間）
在他年輕的時候，他很害羞。

6 sur：「在～上面」、「基於～」

Il y a un vase **sur la table**. （位置）
桌子上有一個花瓶。

Je voudrais que ma maison soit bâtie **sur un terrain solide**. （基礎）
我希望我的房子是蓋在堅固的地面。

Leurs noms étaient **sur la liste**. （在上面）
他們的名字有在名單上面。

Avez-vous des allumettes **sur vous**? （攜帶）
請問您身上有火柴嗎？

Il a essayé de tirer un coup de feu **sur le président**. （目標）
他試圖向總統開槍。

Il y avait un embouteillage **sur 10 kilomètres**. （範圍）
車潮回堵了 10 公里。

Je vais écrire un livre **sur le cinéma**. （主題）
我要寫一本關於電影的書。

7 其他介系詞

Il est arrivé **après tout le monde**.
他在所有人（到了）之後才到。

Il nous faut partir **avant le midi**.
我們必須要在中午之前出發。

Il a écrit son roman **avec ce stylo**.
他是用這支筆寫小說的。

Allô, je suis bien **chez Monsieur Cadot**?
喂？是 Cadot 先生家嗎？

Aucune décision n'a été prise **concernant cette proposition**.
關於這項提案尚無任何決議。

Il ne faut pas avancer **contre le courant**.
不應該逆流而行。

D'après la télé, il y a eu une catastrophe en Iran.
據電視報導，伊朗發生了一起災難。

Depuis combien de temps travaille-t-il ici?
他在這裡工作多久了？

Je peux garer ma voiture **derrière la mairie**?
我可以把我的車停在市政府後面嗎？

Voulez-vous vous mettre **devant le feu**?
請問您想要到火爐前嗎？

Les Alpes se trouvent **entre la France et la Suisse**.
阿爾卑斯山位於法國與瑞士之間。

Je l'attendrai **jusqu'à trois heures**, mais pas plus.
我會等他（她）到三點，逾時不候。

Je suis devenu médecin **malgré moi**.
儘管我不想，我仍然成為了醫生。

L'Amérique a été découverte **par Colomb**.
美洲是被哥倫布發現的。

Il ne compte pas **parmi les grands poètes**.
他並非偉大的詩人之一。

Pendant la Seconde Guerre mondiale, il y avait des résistants.

在第二次世界大戰時，有反抗組織。

Sans toi, je ne pourrais jamais vivre.
沒有你的話，我永遠活不下去。

Il a tout perdu **sauf l'honneur**.
除了榮譽之外，他失去了一切。

Vers le milieu de sa vie, il a décidé de devenir peintre.
在他中年時期，他決定成為一名畫家。

8 介系詞片語

Je me suis fait gronder **à cause de toi**.
因為你的關係，我挨罵了。

Il a pris son carnet **afin de noter quelque chose**.
他拿出了他的筆記本來記下一些事情。

À part toi, personne ne le sait.
除了你之外，沒有人知道這件事。

Le résultat était **au-delà de nos espérances**.
結果超出了我們的預期。

Leur villa se situe **au-dessous de cette petite colline**.
他（她）們的那間別墅位於這座小山丘的下面。

Ils ont posé une lampe **au-dessus de la table**.
他們擺了一盞燈在桌子上方。

Nous étions égarés **au milieu de la foule**.
我們在人群中迷路了。

Ils ont réussi à traverser le fleuve **au moyen d'une barque.**
他們順利地用小船穿越了河流。

Au lieu de la voiture, j'ai pris le train.
我搭了火車，而不是開車。

Il porte une belle montre **autour de son poignet**.

他的手腕上戴著一支漂亮的手錶。

Grâce à vous, j'ai bien réussi à un examen d'entrée.
多虧了您，我已經通過入學考試。

Les voitures sont stationnées **le long de la rue**.
車輛沿著街道兩旁停放。

On a bavardé joyeusement **tout le long du repas**.
我們在吃飯時愉快地交談。

à 與 dans 的不同之處

· **à** 是將場所理解成「空間中的某一個點」。
J'étais à Paris en ce temps-là.（當時我在巴黎。）
· 當要表達在某空間內部、或是清楚劃分出來的某個空間範圍，或是搭配限定詞（如 le）的時候，就會使用 **dans**。
circuler **dans** Paris（在巴黎內走動）
dans le Paris d'aujourd'hui（在今天的巴黎）
dans une vieille maison（在一棟老房子裡）

1.2 文法解說

1 à：表示「往～」、「以～為對象」等

Je vais offrir un cadeau **à ma mère**.
我要送給我媽媽一個禮物。

à ma mère（對我媽媽）是表示動作（offrir 贈送）的對象。

Il est totalement indifférent **au résultat**.
他對結果完全漠不關心。

indifférent **à** ~ 是「對～漠不關心」的意思，漠不關心的目標是 **résultat**（結果）。

Je suis né **au mois** de décembre.（時間或日期）
我是在十二月出生的。

想要表達「在～月時」就會用 au mois de ~。

Le soleil se lève **à l'est**.（方位）
太陽從東邊升起。

「從東方」不是用 de l'est。在法語的語感是「在東方（升起）」，所以是像例句一樣用 à l'est 表示。「落下」也是一樣的用法。

★ Le soleil se couche **à l'ouest**.（太陽在西方落下。）

Il n'a jamais fait de peinture **à l'huile**.（手段、方法）
他從來沒有畫過油畫。

peinture à l'huile（油畫）可以想成是「用『油畫顏料』這個方法畫畫」。à 是表示方法。

Il préfère vivre **à la japonaise**.（風格）
他更喜歡過著日式生活。

à la japonaise（日式風格的）是由 à la manière japonaise（日本的作法）而來。

Ce sont des cuillères **à café**.
這些是咖啡匙。

「名詞＋**à café**」是「咖啡專用的；用於咖啡的」。à ～ 表示用途。

C'est difficile **à faire**.
這很難辦。

à faire（做）修飾形容詞 difficile（困難的）。和英語的 to 不定詞（副詞用法）很相似，此句相當於英文 This is difficult to do.。

2 **de**：表示「～的」、「從～（出發）」、「因～（原因）」、「關於～」

Venez **de ce côté**.（方向）
請從這邊過來。

de ce côté 是「從這邊」的意思，這裡的 de ～ 是「往～」的意思，所以 de ～ 有「從～（出發）」的意思，也有「～的」的意思。也因此像是 le train de Paris 有可能是「從巴黎出發的火車」，但也可能是「（往）巴黎的火車」的意思。為了避免混淆，要明確表達「從巴黎出發的火車」會用 le train en provenance de Paris；而「往巴黎的火車」則是 le train à destination de Paris。

3 pour：表示「為了～」、「朝～（目的地）」、「作為～」等

> Elle est partie **pour les États-Unis**.（目的地）
> 她已經出發去美國了。

這句明確指出目的地是 pour les États-Unis（朝向美國）。但 à 只是指出方向而已。

> Ce concert sera **pour le 14 juillet**.（預定的時間或日期）
> 這場音樂會將會於七月十四日舉辦。

pour le 14 juillet（在 7 月 14 日）是表示未來的時間點。Je voudrais réserver une table **pour ce soir**.（我想預訂今晚的位子。）也是一樣的用法。

> Nous avons **pour but** d'améliorer le cadre de vie.（目標）
> 我們的目的是為了改善生活環境。

「avoir **pour but** de＋原形動詞」是表示「目的是做～」意義的句型。**pour but** 若直譯的話，意思是「以～為目標」。le cadre de vie 是「生活環境」的意思。

> Il me faut changer le vieux frein **pour un neuf**.（交換的目標）
> 我需要把舊煞車換成新煞車。

changer A **pour** B 是「把 A 換成 B」。Il me faut ～ 是「我必須～」的意思。

4 en：表示「在～（陰性）國家」、「在～（空間或狀態）」、「用～（方法、手段）」等

> **En combien de temps** finirez-vous ce travail?（期間）
> 請問您多久能完成這項工作？

En combien de temps 是表示「需多久時間」的意思。

> Il était **en chemise**, et mouillé de sueur.（服裝）
> 他穿著襯衫，並因汗水而溼透了。

en chemise 是「穿著襯衫」的意思。在英語使用 in 表示。J'ai vu une femme **en noir**.（我看到一個穿黑衣的女人）也是一樣的用法。

> Est-ce que vous croyez **en Dieu**?（信仰、信賴）
> 請問您信神嗎？

croire en Dieu 是「相信上帝」的意思，**en** 是常須搭配動詞的介系詞。這句是相當於英文 believe in God 的用法。

5 dans：表示「在～內（時間，空間）」

> Je peux m'asseoir **dans ce fauteuil**?（範圍內）
> 我可以坐在這張扶手椅上嗎？

只有 ce fauteuil（這張扶手椅）是使用 dans（表示坐在扶手椅這個範圍內），畢竟扶手椅給人「完全置身其中」的印象。若為其他種類的椅子則是使用 sur。例如 Je peux m'asseoir sur cette chaise?（我可以坐在這張椅子上嗎？）。

> Il part **dans une semaine ou deux**.（時間）
> 他會在一週或兩週後離開。

dans une semaine ou deux 是「一、二週後」的意思。**dans** 有「經過～（時間）」的意味。

6 sur：「在～上面」、「基於～」

> Il y a un vase **sur la table**.（位置）
> 桌子上有一個花瓶。

sur 是表示「物體的表面上（必須有接觸）」。若是表示沒有接觸物體的「在～之上」，則是使用後面會介紹的 au-dessus de～（～的上方）表示。

> Avez-vous des allumettes **sur vous**?（攜帶）
> 請問您身上有火柴嗎？

sur～有「帶在身上」的語感。

> Il y avait un embouteillage **sur 10 kilomètres**.（範圍）
> 車潮回堵了 10 公里。

這裡的 **sur** 是表示範圍（在某範圍散布），意思是「持續～；長達～」。

7 其他介系詞

> Il a écrit son roman **avec ce stylo**.
> 他是用這支筆寫小說的。

avec 是表示「手段、方法」。

Aucune décision n'a été prise **concernant cette proposition**.
關於這項提案尚無任何決議。

concernant ~ 表示「關於～」。這也是介系詞。

Les Alpes se trouvent **entre la France et la Suisse**.
阿爾卑斯山位於法國與瑞士之間。

entre A et B 是「A 與 B 之間」的意思，entre 是用在兩個／兩人以上的情況。
三個／三人以上時則是 entre 和 parmi 皆可使用。parmi 不會用在兩個／兩人
的情況。

Je l'attendrai **jusqu'à trois heures**, mais pas plus.
我會等他（她）到三點，逾時不候。

jusqu'à ~（直到～）是表示持續。想表示「在～之前」則是使用 avant。Il
nous faut partir avant le midi.（我們中午之前一定得出發。）

Je suis devenu médecin **malgré moi**.
儘管我不想，我仍然成為了醫生。

malgré ~ 是「不願～的反對」的意思。

Il ne compte pas **parmi les grands poètes**.
他並非偉大的詩人之一。

parmi ~（在～之間）就如在 entre 的項目介紹過的那樣，是用於三個／三人以
上的時候。另外，compte（compter）在這裡是不及物動詞，意思是「算入，
包括」。

Il a tout perdu **sauf l'honneur**.
除了榮譽之外，他失去了一切。

sauf ~ 是「除了～；除非～」的意思，和 à part ~ 相似。

Vers le milieu de sa vie, il a décidé de devenir peintre.
在他中年時期，他決定成為一名畫家。

vers 是「～左右」的意思。這裡是用在時間方面，但也可以用於表示空間方
面：Elle se dirige vers eux.（她朝他們走去。）

8 介系詞片語

Je me suis fait gronder **à cause de toi**.
因為你的關係，我挨罵了。

à cause de ～ 是「由於」的意思。Je me suis fait gronder 是「se faire＋原形動詞」的句型結構，se 為句型中「原形動詞」的直接受詞，意思是「我被～」，這裡使用的是複合過去時。雖然是複合形，過去分詞 fait 無需和主詞的性別、單複數保持一致。例如 Elle s'est fait renverser par un camion.（她被卡車撞了。）。

Il a pris son carnet **afin de noter quelque chose**.
他拿出了他的筆記本來記下一些事情。

「**afin de**＋原形動詞」是「為了做～」，是比較偏書面語的用法。pris（原形 prendre）是「拿，取」的意思。

À part toi, personne ne le sait.
除了你之外，沒有人知道這件事。

À part ～ 是「除了～以外」。還有一個用法是「**À part que**＋直陳式」，意思也是「除了～以外」。

Leur villa se situe **au-dessous de cette petite colline**.
他（她）們的那間別墅位於這座小山丘的下面。

au-dessous de ～（在下方）近似於英語的 below。**sous** 則相當於英語 under。

Ils ont posé une lampe **au-dessus de la table**.
他們擺了一盞燈在桌子上方。

au-dessus de ～（在～上方）近似於英語的 above，是指「未接觸物體表面的上方處」。**sur** 則相當於英語 on（有接觸物體表面的狀態）。

Ils ont réussi à traverser le fleuve **au moyen d'une barque**.
他們順利地用小船穿越了河流。

au moyen de ～ 是「透過～；用～」的意思。

Les voitures sont stationnées **le long de la rue**.
車輛沿著街道兩旁停放。

le long de ～ 是「沿著～」的意思。以英語來說相當於 along。用於表示空間的情況。

> On a bavardé joyeusement **tout le long du repas**.
> 我們在吃飯時愉快地交談。

tout le long de ~（一直～）是用於時間的情況。tout 在此是強調。

1.3　練習題

I　請從下方的詞彙中選擇正確的介系詞，並填入空格中。詞彙不可重覆使用。此外，以下詞彙全都是以小寫表示，可適時改以大寫表示。

à	d'après	sur	de	pendant
au lieu de	derrière	avec	pour	au
sauf	dans	en	chez	au-dessous de

1　On mange du riz ＿＿＿＿＿＿ des baguettes.

2　＿＿＿＿＿＿ l'avion, elle a pris le train.

3　Je n'ai rien fait ＿＿＿＿＿＿ l'hiver.

4　Il paraît très jeune ＿＿＿＿＿＿ son âge.

5　Ce tunnel passe ＿＿＿＿＿＿ la Manche.

6　＿＿＿＿＿＿ ce qu'il a dit, elle a divorcé.

7　J'aime Paris surtout ＿＿＿＿＿＿ mois de mai.

8　Elle est arrivée ＿＿＿＿＿＿ manteau de fourrure.

9　J'ai trouvé une belle chaise ＿＿＿＿＿＿ le style Renaissance.

10　Tout le monde a ri aux éclats ＿＿＿＿＿＿ moi.

11　Une belle plage s'étend ＿＿＿＿＿＿ 5 kilomètres.

12　Il s'est approché ＿＿＿＿＿＿ la fenêtre.

13　Tu n'as pas de brosse ＿＿＿＿＿＿ dents, par hasard?

14 Est-ce que Madame Martin est _____ elle?

15 Il s'est caché _____ le rideau.

II 請將括弧內的法文單字，重組成符合中文語意的句子。

1 那位美麗的女孩騎腳踏車來見我了。
Cette (belle/ venue/ est/ me/ à/ fille/ bicyclette/ voir).

➡ _____

2 您的母親健康狀態還好嗎？
Est-ce (est/ votre/ en/ bonne/ que/ santé/ mère)?

➡ _____

3 他／她的聲音總是那麼悅耳。
Sa (entendre/ à/ est/ toujours/ agréable/ voix).

➡ _____

4 這條河沿岸有一個美麗的村莊。
Il (village/ long/ avait/ un/ le/ de/ ce/ y/ fleuve/ beau).

➡ _____

5 我身上沒有錢。
Je (sur/ pas/ n'ai/ moi/ d'argent).

➡ _____

6 你有看到商店前面的一輛卡車嗎？
Tu (un/ le/ vois/ magasin/ camion/ devant)?

➡ _____

7 這本雜誌主要是在批判文學。
Cette (critiquer/ revue/ pour/ littérature/ a/ la/ de/ but).

➡ _____

請搭配音檔進行練習。第一遍先聽，會聽到法中對照（一句法文、一句中文）的句子；第二遍請跟著音檔複誦聽到的句子。

① Il faut prendre garde aux voitures.
要小心來車。

② Le soleil se lève à l'est.（方位）
太陽從東邊升起。

③ Il préfère vivre à la japonaise.（風格）
他更喜歡過著日式生活。

④ Il faut acheter une machine à laver.
我們需要買一台洗衣機。

⑤ Cette fille a rougi de honte.（原因）
這個女孩因羞愧而臉紅。

⑥ Ce concert sera pour le 14 juillet.（預定的時間或日期）
這場音樂會將會於七月十四日舉辦。

⑦ Notre président a parlé pour nous tous.（代表）
我們的總統代表我們全體講了話。

⑧ C'est en fer.（材質）
這是鐵製的。

⑨ Il part dans une semaine ou deux.（時間）
他會在一週或兩週後離開。

⑩ Je vais écrire un livre sur le cinéma.（主題）
我要寫一本關於電影的書。

⑪ Allô, je suis bien chez Monsieur Cadot?
喂？是 Cadot 先生家嗎？

⑫ Il ne faut pas avancer contre le courant.
不應該逆流而行。

⑬ Je me suis fait gronder à cause de toi.
因為你的關係，我挨罵了。

⑭ Ils ont posé une lampe au-dessus de la table.
他們擺了一盞燈在桌子上方。

1.5　進階用法

　　pour 及 avec 都有「對比」的用法。（可參考本課 1.1 用法 中關於 pour 的介紹）

➤ **Pour un débutant**, il se débrouille bien.
以初學者而言（雖然是初學者），他弄得很好。

➤ **Avec tant de talent**, il n'a pas réussi.
擁有如此多的才華（雖然擁有如此多的才華），他卻沒有成功。

➤ Je t'aime bien tout de même **avec ton sale caractère**.
雖然你脾氣不好，但我還是很愛你。

第 10 篇

連接詞

Les conjonctions

1.1　用法

10_01

1 表示理由、原因

Pourquoi n'aimes-tu pas Marie?—**Parce qu'**elle est méchante.
你為什麼不喜歡瑪莉？—因為她人不太好。

Pourquoi partez-vous si vite?—**Parce que** j'ai rendez-vous.
您為什麼這麼快就要離開？—因為我還有約。

Elle ne vient pas **parce que** son mari est malade.
她因為丈夫生病了而不能來。

Le bébé pleure **parce qu'**il a faim.
小嬰兒因為肚子餓而哭。

Ce n'est pas **parce que** tu es riche que je t'aime.
我並不是因為你有錢的關係才愛你的。

Je ne dis pas ça **parce que** je te hais.
我不是因為恨你才說這樣的話。

Je le ferai, **puisque** c'est important.
我會做的，因為這很重要。

Puisque vous désirez, nous serons mieux dans mon cabinet de travail.
既然您希望，我們最好是待在我的工作室裡。

Ils ne viendront pas, **car** ils sont tous partis en vacances.
他們不會來的，因為他們全都去渡假了。

Elle doit être fatiguée, **car** elle est plus nerveuse que d'habitude.
她一定累壞了，因為她比平常還更神經兮兮。

Comme il pleut, je reste chez moi.
因為在下雨，我待在家裡。

Comme je ne parle pas français, nous discutions en anglais.
由於我不會說法語，我們便用英文討論。

Étant donné que le train est déjà parti, il n'y a rien à faire.
由於火車已經離站了，什麼也做不了了。

Je suis **d'autant plus** étonné **que** c'est très soudain.
因為這實在是太突然了，因此更令我驚訝。

Je te comprends **d'autant mieux que** j'ai éprouvé le même sentiment.
由於我也有同樣的感受，我更能夠理解你。

2 表示結果

Je pense, **donc** je suis.
我思故我在。

Il avait besoin d'argent; **aussi** a-t-il vendu sa maison.
他需要錢，所以他把房子給賣了。

J'étais **si** fatigué **que** je restais au lit.
我是如此地累，因而待在床上。

Gérard a **tellement** changé **que** nous ne le reconnaissons pas.
Gérard 變了很多，所以我們沒有認出他。

Il a travaillé dur, **si bien que** sa santé a baissé.
他很努力工作，導致健康狀況走下坡。

Il est parti sans rien dire, **de sorte que** personne l'a remarqué.
他什麼也沒說就離開了，以至於沒有人注意到他。

J'étais épuisé **à tel point que** je ne pouvais plus dormir.
我已經累到無法入睡的程度。

3 表示讓步（即使～）

Même s'il pleuvait, nous sortirions.
即使當時在下雨，我們還是出門了。

Même quand le premier ministre sera mort, ce projet continuera.
即使總理去世了，這個計畫還是會持續進行。

Quoi qu'il arrive, je le sauverai.
無論發生什麼事，我都會拯救他。

Aussi loin **que** tu sois, tu es à moi.
無論你離得多遠，你都是我的。

Autant qu'il ait bu, il sait se tenir.
儘管他喝了很多，他還是懂得自律。

4 表示前後對立（雖然～但是～）

Bien qu'il soit très jeune, il a du jugement.
雖然他非常年輕，卻有判斷能力。

Quoique je fasse de mon mieux, j'ai un tas de choses à refaire.
無論我盡力做得多好，我還是有一堆事情要重做。

Alors que le médecin le lui a interdit, il boit trop.
儘管醫生禁止他這麼做，他還是喝得太多了。

Jean est brun **tandis que** sa mère est blonde.
Jean 是棕色頭髮的，而他母親是金髮的。

Certes il l'a dit, **mais** il s'est contredit le lendemain.
他確實說過，但隔天他又變卦了。

5 表示假設語氣

À moins que tu ne sois trop occupé, viens dîner chez moi.
除非你太忙了，否則就來我家吃晚飯吧。

Pourvu que tu sois là, le reste est peu de chose.
只要你在，其他的一點也不重要。

À la condition que tu sois sage, tu peux rester ici.
只要你乖乖的，你就可以留在這裡。

Pour peu que tu l'aimes, il commence à se vanter.

只要你稍微喜歡他，他就會開始自吹自擂。

6 對等連接詞

前述的 **1～5** 項為從屬連接詞（但 car, donc, aussi 為對等連接詞），以下為對等連接詞。

Nous avons bien voyagé en Amérique **et** en Asie.

我們在美洲和亞洲盡情地旅遊。

Le hockey sur glace est un sport intéressant, **mais** dangereux.

冰上曲棍球是個有趣但危險的運動。

Son histoire semble incroyable, **cependant** elle est vraie.

他（她）的故事看起來難以置信，但卻是真實的。

On dit que les femmes sont frivoles; **or** ma femme ne l'est pas.

有人說女人是善變的，但我的太太不是那樣。

「讓步」與「對比」的差異

- 讓步：根據假設的事實來陳述結論，主要是強調結論，可譯為「即使～」「縱使～」「儘管～」「無論～」。可以比較以下例句之間用法的差異。

  Aussi loin **que** tu sois, tu es à moi.

  無論你離得多遠，你都是我的。

- 對比：描述鮮明對比的事物，對應的翻譯如「雖然～但是～」。

  Bien qu'il soit très jeune, il a du jugement.

  雖然他非常年輕，卻有判斷能力。

「從屬連接詞」與「對等連接詞」

- 從屬連接詞：句中有主要子句與從屬子句（連接詞引導的子句），基本上子句的順序可以改變。
- 對等連接詞：沒有主、從之分，而且子句的順序無法改變。

1.2 文法解說

1 表示理由、原因

> Pourquoi partez-vous si vite? –**Parce que** j'ai rendez-vous.
> 您為什麼這麼快就要離開？—因為我還有約。

Parce que（因為）是回應 Pourquoi（為何）這個疑問句時使用的連接詞。相當於英語 Why 和 Because 的關係。

> Le bébé pleure **parce qu'**il a faim.
> 小嬰兒因為肚子餓而哭。

從屬子句 **parce qu'**il a faim（因為他肚子餓了）修飾主要子句 Le bébé pleure（嬰兒正在哭泣），表示理由。

> Ce n'est pas **parce que** tu es riche que je t'aime.
> 我並不是因為你有錢的關係才愛你的。

C'est **parce que** ... que ~ 是「之所以～是因為～」的意思，這句開頭的 Ce n'est pas 為否定意味，因此這句是「之所以～並不是因為～」的意思。

> Je ne dis pas ça **parce que** je te hais.
> 我不是因為恨你才說這樣的話。

在主要子句 Je ne dis pas ça 為否定句，但在翻譯上是「不是因為～我才說這樣的話」。英語也有相似的句型 not... because ~（並非因為～）。

> Je le ferai, **puisque** c'est important.
> 我會做的，因為這很重要。

puisque（既然～；因為～）也是表示理由，但帶有「對說話者而言是理所當然」的語感（但該理由未必正確或客觀）。

> Ils ne viendront pas, **car** ils sont tous partis en vacances.
> 他們不會來的，因為他們全都去渡假了。

car（因為~）經常用於說明「前半句之所以如此陳述」的原因。因此 **car** 不會放在句首，和英語 for 很相似。**car** 稱為對等連接詞。有關對等連接詞，將會在以下 **6** 做介紹。

> **Comme** il pleut, je reste chez moi.
> 因為在下雨，我待在家裡。

Comme（由於～）子句表示理由，放在主要子句之前。就如後面將介紹的內容所述，為避免重覆使用 comme，會以 que 代替。請見 **1.5 進階用法**。

> **Étant donné que** le train est déjà parti, il n'y a rien à faire.
> 由於火車已經離站了，什麼也做不了了。

Étant donné que（既然～；由於～）是表示理由。過去分詞 donné 不會做任何變化。

> Je suis **d'autant plus** étonné **que** c'est très soudain.
> 因為這實在是太突然了，因此更令我驚訝。

此句的句型是 **d'autant plus ... que ~**（都是因為…所以才更～）。句中「…」的部分會放入形容詞或副詞。這裡是放入過去分詞 étonné（感到驚訝的➡相當於形容詞）。

2 表示結果

> Je pense, **donc** je suis.
> 我思故我在。

donc（因此）相當於英語的 therefore。donc 和 car 一樣都是對等連接詞。關於對等連接詞將會在 **6** 做介紹。suis 是「存在」的意思。想到笛卡兒曾說過的話在現今的日常生活中仍然被使用，就覺得很不可思議。

> Il avait besoin d'argent; **aussi** a-t-il vendu sa maison.
> 他需要錢，所以他把房子給賣了。

aussi（因此）也是放在句首表示結果的用法，後面經常會倒裝。可以和 donc（因此）互換，兩者皆為對等連接詞。

> J'étais **si** fatigué **que** je restais au lit.
> 我是如此地累，因而待在床上。

此句為 **si ... que ~**（如此地…，以至於～）的句型，相當於英語的 so ... that ~，所以也可以解釋為表示「程度」的句型。

> Il a travaillé dur, **si bien que** sa santé a baissé.
> 他很努力工作，導致健康狀況走下坡。

si bien que（因此～；以至於～）之後若接續的是直陳式，是表示「結果」。若

接續的是虛擬式則是表示「讓步」，變成「無論再怎麼〜還是〜」的意思。

> **J'étais épuisé à tel point que** je ne pouvais plus dormir.
> 我已經累到無法入睡的程度。

因為 **à tel point que** ～ 的意思是「以至於〜」，所以也可說是表示「程度」的用法。**à tel point que** ～ 也可以用 **à ce point que** ～ 或是 **au point que** ～ 表示。

3 表示讓步（即使〜）

> **Même s'**il pleuvait, nous sortirions.
> 即使當時在下雨，我們還是出門了。

Même si ～（即使〜）之後的 pleuvait（下雨）為直陳式未完成過去時，主要子句的 sortirions（會出門）為條件式現在時。

> **Quoi qu'**il arrive, je le sauverai.
> 無論發生什麼事，我都會拯救他。

Quoi que ～（無論〜）為讓步的用法。「il arrive＋名詞」是非人稱句型，意思是「發生〜（某事件）」。

> **Aussi** loin **que** tu sois, tu es à moi.
> 無論你離得多遠，你都是我的。

Aussi ... que ～（無論有多麼〜）還有一種用法是在省略 **que** 之後，再將主詞和動詞倒裝的句型，以例句來說就會變成 **Aussi** loin sois-tu。

> **Autant qu'**il ait bu, il sait se tenir.
> 儘管他喝了很多，他還是懂得自律。

Autant que ～ 有「儘管〜」的意思。il ait bu（他喝了）為虛擬式過去時，是表示這個子句的時態比主要子句更早。

4 表示前後對比（雖然〜但是〜）

> **Bien qu'**il soit très jeune, il a du jugement.
> 雖然他非常年輕，卻有判斷能力。

「Bien que＋虛擬式」是「雖然」的意思，此為書面語用法。有時會省略主詞及 être 動詞，以 Bien que très jeune 的形態表達。

Quoique je fasse de mon mieux, j'ai un tas de choses à refaire.
無論我盡力做得多好,我還是有一堆事情要重做。

「**Quoique**＋虛擬式」(儘管)有時也會省略動詞,像是 **Quoique** fatigué, il a continué à travailler.(儘管很累,他還是繼續工作。)。此外還有「**Quoique**＋現在分詞」的用法。
Quoique ayant fait de son mieux, il a échoué.
(儘管他竭盡全力,但還是失敗了。)

Alors que le médecin le lui a interdit, il boit trop.
儘管醫生禁止他這麼做,他還是喝得太多了。

Alors que ～(儘管～;雖然～)無需搭配虛擬式。「**Alors** (même) **que**＋條件式」是「即使～」的意思。
Alors même qu'il gagnerait beaucoup d'argent, il le gaspillera facilement.
(即使他賺很多錢,他還是會輕易地浪費掉。)

Jean est brun **tandis que** sa mère est blonde.
Jean 是棕色頭髮的,而他母親是金髮的。

... **tandis que** ～(…而～)是近似於英語 while 的連接詞用法。還有表示「同時性」的用法,像是 **Tandis que** je travaillais, elle s'amusait.(我在工作,她在玩耍)。

Certes il l'a dit, **mais** il s'est contredit le lendemain.
他確實說過,但隔天他又變卦了。

Certes ... mais ～(的確是…,但是～)近似於英語的 true...but ～。il s'est contredit(他變卦)是 se contredire(自相矛盾)的複合過去時。

5 表示假設語氣

À moins que tu ne sois trop occupé, viens dîner chez moi.
除非你太忙了,否則就來我家吃晚飯吧。

「**À moins que**＋虛擬式」是「除非～」的意思。tu ne sois 的 ne 為贅詞的 ne。

Pourvu que tu sois là, le reste est peu de chose.
只要你在,其他的一點也不重要。

「**Pourvu que**＋虛擬式」是「只要～」的意思。若單獨使用「**Pourvu que**＋虛

擬式」，則為「但願～」的意思。**Pourvu qu**'il fasse beau demain.（但願明天是好天氣。）

À la condition que tu sois sage, tu peux rester ici.
只要你乖乖的，你就可以留在這裡。

「**À la condition que**＋〔虛擬式〕或〔直陳式〕」是表示「在～的情況下」。
「**à la condition de**＋原形動詞」也是相同的意思。Tu peux sortir **à la condition de** rentrer à l'heure.（只要你準時回來就可以外出。）

Pour peu que tu l'aimes, il commence à se vanter.
只要你稍微喜歡他，他就會開始自吹自擂。

「**Pour peu que**＋虛擬式」是「只要稍微～」。se vanter 是「吹牛」的意思。

6 對等連接詞

前述的 **1～5** 項為從屬連接詞（但 **car, donc, aussi** 為對等連接詞）

Nous avons bien voyagé en Amérique **et** en Asie.
我們在美洲和亞洲盡情地旅遊。

使用對等連接詞時，連接項目中的介系詞 **à, de, en** 會像上面的句子一樣，在句中重覆出現（en Amérique 和 en Asie 中的 en）。
另外，這個句子的否定句是 Nous n'avons voyagé **ni** en Amérique **ni** en Asie.
（我們沒有去過美國或亞洲。）句中的 ni ... ni ～ 也是連接詞。

Son histoire semble incroyable, **cependant** elle est vraie.
他（她）的故事看起來難以置信，但卻是真實的。

cependant（然而）也可用 **et cependant** 或 **mais cependant** 表示。有時也會將 **cependant** 視為副詞。

On dit que les femmes sont frivoles; **or** ma femme ne l'est pas.
有人說女人是善變的，但我的太太不是那樣。

or 有「不過；然而」等意思。中性代名詞 l' 是代替前面作為補語的形容詞 frivoles（善變的）。

1.3 練習題

以下有三個大題。在這三大題中，請將各題的子句與選項 ⓐ ~ ⓕ 做配對，以組成文意通順的句子。選項不可重覆。句子配對完成後，請將句子翻譯成中文。

【第 1 大題】

> ⓐ nous réussirons.
> ⓑ nous reprendrons notre liberté.
> ⓒ car elle semble plus nerveuse.
> ⓓ tu peux faire ce que tu veux.
> ⓔ qu'elle est d'accord.
> ⓕ elle reste toujours prudente.

1 Bien qu'elle soit très jeune, _____

   中譯 _____

2 Ma femme doit être mécontente, _____

   中譯 _____

3 Pourvu que tu ne me déranges pas, _____

   中譯 _____

4 Pour peu que nous le voulions, _____

   中譯 _____

5 Étant donné que c'est fini entre nous, _____

   中譯 _____

6 Il est d'autant plus heureux _____

   中譯 _____

【第 2 大題】

> ⓖ parce qu'il a beaucoup tété sa mère.
> ⓗ à tel point que je veux me confiner chez moi.
> ⓘ elle l'a vu.
> ⓙ mon fils héritera mon nom.
> ⓚ les jeux Olympiques aura lieu assurément.
> ⓛ que je ne pouvais plus marcher.

7   Alors qu'elle m'avait promis de ne pas le faire, _____

   中譯 _____

8   Le bébé est content _____

   中譯 _____

9   J'étais si fatigué _____

   中譯 _____

10 Je me tourmente _____

   中譯 _____

11 Même quand je serai mort, _____

   中譯 _____

12 Puisque vous êtes d'accord, _____

   中譯 _____

【第 3 大題】

> ⓜ l'autre se reposait.
> ⓝ le match de football aura lieu.
> ⓞ toutes les plantes paraissent belles.
> ⓟ parce qu'on est renommé.
> ⓠ il ne réussira jamais.
> ⓡ je ne me marierai jamais avec lui.

13 On n'est pas grand _____

　中譯 _____

14 Quoi que vous fassiez pour lui, _____

　中譯 _____

15 Comme il pleut, _____

　中譯 _____

16 Aussi riche qu'il soit, _____

　中譯 _____

17 Tandis que l'un travaillait, _____

　中譯 _____

18 À moins qu'il pleuve, _____

　中譯 _____

1.4　例句跟讀訓練

10_02

　　請搭配音檔進行練習。第一遍先聽，會聽到法中對照（一句法文、一句中文）的句子；第二遍請跟著音檔複誦聽到的句子。

① Pourquoi n'aimes-tu pas Marie?—Parce qu'elle est méchante.
你為什麼不喜歡瑪莉？—因為她人不太好。

② Elle ne vient pas parce que son mari est malade.
她因為丈夫生病了而不能來。

③ Ce n'est pas parce que tu es riche que je t'aime.
我並不是因為你有錢的關係才愛你的。

④ Je le ferai, puisque c'est important.
我會做的，因為這很重要。

⑤ Ils ne viendront pas, car ils sont tous partis en vacances.
他們不會來的，因為他們全都去渡假了。

⑥ Comme je ne parle pas français, nous discutions en anglais.
由於我不會說法語，我們便用英文討論。

⑦ Je te comprends d'autant mieux que j'ai éprouvé le même sentiment.
由於我也有同樣的感受，我更能夠理解你。

⑧ Il avait besoin d'argent; aussi a-t-il vendu sa maison.
他需要錢，所以他把房子給賣了。

⑨ Gérard a tellement changé que nous ne le reconnaissons pas.
Gérard 變了很多，所以我們沒有認出他。

⑩ Il est parti sans rien dire, de sorte que personne l'a remarqué.
他什麼也沒說就離開了，以至於沒有人注意到他。

⑪ Quoi qu'il arrive, je le sauverai.
無論發生什麼事，我都會拯救他。

⑫ Autant qu'il ait bu, il sait se tenir.
儘管他喝了很多，他還是懂得自律。

⑬ Quoique je fasse de mon mieux, j'ai un tas de choses à refaire.
無論我盡力做得多好，我還是有一堆事情要重做。

⑭ Jean est brun tandis que sa mère est blonde.
Jean 是棕色頭髮的，而他母親是金髮的。

⑮ Certes il l'a dit, mais il s'est contredit le lendemain.
他確實說過，但隔天他又變掛了。

⑯ À moins que tu ne sois trop occupé, viens dîner chez moi.
除非你太忙了，否則就來我家吃晚飯吧。

⑰ Pourvu que tu sois là, le reste est peu de chose.
只要你在，其他的一點也不重要。

⑱ Pour peu que tu l'aimes, il commence à se vanter.
只要你稍微喜歡他，他就會開始自吹自擂。

⑲ Son histoire semble incroyable, cependant elle est vraie.
他（她）的故事看起來難以置信，但卻是真實的。

1.5　進階用法

以下是連接詞 que 使用時的注意事項。

・連接詞 **que** 具有以下的各種語意

a)「時間」或「時序」

➤ Il y a cinq ans **que** mon père est mort. (＝**depuis que** ~)
我的父親過世至今已經五年。

➤ Il ne faut pas aller jouer **que** tu n'aies fini tes devoirs.
(＝**avant que** ~)
在完成作業之前，你不該去玩耍。

➤ Il était déjà loin **qu'**elle attendait encore quelqu'un.
(＝**quand** ~)
他已走遠，但她還在等待某人。

b)「目的」

➤ Approchez **que** je vous voie mieux. (＝**pour que** ~)
請靠近一點，這樣我才可以看您看得更清楚。

c)「原因」

➤ Si tes parents te grondent, c'est **qu'**ils t'aiment.
(＝**parce que** ~)
你的父母責罵你，那是因為他們愛你。

d)「結果」

➤ Il s'est surmené **qu'**il est tombé malade.
（＝**à tel point que** ~）
他因為過度勞累而生病了。

e)「假設語氣」

➤ **Qu'**il le veuille ou non, il devra accepter la proposition.
（＝**Soit que** ~）
無論他想不想要，他都必須接受提議。

f)「沒有～」

➤ Pas un jour ne se passe **qu'**il ne boive.（＝**sans que** ~）
他沒有一天不喝酒。

· 為了避免重覆使用前面已出現過的連接詞，而使用 **que** 的情況

此用法會搭配 comme, quand, lorsque, puisque, si, après que, avant que,
bien que 連接詞使用。

➤ Comme il était fatigué, et * **qu'**il a tant bu, il s'est endormi
d'un sommeil de plomb.
由於他很累了且又喝了太多酒，所以他睡得很熟。

➤ Si tu le rencontres et * **qu'**il soit de bonne humeur, dis-lui
la vérité.
如果你見到他，而他的心情很好，請告訴他真相。

➡以上兩句為避免重覆使用 Si（或 comme）而使用的 * que，後
接虛擬式。

附錄

附錄 總複習 100 題

I. 請從【ou, mais, et, ni, car】中選擇正確的答案，填入空格中。詞彙可重覆使用。

1 Je suis rentré, _____ j'étais malade.

2 Il a travaillé bien, _____ il a échoué.

3 Je viendrai en avion _____ en train.

4 Je n'achèterai _____ l'un _____ l'autre.

5 Monsieur Cadot est un homme honnête, _____ l'on l'aime beaucoup.

6 L'argent ne fait pas le bonheur, _____ tout le monde le poursuit.

7 Il fait très froid en décembre _____ en janvier.

8 Mes parents vont divorcer, _____ ils ne s'aiment plus.

9 Vous voudriez du café _____ du thé?

10 Ne bougez pas, _____ vous êtes mort.

II. 請利用【quand, combien, comment, où】中的任一疑問詞，將以下各句改為疑問句，以下各句中畫底線的詞彙為問句的線索。

1 Mon jardin est grand et très soigné.
➡ _____

2 Les Japonais mangent du riz avec des baguettes.
➡ _____

3 Nous irons à Paris. ➡ _____

4 Je suis venu ici en train. ➡ _____

5   Elle a trois frères.   ➡ _____

6   Je vous téléphonerai jeudi ou samedi.

    ➡ _____

7   Ils arrivent de Londres.   ➡ _____

8   Je trouve ce film insipide.   ➡ _____

9   Il pèse soixante kilos.   ➡ _____

10 Ils partiront après-demain.   ➡ _____

III. 請將下列各句括弧內的動詞改為直陳式複合過去時。

1   Elle (se perdre) en venant chez moi. _____

2   Il (s'acheter) une belle chemise. _____

3   Elles (se montrer) leurs bijoux. _____

4   Les manifestants (se rassembler) devant l'Éysée. _____

5   Elle (se brûler) les doigts. _____

6   Ils (se battre) violemment. _____

7   Elles (se baigner) dans la mer. _____

8   Monsieur et Madame Cadot, vous (vous amuser) pendant votre
    promenade? _____

9   Son autorité (s'écrouler) finalement. _____

10 Elle (s'acheter) un jean. _____

IV. 請將下列各句括弧內的動詞改為虛擬式現在時。

1   Je ne pense pas qu'elle (revenir). _____

2   Je voudrais que vous me (prêter) ce livre. _____

3   Je souhaite que tu (finir) le plus tôt possible. _____

4 Elle regrette que nous (refuser) son invitation. _____

5 Est-il nécessaire que je (faire) un voyage d'affaires? _____

6 Il est douteux qu'il (venir) à temps. _____

7 Il est impossible qu'il (aller) la revoir. _____

8 Je crains que ma fille ne (tomber) malade. _____

9 Je défends qu'on (sortir) avant midi. _____

10 Pourriez-vous vous serrer pour que je (avoir) de la place?

_____

V. 請將下列各句括弧內的動詞改為虛擬式過去時。

1 Je suis étonné qu'elle (partir) en Angleterre. _____

2 Il est regrettable qu'ils (vendre) leur appartement à Cannes.

_____

3 Je ne crois pas qu'il (réussir) à l'examen. _____

4 Il vaut mieux partir avant qu'il (venir). _____

5 J'ai peur que ma mère ne (dépenser) trop d'argent. _____

6 Elle est contente qu'il (donner) une réponse affirmative. _____

7 Il se peut qu'il (commettre) un crime. _____

8 Tu peux rester ici en attendant que je (revenir)? _____

9 Nous souhaitons que tu (accepter) notre proposition. _____

10 Je crois bon que vous (demander) son avis tout de suite. _____

VI. 請從以下詞彙中選擇正確答案並填入空格中，詞彙不可重覆使用。

| que | peu | beaucoup | plus | moins | assez |
| si | très | mieux | trop | | |

1 Le mont Fuji est _____ haut que le mont Everest.

2 Il était malade. Comment est-il? –Il va _____ maintenant.

3 Je ne peux pas me concentrer, car j'ai _____ sommeil.

4 Sa condition était mauvause et il a gagné _____ de médailles.

5 Il tombe _____ de neige à Paris.

6 Je n'ai pas _____ d'argent pour acheter ce livre.

7 Il était _____ fatigué pour continuer à travailler.

8 Mais _____ de pluie dehors!

9 Le président de mon entreprise est _____ riche que moi.

10 Ils ont _____ mal joué qu'ils ont été sifflés.

VII. 請從以下詞彙中選擇正確的答案，並填入空格中，詞彙不可重覆使
　　用。

en	dans	à	sur	de	pour
par	avec	pendant	avant		

1 Cette étudiante a été interrogée _____ un examinateur.

2 J'ai étudié la langue allemande au lycée _____ trois ans.

3 Mon studio donne _____ la rue.

4 Il a appelé un ami, et sorti _____.

5 Je vous y emmènerai _____ ma voiture.

6 C'est une femme célèbre _____ sa beauté.

7 Je vous y emmènerai _____ voiture.

8 L'exposition aura lieu à Paris _____ Rouen.

9 J'ai emprunté une voiture _____ un ami.

10 Je me suis souvenu _____ toi.

VIII. 請依範例改寫句子。

> 例 Pourquoi êtes-vous en colère?
> ➡ Dites-moi *pourquoi vous êtes en colère.*
>
> 例 Aimes-tu le Japon?
> ➡ Dis-moi *si tu aimes le Japon.*

1 De quoi parliez-vous?

➡ Dites-moi _____.

2 Qu'est-ce qui se passe?

➡ Dis-moi _____.

3 Qui êtes-vous?

➡ Dites-moi _____.

4 Que fais-tu?

➡ Dis-moi _____.

5 Qu'est-ce que tu a fait hier soir?

➡ Dis-moi _____.

6 À quelle conférence avez-vous assisté?

➡ Dites-moi _____.

7 Tu vas m'écrire un de ces jours?

➡ Dis-moi _____.

8 Avez-vous reçu mon invitation?

➡ Dites-moi _____.

9 Est-ce que tu penses à moi de temps en temps?

➡ Dis-moi _____.

10 Pourquoi ce livre coûte-t-il si cher?

➡ Dites-moi _____ .

IX. 請從 A～J 中選出適合接續的內容，以完成整個句子，選項不可重
覆使用。另外，請將完成後的句子譯為中文。

A il ne put pas faire de ski.
B il n'a pas réussi.
C il visiterait ce château.
D il peut faire ce qu'il veut.
E que son patron augmenta son salaire.
F qu'il fasse de son mieux pour le moment.
G il lui faut recommencer.
H qu'il avait la gorge sèche.
I qu'il aurait fini ce travail avant dix-sept heures.
J lisons ce magazine.

1 Il a tant parlé _____
   中譯 _____

2 S'il avait assez de temps, _____
   中譯 _____

3 En attendant qu'il revienne, _____
   中譯 _____

4 Comme il a fait beaucoup d'erreurs, _____
   中譯 _____

5 La neige étant très poudreuse, _____
   中譯 _____

6 Il a affirmé _____
   中譯 _____

7 Pourvu qu'il me laisse tranquille, _____

中譯 _____

8 Il travailla si bien _____

中譯 _____

9 Il est nécessaire _____

中譯 _____

10 Bien qu'il ait travaillé dur, _____

中譯 _____

X. 請將第 **1～5** 題括弧內的動詞改為**條件式現在時**；第 **6～10** 題括弧內的動詞改為**條件式過去時**。另外，也請一併寫下第 **6～10** 題動詞的條件式過去時第二形態。

1 S'il était plus riche, sa femme (être) plus heureuse.

➡ _____

2 Si tu étais à ma place, qu'est-ce que tu (faire)?

➡ _____

3 Si nous étions moins pauvre, nous (pouvoir) supporter la vie.

➡ _____

4 (Avoir)-vous du feu, s'il vous plaît?

➡ _____

5 Si les gens se donnaient la main, ils (pouvoir) maintenir la paix.

➡ _____

6 Si elle s'était mariée avec lui, elle le (regretter) tôt ou tard.

➡ _____

7 S'il avait cessé de boire, elle ne le (quitter) pas.

➡ _____

8 Sans votre aide, je ne (achever) jamais de lire ce roman.

➡ _____

9 Si nous avion reçu cet argent, nous (être) arrêtés par la police.

➡ _____

10 Si le nez de Cléopâtre avait été moins long, l'histoire du monde (changer) totalement.

➡ _____

附錄 練習題解答篇

第 1 篇　動詞

Leçon 01　直陳式① 現在時　（p.13）

1　prenons〔Si 子句中的未來〕
　如果我們搭計程車，就會準時到達。

2　fais〔現在的習慣〕
　你總是犯同樣的錯誤。

3　est〔過去持續至今且仍在進行的行為〕
　他在這裡多久了？／他從何時開始待到現在的？

4　boit〔一般的事實或真理〕
　我們在德國喝很多啤酒。

5　vois〔現在的習慣〕
　我每天都會見到他。

6　J'étudie〔過去持續至今且仍在進行的行為〕
　我學英語已經很久了。

7　dort〔現在正在進行的行為或狀態〕
　別製造噪音！他正在睡覺。

8　pleut〔Si 子句中的未來〕
　如果明天下雨，比賽將會被取消。

9　fait〔一般的事實或真理〕
　錢買不到幸福。

10 pensez〔現在正在進行的行為或狀態〕
　您在想誰？

Leçon 01　直陳式② 複合過去時　（p.21）

I.

1　avez vu
　您（你們）昨天下午看了這個展覽。

2　avons oublié
　我們忘了寄信。

3 J'ai rendu

我去探望了我媽媽。

4 a fait

昨天她打了網球。

5 ai répondu

我打電話回覆他／她了。

6 as parlé

你和 Kondo 先生談過了嗎？

7 ont mangé

他們在餐廳吃了什麼？

8 me suis couché(e)（若主詞為陰性時，過去分詞要加上 e。）

昨晚我很早就睡了。

9 me suis levé(e)（若主詞為陰性時，過去分詞要加上 e。）

昨天早上我很晚才起床。

II.

1 As-tu vu ce film?

你看過這部電影嗎？

2 A-t-il réussi à son examen?

他考試通過了嗎？

3 Combien avez-vous payé cette cravate?

您（你們）買這條領帶花了多少錢？

Leçon 01　直陳式③ 未完成過去時　(p.27)

I.

1 faisions 我們每週做一次這項工作。

2 avait 我去那邊的那一年，有 Cadot 先生在。

3 vivait 她只為了錢而活。

4 était 我讀的這本書很有意思。

5 j'aimais 她問我是否喜愛法國。

II.

1 J'ai quitté / lisait

在她唸書的時候，我離開了房間。

2　sont arrivés / jouais

　　他們抵達時，我正在打網球。

3　me promenais / a commencé

　　當我正在散步時，天開始下起雨了。

4　dormais / j'ai senti

　　當我感覺到地震時的那天晚上，我正在睡覺。

5　sont venus / m'apprêtais

　　當我正準備出門時，他們來到了我家。

Leçon 01　直陳式④ 愈過去時　（p.34）

I.

1　j'avais pris　我一洗完澡就去看電視了。

2　avais demandé　他拒絕了我先前對他要求的事。

3　j'étais arrivé　因為我遲到了，所以她不太高興。

4　étaient arrivés　他們比我們先抵達。

5　j'avais quitté　他得知我離開了我的未婚妻。

II.

1　Elle a perdu les livres qu'elle avait achetés.

2　J'ai entendu à la radio que notre président avait divorcé.

3　Quand j'avais reçu mon argent, j'allais la voir.

4　J'ai constaté qu'il m'avait volé.

5　Elle s'était fâchée, car j'étais en retard.

Leçon 01　直陳式⑤ 簡單過去時　（p.39）

1. finit / applaudit

　　他完成了演說，大家都為他鼓掌。

2. entra

　　當他進來我的房間時，我正在睡覺。

3. prîmes

　　我們搭船去馬賽。

4. fit

　　昨晚的這場火災造成許多人死亡。

5. cria

　　「救我！」她喊道。

6. sortit

她在他抵達後就立刻離開。

7. peignit

西斯汀禮拜堂的穹頂畫是米開朗基羅畫的。

8. arrivâmes

我們抵達赫爾辛基的那天晚上非常寒冷。

9. se souvint

我的朋友記得我告訴她的話。

10. naquit

阿爾弗雷德・德・繆塞是何時出生的？

Leçon 01　直陳式⑥ 先過去時　（p.45）

1. fut arrivé

他抵達後，我們告訴了他。

2. eut mangé

卡多先生一吃完飯就繼續工作。

3. eurent accepté

當他接受了我們的提議後，我們便去喝了一杯。

4. fut descendu

當他下計程車時，他付了錢。

5. eut fait

當她上完課後就離開教室了。

6. fus rentré(e)

我一回到家，她就打電話給我。

7. eut posé

他問題一問完，我就回答了。

8. fus parti(e)

你離開之後，他們告訴我關於你的事。

9. eûtes écrit

當您寫信時，您很開心。

10. furent arrivées

她們一到，我們就請她們幫忙。

Leçon 01　直陳式⑦ 簡單未來時　（p.52）

I.

1. partira　她三天後出發。
2. resteras　你將要留在這裡，因為有必要。
3. seront　他們一週後就會回來。
4. rendrez　您要儘快把這本書還給我。
5. fera　我肯定明天會是好天氣。
6. saura　如果你背叛她，她會知道的。
7. paierai　我明天一定會付錢給您。
8. pardonneront　她們一定會原諒你。
9. restera　施工期間，美術館將仍維持開放。
10.verras / l'aimera　當你看到他，你也會愛上他的。

II.

1. Pourriez-vous me rappeler dès qu'elle reviendra?
2. Cette conférence se terminera dans une heure.

Leçon 01　直陳式⑧ 先未來時　（p.58）

1. J'aurai terminé
   快來！我很快就要做完了。

2. aurez réparé
   我的車修好時，請打電話給我。

3. seront partis
   他們將在一週後出發前往法國。

4. aurez lu
   您看完這些書時，請把書借給我。

5. aurai fait
   有點耐心。我會在中午前修改完。

6. sera sortie
   她一出去，我也會跟著出去。

7. aura commencé
   他會在我到達之前開始。

8. aurons résolu
   現在是 13 點，15 點左右我們就會解決這個問題。

Leçon 02　條件式① 現在時　（p.66）

I.

1. J'aimerais
   我想邀您跳舞。

2. visiterions
   若您在巴黎，我肯定會去拜訪您。

3. seriez
   您該不會是卡多先生嗎？

4. dirais
   如果我是您，我會告訴他／她真相。

5. j'achèterais
   如果我很有錢，我就會買下這間房子。

6. voudrais
   如果可以的話，我想請三天假。

7. vaudrait
   最好用跑的，因為我們遲到了。

8. n'essayerais
   就算我還有一次機會，我也不會再嘗試了。

9. reviendrais
   他以為我幾天後就會回來。

10.sortirais
   你說過你要跟我一起出去對吧？

II.

1. Si je n'étais pas occupé, je pourrais sortir avec elle.

2. Si la force ne lui manquait pas, il pourrait continuer son travail.

Leçon 02　條件式② 過去時　（p.75）

I.

1　j'aurais réussi
   要是我（當時）幸運的話，我就成功了。

2　auriez fait
   如果您（當時）處於我的位置的話，您會怎麼做？

3　aurais mis(e)

要是我（當時）知道這個消息，我就會通知您了。

4 j'aurais été

如果（當時）見到你，我們會很開心。

5 aurait fait

因此他（當時）犯了一個錯誤。

6 aurais présenté

如果您（當時）有來，我就會向您介紹我弟弟。

7 auriez pu

如果您當時準時到，您就能見到她了。

8 j'aurais fini

卡多先生知道，我會在隔天之前完成我的工作。

II.

1 Il pensait que j'aurais terminé le projet avant lui.

2 S'il avait été plus intelligent, il n'aurait pas fait ces bêtises.

Leçon 03　虛擬式① 現在時　（p.85）

I.

1 fasse　在我去旅行之前請來見我。

2 ait　為了讓父親有點錢，我很努力工作。

3 nous quittions　我們分開比較好。

4 aide　你要我幫您嗎？

5 tombe　她擔心她女兒會生病。

6 donniez　他命令您來幫助我。

7 m'écrive　她可能會寫信給我。

8 ait　遺憾的是還有戰爭。

II.

1 Pourvu que tu sois là.

2 Il partira sans qu'elle s'en aperçoive.

Leçon 03　虛擬式② 過去時　（p.93）

1 soit partie

我很驚訝她離開了。

2 m'ait téléphoné

我會待在家直到她打電話給我。

3 t'ait prêté

我很驚訝 Jean 把他的車借給你了。

4 aie acheté

她很滿意，因為我買了很棒的禮物給她。

5 j'aie travaillé

她懷疑我是否為她工作。

6 ait été

我們擔心他的口試非常困難。

7 ait été

我不認為她很小心。

8 se soit fâchée

我很抱歉惹她生氣了。

9 ait eu

他有可能是出車禍了。

10 ayez saisi

恐怕您對我的回答有所誤解。

Leçon 03　虛擬式③ 未完成過去時　（p.98）

1 parlât　她必須慢慢地說。

2 fît　我沒想到他會做出這種事。

3 partissent　他們當初應該快點離開。

4 posât　我禁止他問我問題。

5 voulût　我很遺憾他想和她出去。

6 fusse　我需要和他們在一起。

7 arrivassent　她們必須到達那裡。

8 excusât　我要求他道歉。

Leçon 03　虛擬式④ 愈過去時　（p.103）

1 Elle était mécontente que j'eusse fait une erreur.

2 Je ne pensais pas qu'il eût put venir.

3 Elle était heureuse qu'ils fussent venus.

4 Je doutais qu'il eût compris mes indications.

5 Elle ne croyait pas que je fusse arrivé.

6 Je regrettais qu'il nous eût donné de mauvais conseils.

Leçon 04　命令式　（p.109）

1 Soyez courageux.　請（您／你們）鼓起勇氣。

2 Lisons ce livre.　（我們）來讀這本書。

3 Donne-moi un coup de main.　幫我忙。

4 Faites attention.　請（您／你們）注意。

5 Obéis à ton professeur.　要聽從你的老師。

6 Vendez-nous moins cher.　請您便宜賣給我們。

7 Réponds-moi clairement.　清楚地回答我。

8 Ne dors pas maintenant.　現在不要睡覺。

9 Ne sors pas ce soir.　今晚不要出去。

10 N'allons pas au cinéma.　（我們）不要去電影院。

Leçon 05　近過去時與近未來時　（p.116）

I.

1. vient de finir　冬天剛結束。

2. viennent de fumer　他們剛抽了煙。

3 vient de rentrer　他剛從度假回來。

4 viens de voir　你剛剛跟你女友見面嗎？

5 vient de vendre　她剛賣掉了兒時的房子。

II.

1 va venir　她今晚會來我家看我。

2 vais terminer　我會很快地結束晚飯。

3 va prendre　我們要搭計程車去車站。

4 vont arriver　他們隨時都會抵達。

5 allons avoir 我們的這場派對會有很多賓客。

III.

1 Je viens de la croiser.

2 Monsieur Cadot va partir immédiatement.

Leçon 06　被動語態　（p.123）

1　La lune fut atteinte par l'homme en 1969.

2　Toute la ville a été détruite par l'incendie.

3　Tout le monde respecte Monsieur Cadot.

4　Ce jardin est bordé par des arbres.

5　Cette lettre aurait été écrite par une femme.

6　L'argent avait été trouvé dans la fosse.

7　La police avait arrêté le voleur.

8　Ce château sera visité par mes étudiants.

9　Le physicien a résolu le problème.

10 Des livres d'occasion étaient vendus par mes parents.

Leçon 07　使役句法與放任句法　（p.132）

1　Comment voudriez-vous que je fasse griller votre steak?

2　Ce rois a fait construire le château de Versailles.

3　Pourriez-vous laisser entrer un peu d'air frais?

4　Il faut faire examiner ce papier par votre avocat.

5　Je ne laisse jamais sortir mes filles le soir.

6　Mon père m'a laissé partir pour Tokyo sans rien dire.

第 2 篇　關係代名詞

Leçon 01　關係代名詞 qui　（p.139）

I.

1　Montrez-moi ce pull qui est dans la vitrine.

2　Voici l'ami avec qui j'ai joué au tennis hier.

3　Il vaut miex étudier les détails qui semblent intéressants.

4　J'aime l'homme qui est désintéressé.

5　Connais-tu cet homme qui était devant l'écran?

6　Je vois le chien qui court dans la prairie.

7　Prenez les livres qui sont dans mon cabinet de travail.

8　Il cherche la personne à qui j'ai parlé.

II.

1　pays qui sont bien gouvernés

2　le livre qui était intéressant

3　l'information qui est utile

4　la personne à qui vous parliez

Leçon 02　關係代名詞 que　（p.145）

1　C'est le livre que j'ai acheté au Japon.
　　這是我在日本買的書。

2　L'homme que j'ai vu hier resemble à mon frère.
　　我昨天看到的那位男生看起來像是我哥。

3　Avez-vous reçu le cadeau que je vous ai envoyé?
　　您收到我寄給您的禮物了嗎？

4　Je ne vois pas bien les idées que mon père a.
　　我不太懂我父親的想法。

5　L'ordinateur que j'utilise tous les jours marche fort bien.
　　我每天使用的電腦運作得很好。

6　Je voudrais être toujours le serviteur que je suis pour vous.
　　我願意永遠做您的僕人。

Leçon 03　關係代名詞 dont　（p.151）

1　C'est le cahier dont la couverture est noire.
　　這是封面顏色為黑色的那本筆記本。

2　Le tennis est un sport dont les règles sont assez compliquées.
　　網球是一項規則相當複雜的運動。

3　C'est un problème dont on peut se passer.
　　這是個可以省略的問題。

4　C'est le résultat dont je suis content.
　　這是個我很滿意的結果。

5　Voici la faute dont vous êtes responsable.
　　這是您要負責的錯誤。

Leçon 04　關係代名詞 où　（p.156）

1　Elle pleurait le jour où nous nous sommes quittés.
　　我們離開的那天她在哭。

2 La villa où mes parents demeurent est très jolie.
　我父母住的那間別墅非常美。

3 La Belgique est un pays où on parle français.
　比利時是說法語的國家。

4 Le moment est enfin venu où nous allons réaliser notre rêve.
　（或 Le moment où nous allons réaliser notre rêve est enfin venu.）
　我們要實現夢想的時刻終於到了。

5 Ils sont arrivés près du jardin où ils voulaient se promener.
　他們到了他們想要散步的那公園附近。

Leçon 05　複合關係代名詞　（p.161）

1 auquel
　我知道您寫信的那位男生的名字。

2 à laquelle
　這是我過去一直想著的女生。

3 près duquel
　你認識你身邊的那位男性嗎？

4 dans lequel
　日本是一個種植稻米的國家。

5 parmi lesquelles
　有好幾位女性受傷，其中包括我的女兒。

6 avec lequel
　借我你用來填寫這份表格的筆。

7 avec laquelle
　這位是和我一起生活很久的人。

關係代名詞綜合練習題　（p.163）

I.

1 que　他總是做人們要求他做的工作。

2 qui　他拿起了放在桌上的書。

3 où　這些年是法國人夢想的時代。

4 où　這是他出生的村莊。

5 qui　請看看在那邊跑步的男性。

6 que　曾經我很喜歡的歌曲已不再唱了。

7 dont　這是可以遠眺到鐘樓的教堂。

8 où　他前往倫敦參加了會議。

9 dont　我們要來談談討論中的主題。

10 qui*　人們和自己所愛的人一起生活。

　　*這裡的 qui 是沒有先行詞的關係代名詞，是表示「做～的人」、「～的事／物品」的意思：Amenez qui vous voulez.（帶任何你們想帶的人來。）

II.

1 auquel　這是我目前正在考慮的案子。

2 auxquels　這些是我們目前正在考慮的案子。

3 laquelle　他們為之奮鬥的事業是嚴肅的。

4 auxquelles　有許多女孩我需要列入考量。

5 lequel　這是一個孩子們喜歡玩耍的公園。

第 3 篇　分詞

Leçon 01　副動詞　（p.169）

I.

1 en pleurant　她哭著出去了。

2 En nous levant　只要早起，我們就能準時抵達。

3 en travaillant　只要努力學習，你就會成功。

4 En apprenant　聽到這個好消息時，他欣喜若狂。

5 en l'imitant　他們透過模仿來取笑老師。

II.

1 J'ai monté l'escalier en courant.

2 Elle riait en me regardant.

3 Le cambrioleur est entré en brisant les vitres.

4 En descendant la montagne, on a bien causé.

5 En entendant votre voix, je me rappelle votre mère.

Leçon 02　現在分詞　（p.177）

1 faisant

　是在那邊吵鬧的孩子們。

2 admirant

我看到一群人在欣賞《蒙娜麗莎》；我看到在欣賞《蒙娜麗莎》的一群人。

3 tombant

傍晚時／夜幕降臨，我們便踏上回程的路上。

4 chantant

我們在聽一位美麗的女孩唱國歌。

5 lisant

我突然發現我弟在看我的日記。

6 aboyant

我們聽到狗在叫。

7 sachant

那件事我很清楚，所以沒有問任何問題。

Leçon 03　過去分詞　（p.184）

I.

1 Rentré　回家後，他開始唸書／工作。

2 Accablée　雖然疲憊不堪，她還是得寫信。

3 mise　這是由某位作家執導的那齣戲劇。

II.

1 Appuyé

2 blessé

3 parlée

第 4 篇 過去分詞的一致性

Leçon 01　複合過去時〈être＋p.p.〉　（p.190）

1 arrivée　我的新車安全抵達。

2 allée　瑪麗，妳昨天有去看我們的爸爸嗎？

3 aimé　我們寵壞他了；他太受大家的疼愛了。

4 partie　Cadot 一家人出發去度假了。

5 sortie　他的未婚妻正在和某人出去約會。

6 restées　我和妹妹在高中女校待了三年。

7 tombée　我愛上了他。

8 nés　他們都在 1961 年出生於巴西。

9 descendues　我的姊妹們入住在一間高級飯店。

10 revenues　她們昨天從美國回來。

Leçon 02　反身動詞　（p.196）

1 Elle **s'est couchée** très tard.
她非常晚睡。

2 Elle **s'est coupée** à la main.
她把自己的手割傷了。

3 Elle **s'est coupé** la main.
她把自己的手給割傷了。

4 Elles **se sont raconté** leurs souvenirs.
她們彼此訴說著她們的回憶。

5 Elle **s'est brûlé** les doigts.
她把手指給燙傷了。

6 Ils **se sont aimés** ardemment.
他們熱烈地愛著彼此。

7 Elle **s'est teint** les cheveux.
她染了頭髮。

8 Gérard et Marie-Thérèse **se sont écrit** longtemps.
Gérard 跟 Marie-Thérèse 彼此書信來往很久了。

9 Elle **s'est lavé** la figure.
她洗了臉。

10 Elles **se sont levées** de bonne heure.
她們起得很早。

Leçon 03　複合過去時〈avoir＋p.p.〉　（p.204）

1 achetés
我好喜歡他買給我們的蛋糕。

2 apportées
這些花是誰帶來的？　—保羅帶來的。

3 donnée
您送給他的領帶多麼好看啊！

4 vue

你有看到 Cadot 小姐嗎？ ——是的，我有看到她。

5 remis

這些文件是誰給您的？ ——是 Gérard 把這些交給我的。

6 prise

他們往哪個方向去了？

7 achetée

他買的手錶很貴。

8 visité

我們造訪的國家非常美麗。

第 5 篇 疑問詞

Leçon 01　疑問代名詞　（p.215）

1 Que

　A 您去年冬天做了什麼？　B 我去滑雪。

2 Qu'est-ce qui

　A 什麼東西發出這種聲音？　B 是我汽車的引擎聲。

3 De quoi

　A 您哪裡不舒服？　B 我患有風濕病。

4 Qui est-ce que

　A 您要找誰？　B 我要找 Cadot 先生。

5 Qui est-ce qui

　A 現在誰到了？　B 學生們到了。

6 À qui

　A 她（當時）在跟誰說話？　B 她（當時）在和她的老師說話。

7 De qui

　A 你需要誰？　B 我需要我的未婚妻。

8 Qui

　A 您是哪一位？　B 我叫 Gérard Cadot，一間咖啡館的老闆。

9 À quoi

　A 您在想什麼？　B 我在思考我的未來。

10 Qu'est-ce que

　A 您說了什麼？　B 我說了蠢話。

11 Lesquelles

    A 我要去參觀歐洲幾個城市。   B 哪幾個城市？

Leçon 02　疑問形容詞　（p.222）

1　Dans quel pays avez-vous séjourné?

2　Quelles sont vos idées?

3　Quel est cet homme?

4　Avec quels amis ferez-vous du shopping?

5　Quelle est la direction du centre-ville?

6　Quel jour de la semaine êtes-vous libre?

7　Dans quel hôtel êtes-vous descendu?

8　De quel pays est-elle originaire?

9　Quelle équipe de football aimez-vous?

10 Pour quelle banque travaillez-vous?

Leçon 03　疑問副詞　（p.230）

1　Comment

    您覺得這個女孩怎麼樣？－我覺得她很有魅力。

2　Quand est-ce que

    您（你們）打算什麼時候要離婚？－嗯，這取決於我的妻子。

3　Pourquoi

    你為什麼不愛 Gérard？－因為他很壞。

4　Où est-ce que

    您在哪裡出生？－我是法蘭琪-康堤人，個性很固執。

5　Combien de

    他來這裡多少次了？－很多次。

6　Où

    你哪裡痛？－全身都痛！。

    （這裡的 mais 是用來提出反駁的語感。在語感上有「你怎麼這麼問」的意思。）

7　Pourquoi est-ce que

    Gérard 為什麼遲到？－他睡過頭了。

Leçon 04　間接引述　（p.237）

1　Je me demande **quelle heure il est**.
　　我想知道現在幾點了。

2　J'ai demandé à Marie **si elle avait des sœurs**.
　　我問了 Marie 她是否有姊妹。

3　Je me demande **combien d'habitants il y a en France**.
　　我想知道法國有多少居民。

4　J'ai demandé à Jacques **pourquoi il était si triste**.
　　我問了 Jacques 他為什麼如此悲傷。

5　Je demande à mes amis **comment ils trouvent mon projet**.
　　我向朋友們詢問他們對我的計畫有什麼看法。／我問朋友們說他們覺得我的計畫怎麼樣。

6　Je voudrais savoir **ce que les enfants lisent**.
　　我想知道孩子們在讀什麼。

7　Dites-moi **qui vous regardez**.
　　請告訴我您在看誰。

8　Dis-moi **ce que tu regardes**.
　　告訴我你在看什麼。

第 6 篇 比較的表達

Leçon 01　同程度比較級　（p.245）

1　Ils **courent aussi vite que les guépards**.

2　Il **n'est pas si grand que sa mère**.

3　Après **une aussi longue absence**, il **est impossible de le reconnaître**.
　　（這裡的 aussi 是「這麼地」的意思。）

4　Viens **me revoir autant de fois que tu voudras**.

5　**Ce n'est pas aussi simple qu'on le dit**.

Leçon 02　優等（劣等）比較級　（p.252）

1　Il est meilleur que moi en français.

2　Il fait plus chaud que je pensais.

3　Elle a joué du piano beaucoup mieux que moi.

4　Mon travail est plus avancé que le sien.

5 Rien n'est moins agréable que cette réunion.

Leçon 03   最高級   （p.259）

1 (C'est) la pire situation que je connaisse.

2 (C'est) la chanson la plus significative.

3 (C'est) le plus beau poème qu'elle ait jamais écrit.

4 (Quel est) le garçon qui parlait le plus couramment?

5 (Elle) est restée en France le plus longtemps de nous.

第 7 篇 代名詞

Leçon 01   受詞人稱代名詞   （p.271）

1 Je la lui prêterai.

2 Tu les aimes?

3 Monsieur Cadot les verra demain matin.

4 Il l'a vue.

5 Je ne le comprends pas.

6 Achetez-les.

7 Je l'ai faite.

8 Ils ne les ont pas voulues.

9 Je ne l'ai pas écrite.

10 Le voyez-vous là-bas?

11 Il le lui apportera.

12 Expliquez-la-moi.

13 Elle ne l'a pas aimé.

14 Nous la leur montrerons.

15 Pourquoi la lui as-tu dit?

Leçon 02   強調形人稱代名詞   （p.280）

I.

1	Moi	5	lui
2	eux	6	les / lui
3	le / lui	7	moi
4	moi	8	la

9 moi

10 le

11 vous

12 vous

II.

Nous parlions d'elles.

III.

Je n'ai pas confiance en vous.

Leçon 03　所有格代名詞　（p.288）

I.

1 la vôtre

我妹妹和您妹妹一起出發了。

2 les tiens

我有我的煩惱，你有你的（煩惱）。

3 le sien

淡水河流經台灣，塞納河流經法國。

4 la nôtre

你比較喜歡他／她們的建議，勝過於我們的嗎？

5 les nôtres

您的孩子和我的（孩子們）一起出去了。

6 la leur

我的女兒和他們的（女兒）一起去上學。

7 le leur

這是為你好，而不是為他們／她們好。

8 la mienne

他取笑了您／你們的想法以及我的（想法）。

9 le sien

我的狗經常和他／她的（狗）一起玩。

10 les leurs

您可以把您的書和他／她們的都借給我嗎？

11 le vôtre

我想先談談我的提案，之後再聽聽您／你們的。

12 les miennes

這些是您的領帶嗎？－是的，這些是我的。

II.

把川普先生的名字和我的名字相提並論並不恰當。

Leçon 04　不定代名詞　（p.298）

1	rien	5	quelqu'un
2	Personne	6	chacun
3	Chacune	7	Quelque chose
4	personne	8	tout

Leçon 05　中性代名詞 en　（p.308）

1 J'en ai beaucoup.

2 N'en parlons pas.

3 Il n'en est pas content.

4 J'en ai oublié le titre.

5 Elle en a apprôté.

6 Tu en as besoin?

7 J'en ai vendu trois.

8 Vous en avez.

9 Vous en avez acheté?

10 Je n'en connais pas le nom.

11 Ils en ont fait.

12 Nous en avons beaucoup.

13 J'en voudrais un kilo, s'il vous plaît.

14 Ils en ont assez.

15 Il y en a dans la forêt.

16 En veulent-ils?

Leçon 06　中性代名詞 y　（p.315）

1 Je vais m'y inscrire.
　我要去註冊這間。

2 Je m'y habitue.
　我已習慣了。

3 Il y a pris part.
　他已參加了。

4 Elle y a renoncé.
　她放棄了。

5　Ils y ont assisté.
　　他們參加了。

6　Tu y a répondu?
　　你回了嗎？

7　Y allez-vous?
　　您要去嗎？

8　Je vous y invite.
　　我邀請您來。

9　Il faut y faire attention.
　　您必須注意。

10 Il y songe toujours.
　　他總是在想這件事。

11 J'y ai réussi.
　　我辦到了。

12 Il y a enfin renoncé.
　　他終於戒了。

Leçon 07　中性代名詞 le　（p.321）

I.

1　Il le faut.

2　Il le dit.

3　Je l'ignore.

4　Je l'ai regretté.

5　Nous le voulons.

6　Elle me l'a confirmé.

7　Elle voudrait l'être.

8　Si tu es heureuse, je le suis aussi.

9　Ils le savent.

10 Nous le désirons.

II.

他看起來比以前更強健。

Leçon 08　指示代名詞　（p.327）

1　celui

2　celle

3　celle（celle-ci, celle-là 也可以）

4　celui-ci / celui-là

5　celui

6　celui

7　Ceux-ci / ceux-là

8　Celle-ci / celle-là

9　Ceux / ceux

10 celle（celle-ci, celle-là 也可以）

第 8 篇 否定的表達　（p.340）

I.

1　du	6　guère
2　plus	7　peine
3　jamais	8　Tous
4　aucun	9　ne
5　absolument	10 que

II.

1　愛情可能是盲目的，友情絕對不是。

2　這個詞現在已經很少用了。

第 9 篇 介系詞　（p.360）

I.

1　avec	9　dans
2　Au lieu de	10 sauf
3　pendant	11 sur
4　pour	12 de
5　au-dessous de	13 à
6　D'après	14 chez
7　au	15 derrière
8　en	

II.

1　Cette belle fille est venue me voir à bicyclette.

2　Est-ce que votre mère est en bonne santé?

3　Sa voix est toujours agréable à entendre.

4　Il y avait un beau village le long de ce fleuve.

5　Je n'ai pas d'argent sur moi.

6　Tu vois un camion devant le magasin?

7 Cette revue a pour but de critiquer la littérature.

第 10 篇 連接詞 （p.375）

1 ⓕ 雖然她很年輕，但她一直都很謹慎。

（Bien qu'elle soit très jeune, elle reste toujours prudente.）

2 ⓒ 我太太應該是在不開心，因為她看起來更煩躁了。

（Ma femme doit être mécontente, car elle semble plus nerveuse.）

3 ⓓ 只要你不打擾我，你可以做你想做的事情。

（Pourvu que tu ne me déranges pas, tu peux faire ce que tu veux.）

4 ⓐ 只要我們願意，我們就能成功。

（Pour peu que nous le voulions, nous réussirons.）

5 ⓑ 因為我們已經分手了，我們重拾了彼此的自由。

（Étant donné que c'est fini entre nous, nous reprendrons notre liberté.）

6 ⓔ 他更加地開心，因為她同意了。

（Il est d'autant plus heureux qu'elle est d'accord.）

7 ⓙ 雖然她曾經答應我不要這麼做，但她還是見了他。

（Alors qu'elle m'avait promis de ne pas le faire, elle l'a vu.）

8 ⓖ 寶寶很開心，因為他喝了很多母奶。

（Le bébé est content parce qu'il a beaucoup tété sa mère.）

9 ⓛ 我累到無法走路了。

（J'étais si fatigué que je ne pouvais plus marcher.）

10 ⓗ 我憂慮到想把自己關在家裡。

（Je me tourmente à tel point que je veux me confiner chez moi.）

11 ⓙ 即使我將來過世了，我兒子也會繼承我的姓氏。

（Même quand je serai mort, mon fils héritera mon nom.）

12 ⓚ 既然您同意了，奧運一定會舉辦的。

（Puisque vous êtes d'accord, les jeux Olympiques aura lieu assurément.）

13 ⓟ 人不因出名而偉大。

（On n'est pas grand parce qu'on est renommé.）

14 ⓠ 無論您為他做了什麼，他永遠不會成功。

（Quoi que vous fassiez pour lui, il ne réussira jamais.）

15 ⓞ 因為下雨的關係，植物都顯得很美。

（Comme il pleut, toutes les plantes paraissent belles.）

16 ⓡ 他再有錢，我也絕對不會嫁給他。

（Aussi riche qu'il soit, je ne me marierai jamais avec lui.）

17 ⓜ 一個人工作，另一個人卻在休息。

（Tandis que l'un travaillait, l'autre se reposait.）

18 ⓝ 除非下雨，否則足球比賽會舉行。

（À moins qu'il pleuve, le match de football aura lieu.）

附錄 總複習解答篇（p.382）

I.

1 car（我回家是因為我生病了。）

➡ 包括以下十題皆為對等連接詞的題目。

2 mais（他很努力工作，但他失敗了。）

3 ou（我會搭飛機或火車去。）

4 ni, ni（我哪一個都不會買。）

➡ ne＋ni...ni～是「不是⋯也不是～」（相當於英文 neither... nor～）的意思。

5 et（Cadot 先生是個誠實的人，所以人們喜歡他。）

6 mais（金錢買不到幸福。但每個人都趨之若鶩。）

7 et（十二月和一月非常寒冷。）

➡ 「在～月」通常會用「au mois de＋月份」的方式表達，但也可像這句一樣使用 en～ 表示。

8 car（我的父母要離婚了。因為他們不再相愛。）

➡ car 表示理由。因為是對等連接詞，所以不放在句首。

9 ou（您想要咖啡還是茶？）

10 ou（請您別動，否則您就會死的。）

➡ 「命令式＋ou」是「否則就～」的意思。

II.

1 Comment est votre jardin? (Comment est ton jardin?)

（您的花園怎麼樣呢？／你的花園怎麼樣呢？）

➡ Comment 是詢問「狀態」的疑問副詞。

2 Comment les Japonais mangent-ils du riz?

（日本人是怎麼吃米飯的？）

➡ 這裡的 Comment 是詢問「方法」。

3 Où irez-vous? (你們要去哪裡？)

4 Comment êtes-vous venu ici? (Comment es-tu venu ici?)

（您是怎麼來這裡的？／你是怎麼來這裡的？）

5 Combien de frères a-t-elle?（她有幾個兄弟？）

6 Quand me téléphonerez-vous? (Quand me téléphoneras-tu?)

（您什麼時候會打電話給我？／你什麼時候會打電話給我？）

7 D'où arrivent-ils?（他們是從哪裡抵達的？）

➡ De＋où＝D'où

8 Comment trouvez-vous ce film? (Comment trouves-tu ce film?)
您覺得這部電影怎麼樣？（你覺得這部電影怎麼樣？）

➡「trouver＋受詞＋補語」是「覺得[受詞]～」的意思。

9 Combien de kilos pèse-t-il?（他的體重是多少？）

➡ peser ～ 是「重達～；重量是～」的意思。

10 Quand partiront-ils?（他們什麼時候要離開？）

III.

1 s'est perdue（她在來我家的途中迷路了。）

➡ 這裡的 s' 為主詞 Elle 的反身代名詞，在句中扮演直接受詞角色，過去分詞 perdu 要配合主詞變成陰性的 perdue。

2 s'est acheté（他為自己買了一件漂亮的襯衫。）

➡ 這裡的 s' 在句中扮演間接受詞角色，過去分詞 acheté 無需做變化。

3 se sont montré（她們互相展示了自己的珠寶。）

➡ 這裡的 se 在句中扮演間接受詞角色，montré 無須做變化。

4 se sont rassemblés（抗議者聚集在愛麗舍宮前。）

➡ 這裡的 se 扮演直接受詞角色，過去分詞 rassemblé 要變成陽性複數形 rassemblés。

5 s'est brûlé（她燙傷了手指。）

➡ s' 扮演間接受詞角色，過去分詞 brûlé 不做變化。les doigts 為直接受詞。

6 se sont battus（他們互相打來打去，打得很激烈。）

➡ 這裡的 se 扮演直接受詞角色。

7 se sont baignées（她們在海裡戲水。）

➡ 這裡的 se 扮演直接受詞角色，過去分詞 baigné 要改成陰性複數形 baignées。

8 êtes-vous amusés（Cadot 先生和 Cadot 夫人，你們這趟散步之旅開心嗎？）

9 s'est écroulée（他的威望最終跌落千丈。）

➡ s'écrouler 是反身動詞（固定只使用 se ～ 的形態表示），過去分詞 écroulée 要與主詞的性別、單複數一致。

10 s'est acheté（她為自己買了一條牛仔褲。）

IV.

1 revienne（我不認為她會回來。）

2 prêtiez（我希望您借我這本書。）

3 finisses（我希望你儘快完成。）

4 refusions（她很遺憾我們拒絕她的邀請。）

5 fasse（我需要出差嗎？）

6 vienne（他能否準時到令人懷疑。）

7 aille（他不可能再去見她。）

8 tombe（我擔心我女兒會生病。）

 ➡ 這裡的 ne 被稱為贅詞的 ne。表示內心帶有「不希望對方生病」的心情。

9 sorte（我禁止大家中午前外出。）

 ➡ défendre 除了「守護」以外，還有「禁止」的意思。

10 aie（您可否擠一下讓我有空間坐下嗎？）

 ➡ se serrer 是「緊靠，靠攏」的意思。

V.

1 soit partie（我很驚訝她已出發去英國了。）

 ➡ 使用虛擬式過去時 elle soit partie 表示，動作發生在 Je suis étonné 之前完成。

2 aient vendu（很遺憾他們已賣掉了坎城的公寓。）

3 ait réussi（我不相信他已通過考試了。）

4 soit venu（最好在他來之前出發。）

 ➡ 使用虛擬式過去時 il soit venu，表示以 vaut mieux 這個現在的時間點來看，il
  soit venu 有「未來即將完成」的語感。

5 n'ait dépensé（我擔心我媽已花太多錢。）

6 ait donné（她很高興他已給了肯定的答覆。）

7 ait commis（他可能已犯了罪。）

8 sois revenu(e)（你可以留在這裡直到我回來嗎？）

 ➡ 這裡的 je sois revenu(e) 也是表示「未來即將完成」。

9 aies accepté（希望你能接受我們的提議。）

 ➡ 同樣也是表示「未來即將完成」。

10 ayez demandé（我認為您立刻詢問他的意見是件好事。）

 ➡ 同樣也是表示「未來即將完成」。

VI.

1 moins（富士山比珠穆朗瑪峰矮。）
  ➡ 此句使用劣等比較的 moins。

2 mieux（他生病了。他現在怎麼樣呢？－他現在好多了。）
  ➡ mieux 是「更好」的意思，為 bien「好」的比較級。

3 très（我沒辦法集中注意力，因為我很睏。）
  ➡ très 強調動詞片語 avoir sommeil「睏的」。

4 peu（他的狀態很差，且他幾乎沒拿到獎牌。）
  ➡ peu de ~ 是「幾乎沒～」的意思。

5 beaucoup（巴黎下了很多雪。）

6 assez（我沒有足夠的錢買這本書。）
  ➡ assez de... pour ~ 是「足夠的…可以～」的意思。

7 trop（他太累了，沒辦法繼續工作。）
  ➡ trop... pour ~「過於…以至於～」的句型。

8 que（外面的雨真是太大了！）
  ➡ 使用 que de ~「真是太～」來造出感嘆句。

9 plus（我公司的總經理比我更有錢。）

10 si（他們表現地如此糟糕，以至於被倒喝采。）
  ➡ 這是 si... que ~「如此地…以至於～」的句型。

VII.

1 par（那位女學生接受了主考官的面試。）
  ➡ 這是被動語態中「par＋動作執行者」表示「被～」的用法。

2 pendant（我在高中學了三年的德語。）
  ➡ 像這樣在過去某段特定的時間內持續發生的事，法文時態就要用複合過去時。

3 sur（我的工作室面向街道。）
  ➡ 「donner sur ~ 是「面向～」之意，為慣用語。

4 avec（他找了朋友，然後一起出去了。）
  ➡ 這裡的 avec 為副詞。如果是介系詞，後面必須接續名詞。

5 dans（我會開我的車帶你們去。）
  ➡ 表達「坐特定某某人的車」，法文介系詞會使用 dans，以「dans＋限定詞＋voiture」這種用法表示。

6 pour（她是一位以美貌出名的女性。）
  ➡ pour 表示理由。

7 en（我會開車帶你們去。）

　➡ 如果是表達交通工具的方式，介系詞就用 en。

8 avant（那個展覽將在盧昂之前，先在巴黎展出。）

　➡ avant 指「在～之前」。

9 à（我跟朋友借了一部車。）

　➡「emprunter＋物＋à＋人」是「向（人）借（物）」的意思。

10 de（我想起你了。）

　➡ se souvenir de ~ 是「想起～」的意思。

VIII.

1 de quoi vous parliez（請您告訴我，您說了些什麼。）

　➡ 要造間接疑問句時，直接使用 de quoi 這個疑問詞放在 Dites-moi 之後，以直述句的語順表現。

2 ce qui se passe（告訴我發生了什麼事。）

　➡ 當問句是 Qu'est-ce qui「什麼～」時，改成間接疑問句的話就要變化成 ce qui。（請參考第 5 篇第 4 課間接疑問句的句法）

3 qui vous êtes.（請您告訴我您是誰。）

4 ce que tu fais.（告訴我你在做什麼。）

5 ce que tu as fait hier soir.（告訴我你昨晚做了什麼。）

　➡ 當問句是 Qu'est-ce que「～什麼」時，改成間接疑問句的話就要變化成 ce que。（請參考第 5 篇第 4 課間接疑問句的句法）

6 à quelle conférence vous avez assisté.（請您告訴我您參加了哪一場會議。）

7 si tu vas m'écrire un de ces jours.（告訴我你最近是否打算寫信給我。）

　➡ 由於未使用疑問詞，所以用 si「是否」表示。

8 si vous avez reçu mon invitation.（請您告訴我，您是否有收到我的邀請。）

　➡ 和上一句相同，是使用 si 表達。

9 si tu penses à moi de temps en temps.（告訴我，你是否時不時會想到我。）

10 pourquoi ce livre coûte si cher.（告訴我，為什麼這本書這麼貴。）

　➡ 改成間接疑問句的話，要將 ce livre coûte-t-il si cher? 改成直述句：ce livre coûte si cher 以造出間接疑問句。

IX.

1 H　他說太多話了，喉嚨都乾了。

　➡ tant... que 表示「太…以至於～」。

2　C　如果時間充裕，他會參觀那座城堡。

　　➡ 這句是「要是（現在）…，就～」表示「假設語氣」的句子。

3　J　在等他回來的同時，我們來閱讀這本雜誌吧。

　　➡ En attendant que ~表示「直到～為止」，que 子句要使用虛擬式。也可以用 En attendant de＋不定式。

4　G　由於他犯了很多錯，他必須重新開始。

　　➡ Comme（正因～）是表示「理由」的連接詞。

5　A　雪呈現粉狀，所以他無法滑雪。

　　➡ 這句是稱為「絕對分詞構句」的句型。原本的句子是 Comme la neige fut très poudreuse, il ne put pas faire de ski.。

6　I　他表明過，他會在 17 點前完成這個工作。

　　➡ 表示工作要在（從過去的時間點來看）未來某個時間點之前完成（也就是這裡指的 17 時前）。（請參考第 1 篇第 2 課的條件式過去時）

7　D　只要他不來打擾我，他可以做他想做的事。

　　➡ Pourvu que ~「只要～」之後要接續虛擬式，laisse 為虛擬式變化。

8　E　他工作如此勤奮，以至於他上司為他加薪。

　　➡ si... que ~表示「如此…，以至於～」。

9　F　他目前必須竭盡全力。

　　➡ Il est nécessaire que ~ 之後接虛擬式。

10 B　雖然他很努力，但並沒有成功。

　　➡ Bien que~「雖然～」之後接虛擬式。

X.

1　serait（要是他更富有，他的妻子就會更幸福。）

　　➡ serait 是 être 的條件式現在時。

2　ferais（如果你站在我的立場，你會怎麼做？）

　　➡ ferais 是 faire 的條件式現在時。

3　pourrions（要是我們沒那麼貧窮，生活就還過得去。）

4　Auriez（請問您有火嗎？）

　　➡ 這是以委婉的語氣表達禮貌的條件式現在時。（請參考第 1 篇第 2 課的條件式過去時）

5　pourraient（如果人們互相攜手合作，就能維持和平。）

6　l'aurait regretté / l'eût regretté（要是她當初和他結婚，她遲早會後悔的。）

　　➡ l'aurait regretté 是「aurait（avoir 的條件式現在時）＋過去分詞」，也就是「條

件式過去時」。l'eût regretté 是「eût（avoir 的虛擬式未完成過去時）＋過去分詞」，也就是「虛擬式愈過去時」。

7 l'aurait pas quitté / l'eût pas quitté（要是他當初停止喝酒，她就不會離開了。）

➡ 規則和上一句相同。l'aurait pas quitté 是「aurait（avoir 的條件式現在時）＋過去分詞」。l'eût pas quitté 是「eût（avoir 的虛擬式未完成過去時）＋過去分詞」。

8 n'aurais jamais achevé / n'eusse jamais achevé

（沒有您的幫助，我永遠不會讀完這本小說。）

9 aurions été / eussions été

（要是我們有收下那筆錢，我們就會被警察逮捕。）

10 aurait totalement changé / eût totalement changé

（要是 Cléopâtre 的鼻子沒那麼長，世界史就會徹底改變。）

➡ totalement 在複合時態中，要放在助動詞與過去分詞之間。

自學、教學都好用的學習小夥伴

法語學習書暢銷第一名！
QR 碼音檔隨掃隨聽！

從法語字母、發音、重音開始教起，涵蓋發音、單字、會話、文法解說。大量表格、例句、插圖輔助學習，內容最實用！簡明易懂！輕鬆了解法語與法國文化！

作者／朴鎮亨

結合「聽、說、讀、寫」
絕對超值的綜合自學課本！

「字母、發音、語音知識、單字、文法、會話」完全收錄！自學好學，教學好帶，一本搞定多種科目的法語學習書。

作者／彭璐琪

專為初學者設計！
秒懂易學的法語文法教材

「字母、發音、拆音節、連音、文法」完全收錄！先學會法文字母的拼寫、唸讀的基礎，再結合最完整的文法課程＋重點式解說＋圖表＋例句，一本搞定「聽說讀寫」的法語文法書。

作者／石川佳奈惠

台灣廣廈 國際出版集團
Taiwan Mansion International Group

國家圖書館出版品預行編目（CIP）資料

全新！自學法語文法看完這本就會用【進階篇】/吉田泉著.
-- 初版. -- 新北市：語研學院, 2024.05
　面；　公分
ISBN 978-626-98299-3-4（平裝）
1.CST: 法語　2.CST: 語法

804.56　　　　　　　　　　　　　113001294

語研學院
Language Academy Press

全新！自學法語文法 看完這本就會用【進階篇】

作　　　者／吉田 泉	編輯中心編輯長／伍峻宏・編輯／古竣元
譯　　　者／劉芳英、王惠萱	封面設計／何偉凱・內頁排版／菩薩蠻數位文化有限公司
審　　　定／黃馨逸	製版・印刷・裝訂／東豪・弼聖・秉成

行企研發中心總監／陳冠蒨	線上學習中心總監／陳冠蒨
媒體公關組／陳柔彣	產品企製組／顏佑婷、江季珊、張哲剛
綜合業務組／何欣穎	

發 行 人／江媛珍
法 律 顧 問／第一國際法律事務所 余淑杏律師・北辰著作權事務所 蕭雄淋律師
出　　　版／語研學院
發　　　行／台灣廣廈有聲圖書有限公司
　　　　　　地址：新北市235中和區中山路二段359巷7號2樓
　　　　　　電話：（886）2-2225-5777・傳真：（886）2-2225-8052
讀者服務信箱／cs@booknews.com.tw

代理印務・全球總經銷／知遠文化事業有限公司
　　　　　　地址：新北市222深坑區北深路三段155巷25號5樓
　　　　　　電話：（886）2-2664-8800・傳真：（886）2-2664-8801
郵 政 劃 撥／劃撥帳號：18836722
　　　　　　劃撥戶名：知遠文化事業有限公司（※單次購書金額未達1000元，請另付70元郵資。）

■出版日期：2024年05月　　　ISBN：978-626-98299-3-4

HONKI DE MANABU CHU JYOKYU FRANCE GO
© IZUMI YOSHIDA 2022
Originally published in Japan in 2022 by BERET PUBLISHING CO., LTD. ,TOKYO.
Traditional Chinese Characters translation rights arranged with BERET PUBLISHING CO., LTD., TOKYO,
through TOHAN CORPORATION, TOKYO and JIA-XI BOOKS CO., LTD., NEW TAIPEI CITY.